Beguiling the Beauty
by Sherry Thomas

甘いヴェールの微笑みに

シェリー・トマス
井上絵里奈［訳］

ライムブックス

甘いヴェールの微笑みに

主要登場人物

ヴェネチア・フィッツヒュー・タウンゼント・イースターブルック……未亡人
クリスチャン・ド・モンフォール……レキシントン公爵
ヘレナ……ヴェネチアの妹。出版社を経営
フィッツ……ヴェネチアの弟。フィッツヒュー伯爵
ミリー……フィッツの妻
レキシントン公爵未亡人……クリスチャンの義母
ヘイスティングス子爵……フィッツの友人
アンドリュー・マーティン……ヘレナの恋人
アンソニー（トニー）・タウンゼント……ヴェネチアの最初の夫
イースターブルック……ヴェネチアの二番目の夫
レディ・エイブリー……社交界のうわさ好きの女性

プロローグ

それは、一八八六年の太陽がさんさんと照りつけるある日のできごとだった。

若くしてレキシントン公爵となったクリスチャン・ド・モンフォールは、それまで何不自由ない暮らしを送っていた。

彼が情熱を注ぐ対象は自然界だった。子供の頃から、鳥の孵化《ふか》するところ——ひながもろい殻をくちばしでつついて生まれてくるところ——を眺めたり、地所内のマスが釣れる川で何時間もカメやミズグモを観察したりしているときがいちばん幸せだった。飼育器で青虫を育て、それが成長して何になるかを確かめるのも面白かった。鮮やかな蝶になろうと、さえない蛾になろうと、その変態の過程には同じようにわくわくした。夏が来て、海に連れていってもらったときには、潮だまりを見つけて底までもぐり、いま自分は苛烈な生存競争をまのあたりにしているのだと、本能的に感じとったものだ。それでも生命の美しさと複雑さに対する感嘆の念を失うことはなかった。

乗馬を覚えてからは、壮大な屋敷のまわりに広がる野山にしじゅう分け入った。レキシントン公爵家の拠点であるアルジャーノン・ハウスはピーク地方のはずれにある。クリスチャンは従僕を従え、チャートと石灰石からなる岩壁で、貝や甲殻類の化石を探した。

当然ながら、ときに批判を受けることはあった。たとえば父親は科学に傾倒する息子を快く思っていなかった。ところがクリスチャンは、普通の男性なら身につけるのに数十年かかるであろう自信を、生まれながらにして持っていた。だから、老公爵に貴族らしくない時間の使い方を責められたとき、冷静にきき返したのだった。いまの自分と同じ年頃に父上が励んでいたことをすべきなのでしょうか。つまり、屋敷中のメイドの尻を追いかけるべきなのでしょうか、と。

それだけの度胸と冷静さを持ち合わせているうえに、クリスチャンは長身で体格もよく、典型的な美男子だった。その鉄の意志と力で、彼は順風満帆な人生を歩んでいた。自分の進む先に迷いはなく、物腰は常に堂々としていた。

ヴェネチア・フィッツヒュー・タウンゼントをひと目見たときも、その自信は揺らがなかった。

社交シーズン中の主な行事のひとつ、恒例のイートン校対ハロー校のクリケットの試合は、午後のお茶のために休憩となっていた。クリスチャンはハロー校の控え場を出て、義母——正確には元義母だ。ついこのあいだ二度目の夫との新婚旅行から帰ってきたところだった——に挨拶をしに行った。

クリスチャンの父、亡くなった前公爵はお世辞にも尊敬できる人物とはいえなかった。尊大な俗物だった。それでも妻を選ぶ目には恵まれていた。クリスチャンの母は彼が物心つく前に若くして亡くなったが、彼女を知る人はみな、聖女のようだったと賞賛する。その後まもなく家族となった義母も、クリスチャンにとって親しい友人であり、信頼できる味方だった。

試合の途中でその義母を見かけたのだ。しかし、見かけた場所には、もう彼女はいなかった。クリスチャンはざっと会場を見渡し、ふと、若い女性に目をとめた。

その女性は屋根のない軽四輪馬車の後部にさりげなく腰かけ、扇で顔を隠してあくびをしていた。少し姿勢を崩して、前かがみになっている。普通、貴婦人たちは鯨骨のコルセットで胴を締めあげているせいで、彫刻のように背筋を伸ばしていなくてはならない。だが、彼女はひそかにコルセットをはずしているようだ。けれども、まわりの目を引くのは、姿勢というより女性がかぶっている帽子のせいだった。クリスチャンが子供の頃夢中になったイソギンチャクを思いださせる、あんず色の羽根がいくつもついた帽子だ。

彼女がぱたんと扇を閉じた。その瞬間、クリスチャンはイソギンチャクのことを忘れた。女性の顔を目にして――彼は息をのんだ。これほど圧倒的な美というものに出会ったのは生まれてはじめてだ。魅惑的なだけでなく優雅。遭難した男がようやく目にした陸地のよう。クリスチャンは六歳のときに一度だけ、乗っていた船が転覆した経験があるにすぎないが――それもカヌーがひっくり返っただけのことだ――突如として、生まれてこのかた大海原を漂ってきたかのような気持ちにとらわれた。

誰かに話しかけられたが、答えることはできなかった。

彼女の美貌にはどこか原始的なものがあった。たとえば一キロ以上に及ぶ積乱雲、一気に押し寄せる雪崩、ジャングルの奥深くを徘徊するベンガル虎——そうした、見る者を圧する完璧さと独特の危険を感じさせる現象を連想させた。

クリスチャンは、鋭く甘い痛みを胸に感じた。もはや、彼女がいなくては人生は完璧でありえない。しかし不安は感じなかった。興奮と、驚き、欲求があるだけだった。

「あの女性を知っているか？」誰にともなくきいた。

「ああ、ミセス・タウンゼントだ」誰かが答えた。

「未亡人にしては若いな」

あまりに傲慢な発言だったと、その後何年も、クリスチャンは思いだすたびにわれながらあきれることになる。ミセスと聞くなり、その夫が故人だと即座に決めつけるとは。自分の望みを妨げるものなどあるはずがないと思い込んでいたのだ。

「彼女は未亡人じゃない」相手は続けた。「お相手は健在だよ」

そう聞くまで、連れに気がつかなかった。まるで彼女がひとりで舞台に現れ、スポットライトを浴びているかのように見えたのだ。しかし、いまあらためて見ると、彼女は人に囲まれていた。手は軽く男性の前腕に置かれている。そしてその男性のほうへ顔を向け、話しかけられるとにっこり微笑んだ。

クリスチャンは高みから一気に奈落へ突き落とされたように感じた。

これまでは、自分を特別な人間だと信じてきた。ところが、いまや必死になって何かを願い、求めながらも報われることのない、ただの男なのだと思い知らされたのだ。

「きみは今日もずいぶんと目立っていたな」アンソニー——トニーがいった。ヴェネチアは馬車のつり革をしっかりと握っていた。四輪箱馬車《ブルーム》はロンドンの混雑した通りをのろのろと進んでおり、実際のところ支えはまるで必要ないのだが、なぜかつり革から指を引きはがすことができずにいた。

「ハロー校の選手のひとりが、きみから目が離せないようだった」トニーが続けた。「フォークを渡されたら、きみをむさぼり食いそうなようすだったよ」

ヴェネチアは答えなかった。トニーがこういう気分になったときは、何をいっても無駄なのだ。空には厚い雲が垂れ込めはじめた。影が伸び、その下では夏の青葉が灰色に変わっている。何物もロンドンの煤煙《ばいえん》を逃れるのは不可能だ。

「ぼくが礼儀を知らない人間なら、きみは子供が産めない体だと教えてやるところだが。きみは神が巧妙に仕組んだいたずらだ。見た目はこのうえなく美しいが、肝心な部分はなんの役にも立たない」

彼の言葉はヴェネチアの心に突き刺さった。酸を垂らされたように胸が焼けつき、ただれていく。歩道を行く人々は、雨に備えて傘を広げていた。大きな雨粒がふた粒ほど、馬車の窓にあたった。そのまま長くぼやけた筋を引いて、ガラスを滑り落ちていく。

「子供ができない体なのかどうか、わからないわ」ヴェネチアはいった。本当は反論しないほうがいいのだ。トニーが挑発しているのはわかっている。それでもこの話題を持ちだされるたび、どうしてもむきになってしまう。

「何人の医者にかかれば納得するんだ？　だいいち、ぼくの友人たちはみな、結婚して一年以内には跡継ぎを授かってる。ぼくたちは二年になるが、きみは妊娠の兆候すらない」

ヴェネチアは唇を嚙んだ。子供ができない原因が男性側にある可能性もあるのに、彼は決してそう考えようとはしない。

「それでも、容姿のほうはまったくの役立たずというわけでもないとわかれば、慰めになるかい。ハワードがぼくの鉄道事業に協力してくれることになった。おおかた、きみを誘惑する機会に恵まれると踏んで、協力を決めたんだろう」

今度ばかりはヴェネチアはまっすぐに夫を見た。口調と同じく、彼の表情もとげとげしかった。かつては潑剌《はつらつ》としていた顔立ちが、いまは冷ややかで険がある。恋人同士だった頃は、とても魅力的な人だと思っていた。愉快で、頭の回転が速く、生への情熱に内側から光り輝くようだった。彼はこれほどまでに変わってしまったのだろうか？　それとも、わたしが恋に浮かれて気づかなかったの？

だいたい、ハワードがわたしを狙っていることが腹立たしいなら、どうして彼とかかわりを持つのだろう？　鉄道事業を始める必要なんてないはずだわ。どうせまた不機嫌の種が増えるだけなのに。

「ぼくを裏切るつもりなのか？」トニーがいきなり詰問してきた。

「まさか」ヴェネチアは答えた。心底うんざりして。トニーはいつもこうして妻を疑い、おとしめようとする。彼の頭にあるのはただひとつ、ヴェネチアが不義を働いていないかどうかだけなのではないか——少なくともそう思えるときがある。

「ならいい。ぼくをこんな目に遭わせたのだから、せめて貞淑な妻でいてもらいたいものだ」

「わたしがあなたをどんな目に遭わせたというの?」妻の鑑《かがみ》とはいえないかもしれないが、悪妻ではなかったはずだ。夫の身のまわりの世話をし、無駄遣いはせず、ハワードのような男に隙を見せることもなかった。

トニーは苦々しい口調で答えた。「くだらない質問はするな」

ヴェネチアは窓に顔を向けた。歩道は路面が見えないほど黒い雨傘に覆われている。

馬車の中でも、空気がひんやりしてきたのが感じられた。今年の夏も終わろうとしていた。


ハロー校を卒業してまもなく、クリスチャンは自然科学の学位を取得すべくケンブリッジ大学に進んだ。トリニティ・カレッジ二年目の夏には、ドイツでの発掘作業に参加した。そしてアルジャーノン・ハウスへ帰る途中、大英博物館の自然史部門に到着したという海洋生物の化石を調べようと、ロンドンに立ち寄った。その化石は、あと数か月は一般公開されないことになっていた。

新たに化石が発見されたことによって生じた議論の数々は非常に興味深いもので、クリスチャンはその後すぐ帰路につくことなく、館長と職員数人に誘われるまま、彼らと食事をともにした。そして食事がすむと、まっすぐにロンドンの自宅――必要なときにいつでも滞在できるよう、少数の使用人が常に使える状態にしてある――へ帰るのではなく、一時間ほど紳士クラブで過ごすことに決めた。シーズンも終わりで、社交界の人々はもうロンドンを離れている。邪魔はされずにすみそうだった。

クラブはほとんどひとけがなかった。クリスチャンはブランデーのグラスを脇に置き、ゆったりと腰かけて〈タイムズ〉を読みはじめた。

日中はなんということはなかった。授業と地所の仕事、友人たちとのつき合いで、時間が埋まっていく。けれども夜、あたりがしんとなって、自分の胸の内と向き合うしかなくなると、ほんの一瞥《いちべつ》で彼の心を奪った女性のことが、たちまちよみがえってくるのだった。

幾度も彼女の夢を見た。煽情《せんじょう》的な夢もあった。しなやかな裸体が自分の体の下にあり、耳元でみだらな誘いの言葉をささやかれる……。また別の夢では、彼女は手の届かないところにいて、クリスチャンが立ち尽くすあいだに歩き去ってしまう。でなければ、彼が石の彫刻に変わってしまうなり、そばに近づいてくる。彼は大理石に閉じ込められたまま、もがき、叫ぶしかない。それでも彼女はまるで気づかず、ひたすら無頓着で美しい――。

黒っぽい鏡板張りの書斎に誰かが入ってきた。クリスチャンにはすぐにその男がわかった。アンソニー・タウンゼント。ヴェネチアの夫だ。

ミセス・タウンゼントと出会ってからの年月で、クリスチャンは人間のさまざまな負の面を知ることになった。あの日までは、嫉妬、苦悩、絶望といった感情を知らなかった。罪悪感とも無縁だった。タウンゼントを目にした瞬間、その無縁だった罪悪感が血管を駆けめぐった。

この男の不幸を願ったことはない——単に動かすことのできない障害物としてしか考えたことはない。しかし想像の中で、彼の妻と数えきれないくらい愛を交わした。それだけではない、もしタウンゼントの身に何かあったときには、自分は真っ先にその未亡人と知り合いになろうとするにちがいないのだ。

というわけで、クリスチャンとしてはブランデーを飲み干し、アイロンをかけたばかりでぱりぱりと音を立てる新聞をたたみ、立ちあがろうとした。

「あなたを見かけたことがある」タウンゼントがいった。

一瞬呆然《ぼうぜん》としたが、クリスチャンは冷たく答えた。「お会いしたことはないと思うが」

代々の公爵とちがい、クリスチャンは一族に受け継がれる遺産に格別の敬意を払っているわけではなかったが、どのモンフォールにも劣らず、近寄りがたい雰囲気を持っていた。

それでも、タウンゼントはひるまなかった。「会ったことがあるとはいってませんがね。ただ、どこかであなたの顔をお見かけしたことがあるんですよ。そう、思いだした。二年前にローズクリケット競技場で見たんだ。ハロー校の縞《しま》の帽子をかぶって、食い入るように妻を見つめていた」

窓ガラスにクリスチャンの顔が映っていた。窓の向こうの暗がりを背景にくっきりと浮かびあがったその顔は、メドゥーサの顔をまともに見たかのように、衝撃のあまり言葉も出ないでいる。

「メイドがどんな格好をしていたかは覚えていないが、妻を見て舌なめずりする男の顔は全部覚えているんだ」タウンゼントの口調は妙に物憂げだった。もうどうでもいいというように。

クリスチャンは頬がかっと熱くなったが、何もいわなかった。妻のことをこんなふうに話すなど――妻に好意を持ったからといって、その男性を非難するなど――悪趣味だとは思うが、タウンゼントにはそうする権利がある。

「あなたは誰かに似ているな」タウンゼントは続けた。「亡くなったレキシントン公爵の親戚ですかね？」

身分を明かしたら、この男は妻の前でぼくを中傷するのだろうか？　窓に映る自分の唇が動くのを見ながら、そんなことを考えた。「先日亡くなった公爵はぼくの父だ」

「ああ、なるほど。ならば、いまはあなたがレキシントン公爵というわけだ。それほど身分の高い方に目をとめてもらえたと知ったら、彼女もさぞ喜ぶだろうな」タウンゼントは乾いた声でけらけらと笑った。「望みはかなうかもしれませんよ、公爵閣下。でも、よく考えたほうがいい。でないと、ぼくみたいな羽目になる」

今度ばかりはクリスチャンも嘲笑《ちょうしょう》を抑えられなかった。「赤の他人に妻の話をするということか？　それはないな」

「ぼくだって、こうなるとは思ってなかった」タウンゼントは肩をすくめた。「失礼、女々しい愚痴を聞かせて、引きとめてしまいました」

男が一礼した。クリスチャンはそっけなくうなずいた。

そして翌日になるまで、タウンゼントが〝望みはかなうかもしれませんよ〟といったのはどういう意味だったのか、考えてみることもなかった。

それから一週間もしないうちに、タウンゼントの死亡記事が新聞に載った。クリスチャンは愕然とし、事情を調べてみた。そしてタウンゼントが破産寸前だったことを知った。そのうえ、ロンドンとヨーロッパの宝石店に多額のつけがあったという。妻を満足させようと懸命になるあまり、借金を重ねていったのだろうか？　ぜいたくな贈り物を手に近づいてくる男たちに、彼女が心を奪われることがないように。

夫の死から一年と一日が経つと、ミセス・タウンゼントはまたもや結婚した。普通、服喪期間は二年と決められているから、異例の早い再婚だった。ふたり目の夫、ミスター・イースターブルックは彼女より三〇歳年上の、裕福な男性だった。まもなく、彼女が夫の鼻先で、夫の親友と情事にふけっているといううわさが広がった。

どうやらぼくが愛したのは、軽薄で欲の深い、身勝手な女性だったらしい。まわりの人間を傷つけ、侮辱することをなんとも思わない女性なのだ。

クリスチャンは、なんとかしてその事実を受け入れようとした。

彼女を避けるのはさほど難しいことではなかった。そもそも行動範囲がちがっていたし、クリスチャンは社交シーズン中、ロンドンにはいない。あちこちで行われる上流階級の催しにも、ほとんど顔を出さない。だから、クロムウェル・ロードのウォーターハウス館から出てきた彼女と鉢合わせしたときには不意を突かれた。建物には大英自然史博物館が入っている。

はじめて彼女を見かけてから、ほぼ五年の年月が経っていた。時を経て、彼女の美貌には磨きがかかっていた。さらに輝きを増し、魅惑的で危険な女性となっていた。

クリスチャンの胸に荒々しい炎が燃えあがった。彼女がどんな女性でも関係ない。自分のものにすることさえできたら——。

彼は背を向け、歩き去った。

1

マサチューセッツ州　ケンブリッジ、一八九六年

　ハーバード大学比較動物学博物館におさめられている魚竜の骨格標本は、完全なものではない。だが、魚竜が最初に発見されたのはアメリカのワイオミング州であり、当地の大学は当然ながら展示に熱心だった。

　ヴェネチア・フィッツヒュー・タウンゼント・イースターブルックは近づいていって、その小さな歯をじっくりと見た。のこぎり状の刃を持つパン切りナイフに似ている。軟体動物を主食にしていたのだろう。たとえば、三畳紀の海には大量に生息していたとされるイカなどを。とうもろこしの粒さながらにびっしり並び合う、小さなひれの骨に目を移す。それから、湾曲した櫛《くし》の歯のような胸の骨の数を数えてみた。

　研究者顔負けの観察を終えると、今度はうしろにさがって、全体を見て取った。長さは端から端までで三・五メートルはあるだろう。尾の大部分はない状態だが。実をいうと、こういう先史時代の生き物を見るとき、ヴェネチアがいちばん興味をそそられるのはその寸法な

のだ。

「きっとここだっていったでしょう」聞き慣れた声がした。妹のヘレナだ。

「そのとおりだったわね」弟、フィッツの妻、ミリーがいった。

ヴェネチアは振り返った。ヘレナは靴を履かなくても一八〇センチの上背がある。それだけでも目立つのに、さらにエリザベス一世《グッド・クイーン・ベス》以来という見事な赤毛と鮮やかなブルーグリーンの瞳の持ち主だった。ミリーのほうは身長が一六〇センチで、ブラウンの髪とブラウンの瞳だ。一見目立たないタイプだが、実際には繊細な美しさと、意外なユーモア感覚を持ち合わせている。

ヴェネチアは微笑んだ。「ご両親への取材はうまくいった?」

「一応はね」ヘレナが答えた。

ハーバード大学と提携する女子大学であるラドクリフ校の今度の卒業生は、はじめて卒業証書にハーバードの学長の署名をもらえることになった。イングランドの女子大学、レディ・マーガレット・ホールやガートン・カレッジでは頑として認められていない権利だ。ヘレナは〈クイーン〉誌に、歴史的一歩を刻んだこの女性たちの記事を書こうとしていた。ヴェネチアとミリーは彼女の付き添い役としてアメリカにやってきたのだった。

一見したところ、みずからもレディ・マーガレット・ホールで学び、若くして成功した——現在は小さいながら成長著しい出版社を経営している——ヘレナは、その手の記事を書くのにうってつけの人材だった。もっとも実際には彼女は、この仕事を引き受けることに難色を示していた。

一方で、家族は以前から、未婚女性であるヘレナが道ならぬ情事にのめり込んでいるのではないかと疑っていた。難しい問題だった。ヘレナは二七歳になる。適齢期はとうに過ぎているだけでなく、すでに遺産も受けとっている。いい換えれば、年齢的にも経済的にも自立しているわけで、彼女が人に説教されておとなしく従うとは思えない。

ヴェネチア、フィッツ、ミリーの三人は、愛すべき妹をどうやって守るべきか悩んだ。そして、あえて理由はいわず、ヘレナを誘惑から遠ざけようと決めたのだった。自分の選択についてじっくり考える時間ができれば、彼女も理性を取り戻すのではないかと期待して。

ヴェネチアは〈クイーン〉誌の編集者相手に買収まがいの技をくりだし、ヘレナにアメリカでの仕事を発注させた。それからイングランドを離れたくないというヘレナを説得し、春期が始まる頃には、なんとかマサチューセッツ州に到着していた。それ以来ヴェネチアとミリーは、ヘレナを取材や授業の見学、受講と忙しく動きまわらせていた。

とはいえ、永久に大西洋のこちら側に足止めしておくわけにもいかない。ヘレナは、忘れるどころか会えないことで、残してきた人への思いをいっそう募らせているようなのだ。

思ったとおり、ヘレナがまた文句をいいはじめた。「ミリーから聞いたんだけれど、お姉さま、まだ取材の手配をしているんですってね。もう記事を書けるだけのねたはじゅうぶん集まったわ。これ以上あったら、わたし、この内容で本が一冊書けそうなくらいよ」

ヴェネチアとミリーは目を見合わせた。

「論文を書けるくらいねたを持っておくのも悪くないじゃない。あなた自身、編集者でもあるんだし」ミリーが、彼女らしい穏やかな声でいった。

「そうね。だけどラドクリフ校の女学生がいくら優秀でも、わたしは彼女たちのために、これ以上自分の時間を捧げようとは思わないの」そう答えたヘレナの口調は、どこか苦々しかった。

二七歳というのは未婚の女性にとって難しい年頃だ。結婚の申し込みは少なくなり、かつては胸をときめかせたロンドンの社交シーズンも退屈に感じられるようになる。オールドミスと呼ばれる日も近く、それでいながら、どこへ行くにもメイドか付き添いを伴わなくてはいけない。

だからだろうか。ヘレナのように理性的なはずの女性でも鬱憤《うつぷん》がたまり、いい子でばかりはいられないという気持ちになるのか？　いまはまだ、面と向かってきいてみたわけではない。みなが、ヘレナの過ちのことは見て見ぬふりをしている。過ちを認めることは、彼女が身の破滅に向かっていると認めること。そして誰ひとり、不倫の恋という暴走車を食いとめることができなかったということだからだ。

ヴェネチアはヘレナに腕をまわした。妹をできるだけ長いあいだイングランドから遠ざけておきたいが、無理じいするのではなく、さりげなくそう仕向けなくてはならない。

「もう記事のねたはじゅうぶん集まったというなら、取材をお願いしたほかのご両親に手紙を書いて、お話を聞く必要はなくなったと伝えるわ」そういって、ヴェネチアは博物館の扉を開けた。

　いきなり冷たい風が吹きつけてきた。ヘレナはほっとしたような、それでいて疑り深い顔つきで、コートの前をかき合わせた。「ええ、もう記事を書くには困らないの」

「だったら、お茶を飲んだらすぐに手紙を書くわ。実をいうと、ずっとなんとなく落ち着かない気分だったの。あなたの仕事がすんだのなら、少しは観光をする時間もできそうね」

「こんな天気なのに？」ヘレナは信じられないという声を出した。

　ニューイングランドの春は灰色で寒々しい。吹きつける風は針のようにヴェネチアの頬を刺す。まわりの赤れんがの建物も、この大学の創設者である清教徒たちと同じく陰鬱でいかめしかった。「ちょっとくらい寒いからって、めげてはだめよ。またすぐアメリカに戻ってこられるというわけではないんだから。帰る前に見られるものは見ていかなくちゃ」

「でも会社が――ずっと放っておくわけにはいかないわ」

「大丈夫よ。状況については逐一報告を受けているじゃない」出版社から毎日のように手紙が届いているのを、ヴェネチアは知っていた。「いずれにしても、永遠にこちらにいるわけではないわ。社交シーズンが始まるまでには、ロンドンに戻らなくてはならないし」

　突風が吹いて、帽子が飛ばされそうになった。歩道でちらしを貼ろうとしていた男性も紙束を押さえきれず、手にしていた一枚が風に飛ばされてヴェネチアのほうへ漂ってきた。目の前に来たとき、思わず手でつかんだ。

「でも――」ヘレナがまた反論した。

「もう、ヘレナったら」ヴェネチアはきっぱりといった。「わたしたちが一緒では面白くないの、っていいたくなるじゃない」

ヘレナはためらった。誰も何も口にしないし、実際に何もないのかもしれないが、急にイングランドを発つことになったのは理由があるのではないかと、彼女は疑っていた。少なくとも家族の信頼を裏切っていることに関しては、いくらか罪悪感を覚えてもいた。

「わかったわ」ヘレナは低い声で答えた。

ヴェネチアの反対隣にいたミリーが口の動きだけでいった。〝大成功ね〟「ところで、それはなんのちらし？」

ヴェネチアは自分がつかんだちらしのことをすっかり忘れていた。広げてみようとしたが、風のせいで前後にぱたぱたとめくれ、しまいにはちぎれて飛んでいってしまった。手元に残ったのは端っこだけで、そこには〝アメリカ自然――〟と書かれていた。

「これと同じものかしら」ミリーはたったいま通り過ぎた街灯を指さした。

街灯に貼られたちらしにはこうあった。

アメリカ自然史学会とボストン自然史学会共同主催

ラマルクとダーウィン：どちらが正しいか？

講演：レキシントン公爵

三月二六日木曜日、午後三時より
ハーバード大学サンダース劇場

「まあ、すごい、レキシントン公爵よ」ヴェネチアはミリーの腕を取った。「あの人が今度の木曜に、ここで話をするんですって」

いま、イングランドの貴族は総じてかつての栄華を失いつつある。農業による収入が激減したためだ。どちらを向いても、館《やかた》の天井には雨漏りがし、煙突は詰まったままという貴族ばかりだった。ヴェネチアの弟、フィッツも一九歳のときにぼろぼろの伯爵領を受け継ぎ、金のために結婚せざるをえなくなった。

レキシントン公爵は、そんな悩みとは無縁のようだった。ロンドンの一等地を半分近く所有し、そこからあがる莫大な収益を手にしている。イングランドの首都がまだ牧草地だった頃、王室から授かった土地なのだという。

彼はめったに社交界に顔を出さない。よくいわれる冗談がある。〝彼に会いたいと思うなら若きレディは、片手に地図、もう片方の手にショベルを持たなくてはならない〟レキシントン公爵は好きなときに好きなところにいることが許されるのだ。貴族の威光で幸運を射止めようと、裕福な女相続人の前で押し合いへし合いをする必要もない。僻地《へきち》を旅し、化石発掘現場をめぐり、科学誌に記事を発表していられる。

彼の講演があるというのは、実をいうとあまり喜ばしいことではなかった。ヴェネチアとミリーは、ヘレナにとってなんの成果もないままシーズンが終わるたび、レキシントン公爵を持ちだして慰めにしていたからだ。

〝ヘレナったら、ベルフォールは真面目さに欠けるっていうのよ〟

〝レキシントン公爵はきっと、真面目で高尚な心の持ち主なんでしょうね〟

〝リンウッドはどこかいやらしい、ですって〟

〝聞いたところによると、レキシントン公爵は生まれてこのかた、ふしだらなことを考えたことがないそうよ〟

〝ウィドモアは考えが古いらしいの。きっと彼女が仕事をしていることに文句をいうだろうって〟

〝レキシントン公爵は現代的で、型にとらわれない考え方をなさるそうよ。化石を掘っている人が、本を出版する女性を批判するわけがないわ〟

本気でいっているわけではなかった。レキシントン公爵もおそらく実際は傲慢で無骨な、よくいる人嫌いの変人なのだろう。ただ、本人を知らないかぎり、努力が報われないまま時が過ぎる中、彼をかすかな希望の光として考えることができたのだ。

どうしてヘレナがなかなか結婚できずにいるのか、誰もが不思議がった。美しく、知的で人好きがするし、ヴェネチアが知るかぎり、気難しくも、わがままでもない。なのに最初の社交シーズンのときから彼女は、文句なく好ましい適齢期の紳士たちをことごとく袖にしてきた。彼らがまるで、芝で用を足した憎むべき無法者たちだとでもいうように。

「あなた、前からレキシントン公爵に会いたがっていたわね、ヴェネチア？」

面白いものだ。物静かでいかにも誠実そうな雰囲気を持つミリーが、誰よりも上手に嘘をつく。ヴェネチアはすぐ話に乗った。「彼、化石が好きなのよ。それだけでも好印象だわ」

三人はロースクールの中庭を横切っていた。葉の落ちた木々が風の中でふるえている。芝は前日に降った雪に覆われていた。曲線を使ったロマネスク様式の主講堂は、まわりの、かっちりした四角形の無個性な校舎群への反発から設計されたものなのだろうか。

こちらのほうへ歩いてきていた学生の一団が歩をゆるめ、ヴェネチアを見てはたと立ちどまった。彼女はうわの空で会釈をしてみせた。

「じゃあ、講演を聞いてみるつもり？」ヘレナが空をあおいだ。「一週間も先なのに」

「そうねえ。でも、イングランドでは彼に会うことはできないわ。知っているでしょう。彼はアルジャーノン・ハウスに私設の自然史博物館を持っているらしいの。その館の女主人になれたら、わたし、ほかに何もいらないわ」

ヘレナがわずかに眉をひそめた。「彼に関心があるなんて、これまでひとこともいわなかったじゃない」

それは別に関心などないからだ。けれども姉としては、独身で、おそらくはイングランド一結婚相手として望ましい男性を、ヘレナに紹介する機会を逃すわけにはいかない。

「そうだったかしら。でも、彼のことはすてきだと思うわ。会えるときに会えなかったら、きっと後悔する。講演がある日まで、観光していればいいじゃないの。ケープコッドにきれいな島があるらしいの。コネティカットもすごくいいと聞くし、モントリオールだって、列車に乗ればすぐよ」

「楽しそう」ミリーがあと押しする。

「本格的に社交シーズンが始まる前に、少し休んでのんびりしたいわ」ヴェネチアはいった。

ヘレナが唇を引き結んだ。「公爵にそれだけの価値があるのかしら」

「お金と化石はたっぷり持っている男性よ」ヴェネチアは手で顔をあおぐ真似をした。「価値があるに決まってるわ。楽しみにしてらっしゃい」

「フィッツから手紙が来たわ」ミリーがいった。

ヘレナは入浴中で、ラドクリフ校にいるあいだだけ借りたコテージの客間には、ヴェネチアとミリーのふたりきりだった。

ヴェネチアはミリーに近づき、声を落とした。「なんといってるの?」

一月に、ヘレナはハンティントンにあるレンワース卿の屋敷に招かれた。友人のミセス・デンビーが一緒だった。フィッツの親友であるヘイスティングス子爵も同じく招待を受けていた。子爵はひと足先にそのハウスパーティから戻り、フィッツとミリーの屋敷を訪ねてきた。たまたまヴェネチアも同席していた。そして彼から、ハンティントンでヘレナが三晩続けて朝の四時に部屋へ戻るところを見たという話を聞いたのだった。

ヴェネチアはさっそくハンティントンへ向かった。急に妹に会いたくなって、と笑みを振りまきながら言い訳し、レンワース卿の館に泊まり込んだ。まだ空いている部屋もあったが、ヘレナと同室がいいと言い張り、妹から目を離さないようにした。

パーティが終わると早々にヘレナを連れ帰った。そして、彼女の情事の相手は誰かを確かめるよう、フィッツに頼んだのだった。

「シーズンが終わったあと、ヘレナはハンティントンも含めて四つのハウスパーティに出席している。いえ、五つね。フィッツとわたしが主催したヘンリー・パークでのものも数えるなら。ヘイスティングス卿は、そのうち四つに出ているようね。でも、彼が相手というのはありえないでしょう。レディ・エイブリーとレディ・サマースビーも、そのうち四つに来てるわね。ハンティントンも含めて」

ヴェネチアはかぶりを振った。「ヘレナがあんなうわさ好きの女性たちと同じ屋根の下にいたというだけでも信じられないわ」

ミリーがリストの続きを読んだ。「ローリー夫妻がうち三つ。ジャック・ドーマーも同じ」もっとも、ミスター・ローリーは五五歳。ジャック・ドーマーは新婚ほやほやだ。ヴェネチアは大きく息を吸った。「アンドリュー・マーティンは?」

何年も前になるが、ヘレナはミスター・マーティンに好意を寄せていた。彼女の思いは報われた――それも熱烈に――ように見えたが、じき、ミスター・マーティンは生まれたときから決められていた相手と婚約し、結婚してしまった。

ミリーは心配そうな目つきで、フィッツの手紙の折り目を伸ばした。「考えてみれば、わたしはしばらくアンドリュー・マーティンと会っていないわ。ミスター・マーティンは三つのパーティにひとりで来ている。どの屋敷でも少し奥まった部屋を所望しているわね。次の本の執筆のために、静かな環境が必要だといって」

こっそり逢い引きをするにも好都合な環境だ。「フィッツは誰が怪しいといってるの？」ヴェネチアはさして期待せずにきいた。

「ハンティントンにいた面々ではないだろうって」

本当にヘレナの愛人がミスター・マーティンなら、この情事はいい結果を迎えないだろう。不倫が発覚しても、フィッツヒュー家としては彼に、ヘレナの名誉を守れと迫ることはできない。ミスター・マーティンは結婚している身だし、彼の妻は健康そのものだ。

ヴェネチアは額をこすった。「わたしたち、どうしたらいいのかしら？　フィッツはなんと？」

「しばらくようすを見るつもりだって。いまのところは。ミスター・マーティンと対決したら、逆にヘレナの評判を傷つけることになるのではないかと心配しているのよ。相手がミスター・マーティンでなかったら、ヘレナがとんでもない時間に部屋の外をうろつきまわっていたことが知られてしまうわけでしょう？」

女性の評判はトンボの羽並みにもろいのだ。「フィッツが冷静でいてくれて、ありがたいわ」

「そうね。彼は困ったときに頼りになる人よ」ミリーはポケットに手紙を入れた。「公爵をヘレナに紹介するのは解決策になると思う?」

「いいえ。でも、やってみるしかないわね」

「公爵が姉のほうに恋しないことを祈るわ」ミリーが小さく微笑んだ。

「何をいってるの」ヴェネチアはいった。「わたしは中年といっていい年よ。彼より年上なのはたしかだわ」

「年の差くらい、喜んで目をつぶるんじゃないかしら」

「夫なんてふたりも持てば、もうたくさんよ。あとは一生気楽に独身を通すつもり――」

足音がした。ヘレナだ。

「もちろん、軽々しく応じるつもりはないわよ」ヴェネチアは声を大きくしていった。「でも公爵が恐竜の化石を持っていい寄ってきたら、考えてみるかもしれない」

ヘレナは注意深く耳を澄ませた。ヴェネチアは入浴中。ミリーは散歩用の服を着替えに行った。いまなら安全だろう。

カーテンを開き、客間の窓を開けた。アンドリューあての手紙を直接郵便局へ届けるために雇った少年が待ち構えていた。少年が手を伸ばす。彼女はそのてのひらに手紙と一ペニー銅貨二枚を置くと、すばやく窓を閉めた。

それから午後に届いた手紙に目を通した。〈フィッツヒュー出版〉の封筒を探す。イングランドを発つ前、表にアメリカでの住所をタイプするよう言い残して、会社の封筒をたくさんアンドリューに渡してきたのだ。切手の下には小さな星印を書くことになっている。秘書からではなく彼からの手紙だという目印だ。

この手紙には星印はついていなかった。代わりに女王の横顔の下に小さなハートが描かれていた。ヘレナはうれしくなり頭を振った。ああ、いとしいアンドリュー。

最愛の人へ

なんという喜び、なんという幸せ。今朝、セント・マーティンズ・ル・グランドの郵便局に局留め郵便を受けとりに行ったら、一通だけでなく、二通でもなく、三通もきみからの手紙が届いていた。この二日間、ロンドンに行っても手ぶらで帰るばかりで落胆が大きかっただけに、喜びはひとしおだったよ。

きみの質問だけれど、東アングリアの歴史、全三巻の仕事はなかなか進んでいない。エセルベルト王が殺され、マーシア国のオッファが王国を支配下に置くところだ。どういうわけか、この時期の歴史に興味が持てなくてね。三〇年後に反乱が起こり、ふたたび東アングリア王国の独立が確保されるところまでたどり着けば、またペースがつかめてくると思う。

もっと書きたいけれど、もう家に帰らなくては。ロートン修道院に母を訪ねていかなくてはならないんだ。母がひどく時間にうるさいことは知っているだろう。とくにぼくが遅れると怒るんだ。

一日も早くきみが戻ってきてくれることを、切に願っているよ。

きみのしもべより

ヘレナは頭を振った。手紙には決して署名しないようにいっておいた。せっかくの用心も、執筆中の本や母親の住まいについて書くときは忘れてしまったようだ。でも、これは彼のせいではない。嘘が上手な男性だったら、わたしはそもそも愛していないだろうから。

手紙をポケットにしまったところで、ヴェネチアが微笑みながら部屋に戻ってきた。

「明日はボストンまで出かけてみない？　帽子店をのぞいてみましょうよ。あなたが持ってきた帽子はどれも教授や女子学生たちと話をするにはもってこいだけれど、公爵と会うとなったら、もっとしゃれたものが必要よ」

「彼はお姉さましか見ないわよ」

「そんなことはないわ」ヴェネチアはきっぱりといった。「あなたはわたしが知る中で、最高に魅力的な女性よ。だいたい、まともな男性なら、女性がまわりの女性をどう扱うかで、その人となりを判断するはず。あなたが二シーズン前の地味な帽子をかぶっていたら、わたしが自分勝手な女と思われてしまうわ。自分だけクリスマスツリーみたいに着飾って、妹にはぼろを着せてるって」

ヴェネチアとしては、自分が本気で公爵に関心を持っているとヘレナに信じてほしかった。もっとも、二番目の夫を亡くしたあとの四年間、結婚の申し込みを片端から断りつづけてきただけに、姉は再婚するくらいならドーバー海峡を泳いで渡るだろうとヘレナは確信している。

とはいえ、調子は合わせてくれるだろう。ヘレナは姉が突然ハンティントンに現れたときからずっと、こちらの意図がわからないふりをしている。「わかったわ。でも、お姉さまのために行くのよ。お姉さまもどんどん年を取って、そのうち紳士が訪ねてきても、お祖母《ばあ》さまの部屋とまちがえたかと思われるようになるもの」

ヴェネチアは笑った。息をのむほど美しい笑顔だった。「ひどいわね。二九歳はそこまで年寄りじゃないわ――いまのところは。でもこれを逃したら、わたしが公爵夫人になる機会は二度とないでしょうね」

「わたし用にはサーカスの見世物みたいな帽子を選んでくれていいわよ」

ヴェネチアは妹に腕をまわした。「このシーズンにあなたが完璧な男性と出会って、結婚することになったらすてきじゃない？　わたしたち、合同結婚式ができるわ」

〝わたしはもう完璧な男性に出会っているの。彼以外の人とは結婚しない〟

ヘレナは微笑んだ。「そうなったらいいわね」

2

彼女は服を着ているところだ——肌着のボタンをとめ、ストッキングをはき、ペティコートを身につける。動作はゆっくりとして踊り手のようだ。背中を向けてはいるが、化粧台の鏡には体のほかの部分もはっきりと映っている。彼はベッドの中で、手に頭をのせたまま、彼女の垂らした長い黒髪が揺れ、波打つさまを眺めていた。

外からはキツツキがこつこつと木を突く音がしていた。遅い午後の日差しも弱まり、部屋の天井に斜めに差し込むまだらな赤銅色の明かりも、いまはぼんやりしている。薄暗い中、彼女の美しい顔もかすかにぼやけて見えた。まるで色と陰影で対象を描いた印象派の絵のように。目に手をかざして、直接の視線が繊細な絵を傷つけてしまう——そういう感覚にとらわれる。

手を伸ばして、ほどけた巻き毛を手に取った。そしてその髪を指に巻きつけ、自分のほうへ引き寄せた。

彼女はおとなしくされるがままになっており、ベッドの端に腰かけ、彼の肩に腕をまわした。「まだ満足できないの?」笑みを浮かべてたずねる。

「一生満足できないと思う」

「まあ、でもいまはだめよ。メイドが呼びに来るわ。あなたは身支度をしなくていいの？」

彼女の肘の内側をなぞった。「一五分したら始めるよ。それまで暇つぶしにつき合ってくれないか？」

彼女は笑い、彼の腕からするりと逃れた。「あとでね。舞踏会が終わったら。たぶん」

キツツキの突く音が大きくなった。

クリスチャンはぱっとベッドに体を起こした。夕闇が迫っており、室内は薄暗い。暖炉の火は消えかけていた。部屋には誰ひとり――美しい女性だろうとそうでなかろうと――いなかった。今日はハーバード大学で講演をする日だ。扉をノックする音がした。

「どうぞ」

従者のパークスが部屋に入ってきた。「おはようございます、公爵閣下」

「おはよう」上掛けをはねのけ、ベッドからおりる。

いままで見たことのない夢だ。妙に真に迫っていた。窓にかかった薄手のモスリンのカーテンまで覚えている。彼女が立っていた東洋の絨毯《じゅうたん》に描かれていた唐草模様も、彼女の髪の正確な長さも、手ざわりも。

けれども、いまクリスチャンがとまどいを感じているのは、その夢が細かなところまで鮮明だったからではない。もっとみだらな夢を見たこともあるし、彼女の顔なら正確に思い描くことができる。だが、今日のように夫婦みたいな気安さや親しみを感じさせる夢ははじめて見た。

「公爵閣下」パークスがいった。「湯が冷たくなってきました。もう一杯、用意させましょうか？」

白昼夢を見ながら、どれだけのあいだ洗面台の前に立っていたのだろう。けちな泥棒が英国銀行の金庫の前で立ち尽くすように。

英国自然史博物館の外でミセス・イースターブルックを見てから、さらに五年の月日が流れていた。幼い憧れは、いずれ卒業するはずと思えるときもあった。そういう気分のとき、義母に約束したのだ。ハーバード大学とプリンストン大学で講演を終えたらロンドンに戻る。そして社交シーズン中ずっとロンドンに滞在し、義務を果たして妻を娶《めと》ると。

ミセス・イースターブルックは未婚の妹とともにロンドンにいるだろう。妹の付き添い役として彼女はしばしば、クリスチャンも本来なら出席しなくてはならないさまざまな催しに足を運んでいる。鉢合わせすれば、紹介を受けることになるはずだ。話しかけなくてはならない機会も出てくるかもしれない。

「閣下？」

クリスチャンは洗面台から離れた。「いいようにしてくれ」

「彼女、すばらしくきれいじゃない？」ヴェネチアはミリーにいった。

公爵の講演を聞くために、ヘレナは深緑のヴェルベットの昼用ドレスを選んだ。ミリーのメイドがヘレナのうしろにつき、スカートのひだを整えていた。

「完璧ね」ミリーがうなずいた。「赤毛には緑が映えるわ」

ヴェネチアはミリーのほうを向いた。「そういうあなたも、とてもすてきよ」ミリーのからし色のドレスは、たいがいの女性にとっては着こなしが難しいだろうが、なぜか彼女にはよく似合っていた。義妹を意外性のある、生き生きした女性に見せている。「これなら公爵に、愛情の深い姉であり、義姉であり、公正な女性だと思ってもらえるわ。そうしたら、その場で私設博物館の館長を任されるかもしれない」

ヘレナはかぶりを振った。「いつだって化石のことばっかり」

ヴェネチアはにっこりした。「いつだってね」

これといった理由はないながら、ヴェネチアは楽観的な気分だった。先週はコネティカットの田舎をまわったり、高級避暑地であるマーサズビニヤードの美しい島々や、ナンタケット島を旅したりして楽しく過ごした。ヘレナも久しぶりに以前の妹に戻ったようだった。ボストンへ戻る頃には自分の過ちに気づいてくれるのではないかと、ヴェネチアは期待していた。

ヘレナは軽薄でも軽率でもない。それどころか、普段はとりわけ人を見る目がたしかだ。はじめてミリーと会ったとき、ミリーがまだ一〇語も発しないうちに、ヘレナはいったものだ。〝フィッツは幸運ね。彼女はいい妻になるわ〟実際にミリーは、男性が望みうる最高の妻であることがわかった。

そしてもちろん、あのときの言葉も忘れられない。ヴェネチアが恋に夢中になり、ヘレナにトニーのことをどう思うかきいたときだ。ヘレナはしぶしぶ答えた。彼は〝内面的な強さに欠けると思う〟と。

ヘレナはいつも正しかった。だからこそ、よりによって彼女が自分の将来を台なしにするような行いをしているというのが信じられないのだ。

ヘレナの着つけをしていたメイドのブリジットは満足すると、ミリーのほうを向いた。

「ほかに何かご用はありますか?」

「いいえ。あなたは今日はもう休んでいいわ」

「ありがとうございます」

この旅行にはブリジットしか連れてこなかった。ヴェネチアのメイドのハティはひどく船酔いする体質なので、本国に残った。ヘレナのメイドは前任者が一年前に結婚で辞めたあと、まだ代わりが見つかっていない。

ヴェネチアも当時は深く考えなかった。ヘレナはヴェネチアかフィッツ夫妻のところに滞在している。ハティかブリジットが世話をすればいい話だ。けれどもいまは、ヘレナがわざとメイドを雇わないでいるのではないかという気がしている。べったり身のまわりの世話をする人間がいないほうが、行動を束縛されずにすむからだ。

ヘレナは情事を続けるため、障害をひとつひとつ取りのぞいていったのだろうか。そんなことは考えたくないけれど。

もっとも、ヘレナだって気持ちが変わるかもしれない。ほんのひと押しで。好ましい未婚男性に紹介されることで。これは神のご意志としか思えない。いまこの局面で、長いこと聖杯のごとく謎めいた存在だった公爵が、突然わたしたちの前に現れるなんて。

ヴェネチアは手袋に手を伸ばした。「レキシントン公爵に会いに行く用意はできたわ。あなたがたは？」

三〇分前に着いたが、ハーバード大学構内のサンダース劇場は人でいっぱいだった。最後列にやっと、三人並んで座れる席を見つけた。ミリーがまわりを見渡した。

「まあ、来ているのは女性ばかりだわ」

ヘレナは、新調したほどよく華やかな帽子の向きを直した。「驚くことじゃないわ。講演者が若くて裕福な公爵となればね。競争相手は多そうね、お姉さま」

「好奇心だけで来ているのかもしれないわ」ヴェネチアはさらりと流した。「アメリカの資産家令嬢が、次々とイングランドの文なし貴族と結婚しているでしょう。お金儲けの必要がないイングランド人というのはどんなものなのか、興味津々なのよ」

「あなたもそういうイングランド人には会ったことがないわよね、ミリー？」ヘレナがからかった。

「結婚生活においてはね」

「少なくとも、あなたの夫の貧乏貴族は美男子よ」ヴェネチアはいった。

「そうね。太陽神アポロより美男子だわ」

夫の自慢に聞こえるが、ミリーの口調は淡々としていた。客観的事実を述べただけという感じで、頬を染めることもなかった。

それでも以前からヴェネチアは、財産目当てで結婚を決めた夫をミリーがひそかに愛しはじめているのではないかと考えていた。フィッツはミリーに対して丁重に、そして最近では愛情を持って接している。もっとも、残念ながら弟の心はいまだに、義務のためにあきらめざるをえなかった女性にあるようだが。

「お姉さまが幸運をつかむ見込みはゼロに近いと思うわ」ヘレナがいった。「公爵はノートルダムのせむし男みたいだって話だもの」

「どうかしら」ヴェネチアは考え込んだ。「若くてお金持ちで醜い公爵なんているの?」

それが事実だとしたら、彼はレキシントン公爵ではない。演壇にのぼった男性を見るなり、客席のあちこちから感嘆のため息が漏れた。たしかに彼は端整な顔立ちをしていた。ヴェネチアの好きな、品のいい少年っぽい容姿ではない。無駄な肉のない細面の顔に、深くくぼんだ目元、まっすぐな鼻、高い頬骨。引きしまった唇をしている。

ミリーがいった。「古代ローマの元老院議員みたい。気品と威厳を感じさせる顔ね」

「どれくらい古い家系なの?」ヴェネチアはきいた。

「相当古いそうよ」ミリーが答える。「祖先のひとりはウィリアム征服王のもとで戦ったとか」

ハーバード大学の教授が長々と紹介をした。公爵のことより、自分自身の話のほうが長かったが。育ちがいいレキシントン公爵は、さすがに退屈もいらだちも見せず、穏やかな表情を保っている。

彼がヘレナに見合うだけの長身だとわかって、ヴェネチアはほっとした。自身の身長に劣等感を抱いている男性は、妹を前にして気おくれしてしまうことがある。ちらりとヘレナを見やった。興味をそそられているといいけれど。なんだかんだいっても、公爵は妹が男性に求めているものすべてを持っているはずだ。だが、ヘレナの表情は変わらなかった。

「満足した、ヴェネチア?」ミリーがささやいた。「彼を世界一幸運な男にしてあげるつもり?」

ヴェネチアは、公爵を結婚相手と考えているふりをしなくてはいけないことを思いだした。

「彼が持っている石の大きさによるわ」

ヘレナが鼻を鳴らしたのか笑いをこらえたのかわからないような音をたてた。

ヴェネチアはますます心配になった。ヘレナがまだ処女であると信じたい。笑い声ひとつで判断するわけではないけれど、ヘレナはいまの冗談をすんなり理解した。未婚のおばたちでさえ、説明を必要としそうなことだったのに……。

紹介が終わり、公爵が演壇にあがった。ほどよい速度でなめらかに話しはじめる。ハーバード大学の教授とはちがって、言葉は簡潔で、話題がそれることもなかった。

頭のいい男性だ。ヘレナは気に入るだろう。公爵の考え方はどちらかといえば進歩的で、ミスター・ダーウィンが提唱したように進化の推進力は自然選択であるとしており、一般的に信じられている新ラマルク説――定向進化説や跳躍進化説――とは一線を画していた。もっとも、講演全体はどことなく情熱に欠け、公爵自身ではなく第三者の意見を引用しているような印象を受けた。

それでも彼には人を引きつける強烈な魅力があり、聴衆を完全にとりこにしていた。話術や容姿だけではない、おそらくはその高貴な身分や威厳を感じさせる口調、古くから伝わる爵位と現代的な研究という組み合わせが独特の個性となっているのだろう。

講演が終わると、聴衆の男性ふたりから質問が出た。ハーバード大学の教職員と新聞記者のようだった。

ヴェネチアはミリー越しにヘレナに紙切れを渡した。「質問してみて」

質問をする最初の女性となれば、公爵に強い印象を与えられるだろう。

ヘレナはヴェネチアが書いた質問を読んだ。〝有神的進化論についてはどう考えますか?〟

「なぜわたしが?　お姉さまがきけばいいじゃない」

ヴェネチアは首を振った。「出しゃばりだと思われたくないの」

けれどもヘレナを説得する前に、聴衆の中から若いアメリカ人女性が立ちあがった。

「閣下《ユア・ロードシップ》」

ヴェネチアはびくりとした。公爵に呼びかけるときは〝公爵閣下《ユア・グレース》〟が正しい。〝ユア・ロードシップ〟とは呼ばないのだ。

「〈ハーパーズ・マガジン〉で非常に興味深い記事を読みました」若い女性はかまわず続けた。「その記事の中で、あなたは人間の美も自然選択の産物であるという意見を述べていらっしゃいますね。とまどった読者も多いと思うのですが、それについてもっと詳しく話していただけませんか？」

「もちろん」公爵はいった。「進化という観点からいうと、美も適応度をはかるひとつの要素でしかありません。われわれの美の概念は、主に均整と調和に基づいています。いい換えれば健全な肉体の証なわけです。われわれが好感を持つ要素――澄んだ瞳や、しっかりした歯、染みひとつない肌――は若さ、生命力、心身の健康を表しています。若くて健康な女性に惹かれる男性のほうが、年のいった病気がちな女性を好む男性よりも子孫を残す可能性が高い。つまり人間の美の概念というのも、何千年にも及ぶ自然選択の影響を受けていると考えられるわけです」

「では、あなたは美しい女性を見るとき、どう思うのですか？　繁殖に適していると？」

ヴェネチアはぽかんと口を開けた。アメリカ人というのは、なんてずけずけとものをいうのかしら。

「いいえ。ただ、人間が美を過大評価していることに驚きますね。科学者としては非常に興味深い現象です」

「興味深いとは？」

「われわれは生まれたときから人を見る目を培ってきます。ところが美人を前にすると、学んだことを全部忘れてしまう。美がすべてになってしまうんです。ミスター・ダーウィンが正しいことがわかりますね。われわれもかつては動物だったのです。いまだにある種の動物的本能を持っている。その一例が美に対する反応だ。美を前にすると、人は理性も品位もすべて二の次になってしまいます。だから照れ隠しに、美をことさらロマンティックに扱うのでしょう。そうすることによって動物的な衝動を、いまのこの文明の時代に容認してもらおうとするのです」

型破りで独断的な意見に聴衆がざわついた。

「つまり、あなたは美を楽しむことがないというのですか？」

「そんなことはありません。煙草を楽しむように美を楽しみます。いっときの喜びを与えてくれるが、本質的には意味のないもの、長い目で見れば害となるかもしれないものと割りきってね」

「ずいぶんと冷めた見方ですね」

「美とはそんなものです」公爵は冷ややかに告げた。

「思ったより苦戦するかもしれないわね、お姉さま」ヘレナが小声でいった。

「面倒な人みたいね」そう答えながらも、ヴェネチアは内心で興味をそそられていた。義理の弟になるかもしれない男性に感じる以上の興味を。

ひとりの若い男性がいきなり立ちあがった。「ぼくの解釈が正しければ、あなたは基本的に、美しい女性はみな信用ならないと断言していることになりますね」

ヴェネチアはひそかに舌打ちした。そんなこと、公爵はひとこともいっていないじゃない。美というものに対して中立的な立場を取るべきだと述べただけだ。美しい女性も、ほかの女性たちと同じく、外見だけでなくさまざまな観点から眺め、判断すべきだと。それのどこが問題だというの？

「美しい女性が基本的に信頼できないというのは事実です」公爵が答えた。

ヴェネチアは眉をひそめた。何をいいだすのかしら。美は善なりというのと同じくらい陳腐だわ。いえ、もっとひどい。

「美しい女性は、その美が保たれているかぎり追い求められ、あらゆる過ちを許される。美しければそれでじゅうぶんといわれるんです」

ヴェネチアは鼻を鳴らした。だったらどんなにいいか。

「ですが、誰も彼もがそこまで分別がつかなくなるわけじゃない」若い男が反論した。

「ではひとつ、具体的な例をあげさせてください。ひとつの事例のみでわたしの説が正しいという証明にはなりませんが、この場合、偏見のない純粋な統計を取るのは不可能です。こと人間心理に関してはね。ですからとりあえず、知りうるかぎりの事例で間に合わせるしかありません。

数年前、ぼくは八月の終わり頃にロンドンに立ち寄りました。社交界の人々はもうほとんどが街を出て、田舎に戻っている時期でした。クラブにもひとけがなく、ぼくと、もうひとりの男しかいませんでした。

ぼくはその男を知っていました。かつて、ある非常に美しい女性の夫だと聞いたことがあったのです。彼は少し妻の話をしたあと、自分みたいになりたくなければ、彼女をわがものにしようと思わないほうがいいと忠告してきました。

不愉快な会話でした。意味もよくわからなかった。けれどもこの数日後、その男の死亡記事が新聞に載ったのです。少し調べてみたところ、彼は破産しており、なおかつ何軒もの宝石店に多額の借金があったことがわかりました。彼の死の状況は検死を必要とするものでした」

ヴェネチアの頭の中で、何かがかちりと鳴った。この女性――公爵が夫の死に責任があると糾弾している女性というのは……ひょっとして、わたしのこと？

「未亡人となった彼女は二年も経たないうちに再婚しました。はるかに年上の、かなり裕福な男性と。やがて、彼女は夫の親友と不義を働いているとのうわさが広まりました。彼が死の床にあったときも、付き添うことすらしなかったそうです。二度目の夫はひとりで死んでいきました」

やはり公爵が話しているのはわたしのことだわ。事実はひどくゆがめられているけれど。ヴェネチアは耳を覆いたかった。それなのに体が動かなかった。まばたきひとつ、できなかった。ただ大理石の彫像のように、じっと彼を見ているしかなかった。

二度目の結婚に関する批判にも胸は痛んだが、それはさほどでもなかった。彼女自身が情事のうわさを広めた部分もあるのだから。けれど、公爵がトニーについていったことは……

トニーの言葉を引き合いに出したこと、まるであの妻さえいなければ彼は自殺せずにすんだとほのめかされたことは——。

「実に薄情な女性だったのです、その美女は」

公爵の口調がゆっくりになったのだろうか？　忌まわしい一語一語が空中にいつまでも漂っているようだ。劇場内はランタンの光で明るく、無数の塵《ちり》が白い光の粒をとらえて、きらきら光っている。

「彼女が周囲の非難を浴びたと思うでしょう」公爵は容赦なく続けた。「ところが、そうではなかった。どこへ行っても歓迎され、いまだに結婚の申し込みが絶えないそうです。彼女の過去など誰も覚えていないかのように。だから、わたしはいうのです。美を前にすると、誰もが分別を失うと」

また別の質問が出た。ヴェネチアは聞いていなかった。公爵の答えも耳に入らなかった。ただ彼の声が——遠くから、けれどもいやおうなく聞こえてくる声が、頭の中に響いているだけだ。

講演会がいつ終わったのかもわからなかった。いつ公爵が演壇をおり、聴衆が帰りはじめたのかも。立ちあがったときにはあたりは暗く、がらんとしていた。ヴェネチアは腕に置かれた妹の手をそっとはずすと、大股で出口へ向かった。

「いまだに信じられないわ、あんなことがあるなんて」二杯目の熱い紅茶を義姉の手の中に押し込みながら、ミリーがいった。ヴェネチアは自分がその前の一杯を飲み干したのか、冷めてしまったから淹れ替えられたのかもわからなかった。

ヘレナは客間を行ったり来たりしていた。ほっそりとした長い影が壁に映った。

「たくさんの嘘と大勢の嘘つきが絡んでいるのよ。ミスター・イースターブルックの家族は根も葉もないうわさを広めた。ミスター・タウンゼントだって、平気で嘘をつく人だった。そしてお姉さま、あなただって、ふたりをかばうことで嘘に加担していたのよ」

それは事実だった。ヴェネチアも、ときには嘘をつかざるをえなかった。だがそれは誰かを守るため、体面を保つため、自身の誇りを守るための嘘だった。だからどこへ行っても、堂々としていられたのだ。本当は隅っこに引っ込んでいたいと思うようなときも。

「公爵はおそらく嘘つきではないんでしょう」ヘレナが続けた。「でも、あんなめちゃくちゃな話をするなんて最低よ。単なるうわさ話を、大英百科事典から引用したかのように大勢の前で披露するなんて。許しがたいわ。まあ、ありがたいことに、アメリカ人はウェールズ公とマールバラ公くらいは知っていても、お姉さまのことは知らないし、公爵の話からその女性が何者かを推測することもできないでしょうけど」

「ささやかな幸運に感謝ね」ミリーがつぶやく。

ヘレナはヴェネチアの座っている椅子の前で立ちどまり、腰をかがめて姉の目をまっすぐにのぞき込んだ。「仕返しをしてやりなさい、お姉さま。彼に恋をさせて、それからぽいと捨ててやるのよ」

暗い思いがヴェネチアの脳裏を縦横によぎっていた。ロンドン塔のまわりを飛びかうカラスのように。だが妹の落ち着いて決然としたまなざしを見たとたん、過去は消え去り、レキシントン公爵のこともどこかへ飛んでいった。

ヘレナ。ヘレナはこうと決めたら、無情なまでにそれを貫く女性だ。

もし妹が本当にアンドリュー・マーティンを愛すると決めたのなら、すでに賽《さい》は投げられたということだ。船は出航した。橋はかけられ、燃やされた。ミリーもフィッツもヴェネチアも、何をどうがんばろうとヘレナの気持ちを変えることはできないだろう。

ヴェネチアは自分の心の大部分がすでに麻痺していることを喜ぶしかなかった。もはや絶望を感じることもない。

いまのところは。

3

ヴェネチアが一〇歳のとき、当時住んでいた家のそばで列車の脱線事故が起きた。父は先頭に立って乗客たちの救出にあたった。ヴェネチアやきょうだいたちは近づくことを許されなかった。衝撃を受けないように、という配慮からだ。それでも乗客の手当ては任された。ごく軽傷の子供たちを中心に。

見たところけがのない、ヴェネチアと同い年くらいの少年がいた。前にサンドイッチを置いてあげると食べ、紅茶のカップを渡すと飲んだ。質問すると、きちんと筋の通った答えが返ってきた。それでもしばらくすると、彼の心はここにないことがわかった。まだ脱線事故の只中にいたのだ。

レキシントン公爵の講演に続く数日、ヴェネチアはその少年と同じように、一見いままでと変わらない日々を送っていた。行くと言い張って、予定どおりモントリオールへ旅行に出かけた。寒さをものともせず――というより、実際ほとんど寒さを感じていなかった――ノートルダム大聖堂を訪れ、市場の立つ日にボンスクール・マーケットに集まる風変わりな衣装の人々に微笑みかけ、ロイヤル山の山頂の見晴らし台にあがって、そこから望む街の全景を楽しんだ。

しかしその間も、レキシントン公爵の糾弾する声が何かにつけてよみがえってきた。トニーの死のすぐあとに続いた、みじめな日々の記憶も。あの講演以来、ヴェネチアは自分の心をどこか別の場所から傍観しているような状態だった。大陸の向こうの見知らぬ人間に起きたできごとを眺め、なんの関心も抱くことができない――そんな感じだった。

その心境にふと割れ目が生じたのは、ニューヨークへ発つ三日前のことだった。夜中に目が覚めると、心臓が激しく打っており、突然何かを、すべてを壊したい衝動に駆られた。ヘレナとミリーが目を覚ます頃には、ヴェネチアは荷造りと着替えをすませ、旅行鞄を馬車の荷台にくくりつけていた。わめいて物を叩き割るにしても、その場面を家族に見られたくはない。

「ひと足先にニューヨークへ行くことにしたわ。あちらで滞在の準備をしておくから」彼女はいった。

ヘレナとミリーは顔を見合わせた。今日ではちゃんとした観光案内書と電報局があれば、誰でも旅行の手配はできる。現代のニューヨークでは、先に人を派遣して宿泊の準備をしてもらう必要はない。ましてや街でも最高級のホテルのひとつに予約を入れ、すでに部屋を確保してあるのだから。

ヘレナが口を開いた。「だったら、わたしたちも一緒に――」

「その必要はないわ」自分でも驚くほどきっぱりと、ヴェネチアは拒絶した。ひとつ深呼吸をして、いい直す。「ひとりになりたいの」

「本当に大丈夫？」ミリーがためらいがちにきいた。

「もちろんよ。そんな暗い顔をしないで。ほんの二日で、また会えるじゃない」

そういわれても、ふたりの顔はやはりとまどいと不安でいっぱいのままだった。ヴェネチアのそばにいて守ってあげたいのはやまやまだ。けれど、姉妹愛では守りきれない傷もある。暗い洞窟《どうくつ》で、ひとり傷を舐めるしかないこともあるのだ。

「もう行かないと」ヴェネチアはいった。「列車に乗り遅れるわ」


トニーとの思い出にはけりをつけたとヴェネチアは思っていた。だが結局のところ、自分に嘘をついていたのだ。彼が永遠に沈黙してしまい、こちらが慎重に問題を避けていたから、いっとき休戦状態だっただけのことだ。

いままた、その休戦すら破られた。南へ向かう列車の中で、彼女は寒々しい景色が窓を通り過ぎていくのを眺めながら、頭の中で同じ問いが繰り返されるのを聞いていた。うろたえた哀れっぽい声が響く。〝どうしてあなたはレキシントン公爵にそんなことをいったの、トニー、どうして？〟

〝わかりきったことよ。彼は誰かに、あなたが彼の死に責任があると思わせたかったの〟

それがなぜこんなにも苦い衝撃を伴うのか、ヴェネチアにもよくわからなかった。時が経つにつれ、知らず知らず過去を美化していたのだろうか。トニーとの日々はそれほど息苦しい生活でもなかった。わたしはほかの女性たちと比べて特別不幸だったわけじゃない。トニーだって、さほど卑屈な男だったわけじゃない……。

けれど、これが彼のやり方なのだ。墓の下からも彼女に不幸な日々を、心の傷を、恥を思いださせる。

真実とともに。

グランドセントラル駅で列車をおりたとき、ヴェネチアは頭ががんがんしていた。友人のレディ・トレメインの運転手が持っていた目印にも気づかずに、前を通り過ぎるところだった。レディ・トレメインとその夫、ふたりの幼い娘はすでにイングランドに発っていたが、ヴェネチアが自由に使えるようにと自動車を残していってくれたのだ。

バーンズと名乗ったその運転手は、ヴェネチアを駅の構外の、車をとめてある場所まで案内した。馬具をつけた馬が引いていないだけで、自動車は二頭立て四輪馬車《ヴィクトリア》にそっくりだった。車体は無蓋で、運転席は一段高くなっており、後部座席には折りたためる幌までついている。

「ドライブ用の帽子です、ミセス・イースターブルック。レディ・トレメインからご自由に使っていただきたいとのことでした」バーンズが座席に置かれた帽子箱を示した。

「ご親切なこと」ヴェネチアはつぶやいた。

帽子についたヴェールというのはたいてい装飾用で、透ける生地を使っており、隠すためというよりは顔に注意を引くためのものだ。だが、レディ・トレメインの帽子は浮ついた目的で作られたものはなかった。みっともないわけではないが、きちんとヴェールの役目を果たすべく、目の細かなネットが二重に帽子の縁から垂れていた。

「街中では速く走りません」バーンズが運転用眼鏡を直しながらいった。「ですが、郊外を走るときにはその帽子が役に立つと思いますよ」

ヴェネチアは自分の帽子をはずし、ドライブ用の帽子を頭にのせた。いきなり霧に覆われた感じになった。ロンドンの濁った濃霧ではない。田舎を早朝に散歩していると出くわすことのある、地面から立ちのぼるようなやさしい霧だ。

グランドセントラル駅の喧騒も遠のいていった。バーンズがエンジンをかけ、運転席に乗り込み、ブレーキをはずした。ヴェネチアのまわりの半透明な繭の向こうを、幻想的なマンハッタンの街並みが流れていった。色はかすみ、建物の線も曖昧《あいまい》になって、通りを行く人も、現代の芸術家たちが喜びそうな具合にぼやけている。

わたしの人生も、こんなふうに安全な繭に守られて激しい浮き沈みを経験することなく生きていけたらいいのに、とヴェネチアは思った。

二キロほど走ったあと、自動車は止まった。「ここがお泊まりのホテルです、ミセス・イースターブルック。なんと一七階建てなんですよ」バーンズが誇らしげにいった。「堂々たる建物じゃありませんか？　どの部屋にも電気と電話が通っているそうです」

ホテルはたしかに見あげるほど高く、周囲の建物の中でもひときわ目を引いた。

「本当に見事——」

ヴェネチアははっとした。通りをこちらに向かってくる背の高い、いかにも尊大そうな男性に気がついたのだ。見まちがえようがない、レキシントン公爵だ。彼は自動車を一瞥すると、ホテルの中へ入っていった。

ここはわたしの泊まるホテルよ。あの人はいったい何をしているの？

衝動的に逃げだそうとした。ほかのホテルに泊まればいい。一七階建てのホテルの部屋も、電話もいらない。敵と同じ街にいたくないから、ニューヨークに逃げてきたのだ。

けれどもかたくなな自尊心が、バーンズに車を出すよう命じることを拒んだ。彼女は肩をそびやかした。「見事なホテルね。楽しい滞在になると思うわ」

引き返して逃げる必要があるのはわたしではなくて、彼のほうだわ。わたしは人を中傷したりしていない。悪意あるうわさを広めてもいない。結果を考えずにしゃべってもいない。

ドアマンが現れ、車からおりるのに手を貸してくれた。ポーターが近づいてきて荷物を受けとった。ヴェネチアは、代わりに滞在の手続きをしましょうというバーンズを断り、彼にチップを渡して、今日はもう帰るようにいった。

大理石とオニキスでできたホテルの円形広間を横切っているときにはじめて、自分がまだヴェールをつけたままなことに気づいた。薄暗い屋内では周囲が見えづらかったが、まったく見えないわけではない。無事にホテルの受付へたどり着いた。

フロント係は彼女の帽子を見て、目をぱちくりさせた。「いらっしゃいませ、マダム。何かご用でしょうか？」

彼女が答える前に、一メートルほど離れたところにいた別のフロント係が客に挨拶をした。

「いらっしゃいませ、公爵閣下」

ヴェネチアはまたしてもはっとした。

「出かけているあいだ、何かあったかい？」レキシントン公爵が落ち着いた声でたずねた。

「はい、〈ローデシア号〉のヴィクトリア・スイートを予約いたしました。船にはふた部屋しかスイートがございませんが、このお部屋でしたら航海中、人目を気にせず、ぜいたくで快適な旅をお楽しみいただけると思います」

「出発はいつになる？」

「明日の午前一〇時でございます」

「わかった」公爵はいった。

「マダム、ご用は？」ヴェネチアに応対したフロント係が再度きいた。

ここでいきなり踵《きびす》を返すのでないなら、なにかしゃべらなくてはいけない。少なくとも名乗らなくては。彼女は咳払いした。ふと、ドイツ語が口をついて出た。

「イッヒ・ヘッテ・ゲルン・イーレ・ベステン・ツィマー」

結局、わたしは逃げだしたのだ。ヴェネチアはこぶしを固めた。混乱する頭の中で怒りに火がついた。

「マダム、失礼ですが、なんと？」

歯を食いしばり、ドイツ語を繰り返した。

フロント係はとまどっていた。すると振り向きもせず、こちらを見ることすらせずに、レキシントン公爵がいった。「そちらのレディは、このホテルでいちばんいい部屋をご所望だ」

「そうでしたか、もちろんでございます。お名前をいただけますでしょうか、マダム?」

彼女はごくりと唾をのみ込み、適当にいった。「バロネス・フォン・セイドリッツ・ハルデンベルク」

「こちらには何泊されますか?」

指を二本出してみせた。フロント係が宿帳に何やら書き込んだ。ヴェネチアは偽名で宿泊名簿に署名した。

「こちらがお部屋の鍵になります、男爵夫人。セントラルパークの地図もどうぞ。玄関を出てすぐが公園になっておりますので。では、ご滞在をお楽しみくださいませ」

案内係にエレベーターのほうへ連れていかれた。エレベーターはすぐに来た。金属製の箱がおりてきて、鈍い音とともに止まる。蛇腹式の扉が折りたたまれて壁にしまわれ、内側の扉がゆっくりと開いた。

「ようこそ、マダム」エレベーター係がいった。「ようこそ、公爵閣下」

また彼だ。ヴェネチアはわずかに頭をめぐらせた。レキシントン公爵が隣に一歩さがって立っており、彼女が乗るのを待っていた。動きなさい。ヴェネチアは自分に命じた。エレベーターに乗るのよ。

なんとかして足を前に進めた。公爵があとに続いて乗り込んでくる。ちらりとこちらを見たが、ヴェネチアだとは気づいていないようだ。彼は、エレベーター内を彩る金めっきを施した鏡板に視線を転じた。

「何階でございますか、マダム？」エレベーター係がたずねた。

「フュンフツェーン・ストック」

「いま、なんと？」

「このレディは一五階に行かれるそうだ」公爵が通訳した。

「ありがとうございます」

エレベーターはじれったいくらいゆっくりと上昇していった。帽子をかぶったままのヴェネチアは息苦しくなってきた。けれど、荒い呼吸はできない。動揺していることがわかってしまう。

一方の公爵は悠然としていた。あごにも緊張感は表れておらず、まっすぐに立っているが、しゃちこばってはいない。ステッキの柄をつかむ手からは完全に力が抜けていた。

ヴェネチアは怒りが猛然と燃えあがった。耳を聾《ろう》さんばかりにめらめらと。何かを叩きつけたくて指先がむずむずした。

この人はどうしてあんなことをいったの？　自分のばかげた偏見を正当化するために、なぜわたしのことを持ちだしたの？　わたしがようやく手に入れた心の平安をぶち壊して。それでいて自分は人生にしごく満足しているとばかり、澄まして気取った顔をしているとは。

エレベーターが一五階で止まったので、彼女はすたすたと廊下に出た。

「奥さま《グネーディゲ・フラウ》」

公爵にドイツ語で話しかけられたのだとわかるまで、少し時間がかかった。

ヴェネチアは足を速めた。彼の声など聞きたくない。これ以上、彼の存在を感じたくもなかった。あんな男、次の調査旅行では蛇の穴にでも落ちて、毒の後遺症に一生苦しめばいい。

「あなたの地図です」彼がなおもドイツ語で話しかけてきた。「エレベーターの中に落ちていましたよ」

「いりません」ヴェネチアは振り返ることなく、ドイツ語で短く答えた。「差しあげます」


スイートルームに入ると、クリスチャンは男爵夫人の地図を壁際のテーブルの上に放った。上着を脱ぎ、それを椅子の背にかけてから、反対側の椅子に腰をおろした。

あれから一〇日になるが、いまだに自分のしたことが信じられなかった。いったいぼくはどうしてしまったのだろう？　持病がある男と同じで、折り合いをつけて生きていくことを学んでいたはずだ。じっと耐え、日々忙しく過ごし、それについては決して語らなかった。

なのに、赤の他人であふれた劇場で延々と語ってしまうとは。

許しがたい過ちだ。思いだしたくもないのに、何かにつけ、告白した瞬間のことがよみがえってくる。ミセス・イースターブルックへの執着をついに認めたこと――遠まわしにだが――に対する不敵な喜び。自分のしたことに気づいたときの、とてつもない屈辱感……。

ロンドンの社交シーズンを避け、彼女と顔を合わせないようにしてきたのが、そもそもまちがいだったのかもしれない。ずっと社交界と距離を置いていたせいで、若い女性たちとの出会いもほとんどなかった。ひょっとしたらその中に、彼女を永久に忘れさせてくれる女性がいたかもしれないのに。

ノックの音がした。クリスチャンは自分で扉を開けた。従者には二週間の休みをやっている。いま頃はニューヨークに移住した兄を訪ねていることだろう。若いポーターが一礼し、ミセス・ウィンスロップからの手紙を手渡した。ホテルの滞在客で、この三日ほど彼に秋波を送り続けている女性だ。

気晴らしは大いに必要だが、クリスチャンとしては、遊びであっても最低限の基準は守りたい。ミセス・ウィンスロップは虚栄心が強いだけでなく、少々頭の働きが鈍い。いま届いた誘いの手紙を見るかぎり、さりげない拒絶に気づいていないらしい。

「ミセス・ウィンスロップに花を贈っておいてくれ。残念ながらご招待には応じられない、とひとこと添えて」クリスチャンはポーターにいった。

「かしこまりました」

ふと、テーブルの上に置いたセントラルパークの地図が目についた。「それから、この地図をセイドリッツ・ハルデンベルク男爵夫人に返しておいてくれないか」

ポーターは一礼して出ていった。

クリスチャンはスイートルームのバルコニーに出て、下を見おろした。怖いくらい高さがあり、空気が肌に冷たい。歩行者は操り人形程度の大きさで、歩道には継ぎ目のある人形がひしめいているように見えた。

ホテルから女性がひとり出てきた。セイドリッツ・ハルデンベルク男爵夫人だ。あの奇妙な帽子でわかる。もっとも、帽子以外の部分は実に均整が取れていた。繁殖に適した体つき。別に彼女と繁殖行為を営もうと考えているわけではないが。それでも、その体について思いをめぐらすのは心地よく、気がつくとうしろ姿を目で追っていた。

エレベーターの中では、彼女の視線がクリスチャンの頭のてっぺんからつま先までを舐めまわすように感じられた。

イングランド国内でも国外でも、クリスチャンは女性にもてないほうではない。それでも男爵夫人が示した関心は過剰だった。一度もまっすぐ彼のほうを見なかったことが、いっそうその印象を強くした。

ところがいまになって、彼女はクリスチャンを見つめた。一六階下から肩越しに振り返り、彼の姿をたしかにとらえたようだった。顔を隠すクリーム色のネット越しの視線がはっきりと感じられたから。やがて彼女は通りを横切り、セントラルパークの木立の中に消えた。

セントラルパークの木立や池、橋、自転車で風を切って走る男女——そういったものも、ヴェネチアはろくに目に入っていなかった。動物園でアシカが吠えた。ホッキョクグマを見ようと子供たちが騒ぎ立てている。ヴァイオリンが奏でる『タイスの瞑想曲』の物悲しい調べが流れてきた。それでも耳にいやおうなく聞こえてくるのは公爵の声だった。

〝そちらのレディは、このホテルでいちばんいい部屋をご所望だ〟

〝このレディは一五階に行かれるそうだ〟

〝あなたの地図です〟

あの人に紳士的に、親切げにふるまう権利なんてないはずよ。知るべきことはすべて知っているといわんばかりにわたしを批判した、あんな人に。実際には何も、何ひとつ知らないくせに。

なのに、夫にそこまで憎まれていた女として辱められたのはわたしだ。公爵がせめて、うわさ話は内々でするくらいのたしなみを持っていてくれたなら、わたしは知らぬままでいられたのに。けれども、あれだけの人の前で明らかにされたのだ。あの恥ずかしさは一生忘れられないだろう。

公爵を安全で快適な高みから引きずりおろしてやりたい――そうせずにはいられない。それだって因果応報というものよ。わたしの名誉をとことん傷つけたのだから、その報いは受けて当然だわ。

でも、どうしたらいいの？　名誉棄損で訴えることはできない。名指しされたのではないのだから。仕返しに暴露してやれるような、公爵の暗い秘密を知っているわけでもない。あの男は卑怯者だと、六五歳以下の女性全員に警告してまわってもいいが、彼ほどの地位と富があれば、自分の好きな女性を妻にするのは簡単だろう。

暗くなってからホテルへ戻った。足が痛み、頭もずきずきしていた。エレベーターの中には係をのぞいて誰もいなかったが、階上へあがればまた公爵がいて、あの傲然とした態度で挑発してくるかもしれない。

スイートルームの扉を開けるなり、百合の香りに迎えられた。さっきまではなかった大きな桃色の花瓶が居間の中央のテーブルに置かれている。花瓶からは、長く凜々《りり》しい茎を持つ白いカラーとオレンジ色のグラジオラスが天井に向かって伸びていた。電球の明かりの下で花びらがまばゆく輝いて見える。

家族は決してカラーの花を贈ってこない。最初の結婚式の日、その花束を手にして、トニーが待つ祭壇へと教会の通路を歩いたからだ。花を囲む細長い葉のあいだから、ヴェネチアはカードを抜きとった。

〝ニューヨークを出発しなくてはならず、とても残念です。またご一緒できる日を楽しみにしています。レキシントン〟

なんて厚かましい男だろう。豪華な花束は再会の約束というわけ？　彼はわたしがベッドで待っていることを――ほとんど全裸で――期待しているらしい。ヴェネチア・イースターブルックという人間を嫌悪していても、うしろ姿は気に入ったようだ。

ヴェネチアはカードをふたつに引き裂いた。さらに四つ、八つに。自分の無力さを噛みしめながら、ちぎりつづけた。

ふいにヘレナの言葉が頭に浮かんだ。〝仕返しをしてやりなさい、お姉さま。彼に恋をさせて、それからぽいと捨ててやるのよ〟

いいじゃないの。

彼にとって、それがなんだというの？　戯れの恋がうまくいかなかっただけのこと。せいぜい数週間――うまくいけば数か月――胸が痛む程度のはず。でも、わたしはこれから一生彼の告発の重みを背負っていかなくてはいけないのよ。

接客係に電話をかけ、〈ローデシア号〉の一等客室の、できるだけヴィクトリア・スイートに近い部屋の予約を頼んだ。それからヘレナとミリーに、突然だが帰国することにした、と手紙を書いた。

手紙に封をする段になって、どうやってレキシントン公爵を誘惑しようか考えた。彼はわたしに対して強い先入観を持っている。どうすれば警戒心を解けるだろう？　この手のことに関しては最大の武器となるはずのわたしの顔をひと目見るなり、彼はそっぽを向くかもしれない。

まあ、いいわ。何か方法を考えよう。意志があればなんとかなるもの。どんな手を使っても、レキシントン公爵にあの日のことを――わたしの胸にナイフを突き立てた日のことを後悔させてやるわ。

4

クリスチャンは甲板に立って、下をあわただしく行き来する人々を眺めていた。

重たげな荷車が埠頭におろされ、積み込まれる。その手順は驚くほど整然としていて手際がいい。旅行鞄や木箱が人夫たちの分厚い肩と盛りあがった上腕に抱えられ、荷物用の滑り台へとおろされていく。引き船は互いに笛を鳴らしながら、巨大な客船の船首を方向転換させ、外洋のほうへ向かせようとしていた。

道板を通って乗客が乗船してきた。これまで池を渡ったことすらないとおぼしき若い女性が、くすくす笑っている。仕事で今年三回目の船旅だという紳士たちは平然としたものだ。子供たちは興奮気味に煙突を指さしている。移民労働者たちは——ほとんどがアイルランド人だ——短い里帰りだろうか。

服のわりに帽子が派手な男はおそらく詐欺師だ。乗り合わせた人々に〝一生に一度の大チャンス〟があるとふれまわり、資金を集めるつもりにちがいない。レディのお相手役《コンパニオン》らしき、質素なドレスで控えめな物腰の女性は、一等客室の紳士たちを値踏みするような目で見ている。コンパニオンを一生続けるつもりはないのだろう。まだ幼さの残る青年が、太って汗ばんだ父親の背中を蔑《さげす》むようににらんでいる。父親のほうはこれといって取り柄のない息子と縁を切り、別に跡継ぎを作りたいと考えているようだ。

ところで、セイドリッツ・ハルデンベルク男爵夫人に関してはどんな想像をめぐらせたらいいだろう。いま、道板をのぼってくるのは彼女ではないだろうか。あの帽子でわかる。事務員のような帽子だが、光沢があってしゃれている。昨日のヴェールはクリーム色だったけれど、今日は青だ。青の旅行服に合わせてある。

論理的に考えれば、〈ホテル・ネザーランド〉から〈ローデシア号〉が停泊しているハドソン川の四二丁目埠頭まで来るのに旅行服は必要ない。けれどもクリスチャンは、女性の服装に論理をあてはめようとするのはとうにあきらめていた。不合理と気まぐれの産物と思うしかない。

服装に対する熱意は、しばしばその女性の知性と反比例する。帽子を鮮やかな羽根で飾り立てた女性には目を向けないようにし、舞踏会用ドレスの収集で有名な女性の屋敷ではおいしい料理は期待しないことにしている。

男爵夫人は流行の最先端をいく服装をしていた。だが、どこか落ち着きがなかった。手にした珍しい傘を——青い八角形の模様が入った白い傘だ——ひっきりなしにまわしている。だが、知性に欠けるようには見えなかった。

彼女が顔をあげ、まともにクリスチャンを見た。何が見えたにせよ、彼女ははっと手を止めた。傘も回転を止め、縁飾りが勢いを失って前後に揺れた。

それもほんの一瞬だった。彼女はふたたび道板をのぼりはじめた。傘もまた眠りを誘うような回転を始めた。

彼女が一等船室に消えるまで、クリスチャンは見守っていた。

あの女性なら、いまぼくが必要としている気晴らしの相手になるだろうか？


出航の最後の瞬間にはいつも静寂が訪れる。ふと、あたりが静まり返り、桟橋から出される命令が船の向こう端まで聞こえるようになる。港がゆっくりと遠ざかっていった。眼下の主甲板では、誰もがあとに残していく愛する人々に向かって大きく手を振っていた。埠頭に集まった人々が手を振り返す。懸命に、いささかこれ見よがしに。

ヴェネチアは喉が締めつけられる思いだった。最後に、この人たちのように純粋でまっすぐな感情を抱いたのはいつだったろう。

少なくとも、抱いたように感じたのは。

「おはよう、男爵夫人」

びくりとした。レキシントン公爵が、ほんの一メートルほど離れたところに立っていた。手袋をはめていない手を手すりにかけ、灰色のゆったりした上着に、発掘のための旅行用らしきフェルトの帽子というくだけた装いで。彼はヴェネチアに視線を向けず、ニューヨークの岸を——通り過ぎていく波止場、起重機、倉庫を眺めていた。

氷山のごとく冷ややかな物腰で。

「わたしをご存じなの?」彼がドイツ語で話しかけてきたので、ヴェネチアは同じ言語で答えた。動じることなく穏やかな口調で答えられたことに、われながら驚いた。

公爵が彼女のほうを向いた。「いや、いまはまだ、男爵夫人。でも、ぼくはお近づきになれたらと思っている」

昨日はホテルのエレベーターで乗り合わせた。あのときは彼がすぐそばに立ったことが腹立たしいばかりだったが、今日はナイアガラの滝に渡した細い鉄線の上で均衡を保っているような気分だった。

わたしはゲームを始める用意ができているのかしら?

「どうしてわたしと近づきになりたいの、公爵閣下?」彼の爵位を知らないふりをしても意味はない。ホテルの従業員が、彼をはっきりそう呼んだのだから。

「あなたはほかの女性とはちがっているから」

あなたが品性に欠けると糾弾した貪欲な娼婦とはちがうと?

いらだちをのみ込み、ヴェネチアはいった。「愛人を探していらっしゃるのかしら?」

ゲームをするなら、ルールを覚えないと。ミスター・イースターブルックは常々そういっていた。

「だとしたら、名乗りをあげてくれるのかな?」ごくさりげない口調だった。単にダンスを申し込んでいるかのような、不適切なことなど何もないというような。

花束が贈られてきたあとだけに、ヴェネチアは驚かなかった。それでも肌がかっと熱くなった。ヴェールをかぶっていてよかったわ。嫌悪感を隠すのは難しかっただろうから。

「わたしが断ったら？」

「二度とこんなことは口にしない」

物心がついた頃から、ヴェネチアは言い寄ってくる男性を相手にしてきた。こちらの気を引こうと無関心を装っているだけなら、すぐにそうとわかる。けれども公爵の醒めた態度は、見せかけではなさそうだった。誘いを断ったら、彼はあっさりヴェネチアのことは忘れ、ほかの女性に目を向けるのだろう。

「では――迷っているといったら？」

「その気にさせてみたいね」

川面を抜ける風はさわやかだったが、ヴェールのせいでヴェネチアは息が詰まりそうだった。いいえ、ヴェールのせいではないのかもしれない。彼のせりふ、彼の存在のせいかも――。

「どうやって？」

公爵が口角をあげた。面白がっているのだ。「実演してほしいということかな？」

彼が鋭い知性の持ち主であること、傲慢であること、徹底的に人を中傷できる人間であることは知っていた。けれどもいま、彼の冗談めかした口調を聞き、引きしまった筋肉質な肉体を前にし、指が無意識に手すりをさすっているのを目にすると、ヴェネチアはその性的魅力を意識せずにいられなかった。

愛人になるなんて、とても無理だ。百万年経っても無理。彼がこの世でただひとりの男性になったとしても。この世にただひとりの男性で、地上に残った唯一の食料をひとりじめしている人間だとしても。

「お断りよ」彼女は怒りを抑えていった。「実演してもらうまでもないわね。二度とお会いせずにすめばありがたいわ」

突然の拒絶に面食らったとしても、公爵は顔に出さなかった。「そういうことなら、よい船旅を、マダム」


ミリーのメイドのブリジットがホテルの受付から戻ってきて、ミセス・イースターブルックが宿泊している記録はないようです、と告げた。

「別のホテルに行ったのかしら？　どう思う？」ミリーはヘレナにきいた。

ヘレナは不安を隠せなかった。「でもレディ・トレメインの運転手は、お姉さまをここまで送ったといっていたわよ」

「直接、フロント係にきいてみるわ」ミリーがいった。

そしてカウンターに近づき――ヘレナもあとに続いた――ミセス・イースターブルックについてたずねた。係はもう一度宿帳を調べてからいった。

「申し訳ございません、マダム。ですが、そういった名前のお客さまはこちらに滞在していらっしゃいません」

「では、フィッツヒューかタウンゼントでは？」

ヴェネチアがトニーの姓を使うとは思えなかったけれど、きいてみた。姉の名刺には〝ミセス・アーサー・イースターブルック〟としか書かれていないくらいなのだが。

係がすまなそうに顔をあげた。「そちらのお名前でもございません」

「誰か、すごい美人がひとりで来たのを覚えていないかしら?」

「さあ、どうでしょう」

「しかたないわ」ミリーがいった。「レディ・フィッツヒューの名前でスイートルームを予約してあるでしょう? 一日早く着いてしまったの。泊まれるといいのだけれど」

「もちろん、ご宿泊いただけます。それからあなたさまとミス・フィッツヒューあてに、お手紙をお預かりしております」

封筒の表書きに書かれた字は見慣れた筆跡だった。ヴェネチアのものだ。ふたりは安堵した。そして部屋に入るなり、封を開けた。

親愛なるミリーとヘレナ

予定より早い船でニューヨークを発つことにしました。どうかわたしのことは心配しないで。体は健康そのものだし、精神的にも落ち着いてきたわ。

ロンドンで会いましょう。

ヘレナは下唇を噛んだ。ヴェネチアはわたしのために、あの講演会へ行ったのだ。彼女はアンドリューとつき合いはじめる前、起こりうる、ありとあらゆる問題を想定してみた。少なくともそのつもりだった。でもこんなことになるなんて、想像すらしていなかった。

心配で胸が締めつけられる思いだ。最悪の場合を考えてきたし、その覚悟もしてきたけれど、まさか一気にここまで状況が悪化するとは――。さすがのヘレナも、不安におののかずにはいられなかった。

クリスチャンはニューヨークに届いた二束の手紙を確実に処理していった。〈ローデシア号〉がニューヨーク湾のサンディフック半島を過ぎてようやく外洋に出たときは、海面はテーブルクロスのように平坦だった。だが、大西洋は日が経つごとに波が立ってきた。揺れが仕事に差し障るほどになると、彼は代理人や弁護士からの報告書を読むのをあきらめた。船は左右に大きく揺れ、甲板を歩くにも手すりをつかまなくてはならないくらいだ。喫煙室では――そこでは紳士たちが、例によって、船が一日に進む距離について賭けている――灰皿を追いかける羽目になった。

お茶の時間になると雨が降りだした。最初は小雨だったが、じきに雨粒が、岩が降ってきたかと思うような激しさで窓を打つようになった。クリスチャンは雨を眺めながら、また男爵夫人のことを思った。

いまだに彼女のことが頭を離れないのは、袖にされたから——自分が拒絶されることに慣れていないからかもしれない。だが、それだけとは思えなかった。気になっているのは自分の感情ではなく、相手の激しい反応のほうだからだ。彼女は怒っているようだった。誘いを受けて、いっそう怒りを募らせたふうに見受けられた。そのことが彼女の正体より、いや、顔を隠している理由より気になってしかたがなかった。

ミセス・イースターブルック以外の女性のことを考えているというのはなんとなく不思議だが、悪くない気分だった。

男爵夫人にその気がないのは残念なことだ。


論理的に考えれば、レキシントン公爵をぴしゃりと拒絶したことで、ヴェネチアはいくばくかの満足感を得ていいはずだった。ところが実際には、彼のことを頭から追いやることはできなかった。自分は逃げたのだ。あの男らしさ、強さ、自信から。はじめて男性に本気で迫られて、怖くなって逃げだした若い娘みたいに。

本当なら、ばかげた計画を断念したこと、手を引く時期を心得ていたことで、自分を褒めてもいいはずだ。だが、代わりにヴェネチアは一日中、やり場のないいらだちにさいなまれていた。わたしは本当になんの役にも立たない女なのだろうか？　わたしの価値は容姿にしかないといったトニーは正しかったのか？　美貌という強みがなかったら、レキシントン公爵と渡り合うこともできない女なの？

鏡に映る自分を見つめた。身のまわりのことをしてもらうために頼んだ客室係のミス・アルノは、ヴェネチアの髪をゆるやかに結いあげており、顔の輪郭がむきだしになっている。「このほうがいいと思いますわ」ミス・アルノがいった。「マダムはとてもお美しいんですもの。お顔に髪がかからないほうがすてきです」

ヴェネチアにはわからなかった。自分の顔の造作はいささか均衡を欠くと思っていたからだ。目は離れすぎているし、あごは彼女の好みからすると角張りすぎている。鼻は小さくもないし、高くもない――などなど。

だが、そういうことは問題ではないのだ。レキシントン公爵を征服するための武器の中に美貌は含まれていない。

もう一度、彼に挑む度胸があるならの話だけれど。

自分の手に彼の手が重なることを考えるだけで――身ぶるいがする。嫌悪感からだけではなかった。どれだけ嫌悪しても、公爵が美男子であることに変わりはない。ヴェネチアの一部は、あの自信と落ち着きぶりに魅力を感じている。

すぐにも決断を下さなくてはならない。ミス・アルノはとうにさがらせた。食堂ではいま頃、最後の料理が出されているところだろう。今夜つかまえそこねたら、明日には彼は別の愛人を見つけているかもしれない。

ヴェネチアはまた身ぶるいした。胸には恐怖と嫌悪、そして、あの男が足元にひれ伏すところを見たいという、ゆがんだ欲求が入り混じっていた。

ヴェールのついた帽子に手を伸ばす。

決断は、すでになされていたようだった。


実行に移すのは思った以上に厄介だった。〈ローデシア号〉が現在かなりの暴風雨の中を航行しているのは、もちろん知っていた。しかし固定された椅子に座って〝わたしは正気なのかしら〟と自問したり、自分の臆病さに腹を立てたりしていたせいで、どれだけ波が高くなっているか、ちゃんとわかっていなかったのだ。

マホガニー材の鏡板を張った廊下に出ると、思わず酔っ払いみたいによろめき、壁から壁へと体が揺れた。床が持ちあがったように感じられるときは、まだましだった。落ちるときになると一瞬無重力状態に陥り、めまいがした。

電球もちらちらと明滅している。一気に床が傾いた。子供が滑り台にできそうだ。〈ローデシア号〉は波の谷に突っ込み、またのぼりはじめた。ヴェネチアはあおむけに倒れないよう、壁付きの燭台《しょくだい》をつかんだ。

食堂は日本の金布で飾られた大階段をおりたところにある。彫刻を施したチーク材の鏡板が張られていたが、よく見えなかった。階段は食堂を出ていく羽根で着飾った貴婦人と燕尾《えんび》服《ふく》の紳士たちで、ごった返していたからだ。みな、手すりにしがみつくようにしていた。

ヴェネチアはあせった。もう夕食は終わってしまったのかしら？　行動に出るのが遅すぎたということ？　だが、レキシントン公爵は帰っていく食事客の中にはいなかった。だから、とりあえず前に進むことにした。好奇と非難のまなざしを無視し、流れに逆らって階段をおりた。

食堂は奥行三〇メートル、幅一八メートルほどの広さがあった。天井は吹き抜けになっていて、二デッキ分の高さがある壁がガラス製の円屋根を囲んでいる。晴れた日には陽光がさんさんと降り注ぎ、立ち並ぶコリント式の円柱や、部屋いっぱいの長さがある四台のテーブル――一台あたり一〇〇人は座れる――を照らすのだろう。

今晩の嵐では、吹き抜けの天井でまたたく明かりがあるとしても、源は大きな銀の枝がついた電気式のシャンデリアで、それが波のうねりに合わせて大きく揺れていた。あと一時間早く来ていたら、銀器のふれ合う音や押し殺した笑い声に出迎えられただろうが、いま食堂にはほとんどひとけがなかった。長テーブルのうち二台には、まったく人がいない。食器類も片づけられ、椅子もひっくり返されていた。胃の丈夫な客が数人まだ居座っているものの、皿やグラスは特別な木製の枠で固定されてテーブルに置かれていた。がっしりとした中年女性が大声で、以前経験したというノースイースター（米国とカナダの東海岸数百キロを北東に移動する暴風）の話をしていた。

レキシントン公爵は夜会服を着て、窓際にひとり、コーヒーを前にして座り、外の嵐を見つめていた。ヴェネチアは船の揺れ方が急激に変化しないことを祈った。よろめいて彼の前に転がりでるという事態は避けたい。鮫のように静かに、不気味に近づいていきたいのだ。
公爵がちらりとこちらを見た。ヴェール越しでは彼の表情を判断するのは難しかったが、その顔に驚きが走ったのが見えた気がした。

驚きと、期待が。

ヴェネチアは胃がぎゅっと締めつけられた。顔がほてり、心臓の脈打つ音が耳に響くようだ。

テーブルに近づいていくと、彼は立ちあがった。だが、何もいわない。どこからともなく給仕係が現れて、ヴェネチアのために椅子を引き、別の給仕係がコーヒーを出してくれた。

レキシントン公爵は椅子に座り直した。彼女から目を離すことなく、コーヒーのカップを持ちあげて飲んだ。なんにせよ、話を切りだしやすくしてくれるつもりはないらしい。

気が変わらないうちにヴェネチアはいった。「あなたの申し出について考え直してみたの」公爵は答えなかった。ふたりのあいだの空気がぴりぴりと電気を帯びたようになった。

彼女はごくりと唾をのみ込んだ。「説得されてみるのも悪くないという結論に達したわ」船が大きく迫《せ》りあがった。コーヒーカップが倒れないよう、ぱっとつかんだ。公爵も同じことをした。いきおい、彼の手がヴェネチアの手を包む形になった。指先から肩にまで、深い衝撃が走る。

「部屋に戻るところなんだが」彼がいった。「一緒に来るかい？」

しばらくのあいだ、ヴェネチアは声が出なかった。唇がふるえる。彼とふたりきりになることを考えるだけで、肺から空気がすべて絞りだされていくようだ。

「いいわ」かすれた声で答える。

レキシントン公爵がカップを置き、立ちあがった。ヴェネチアは唇を嚙み、それにならった。出口へ向かうふたりに、食堂に残っていた客たちが好奇の目を向けていた。公爵は気にしていないようだが。ヴェネチアのほうは、先ほど彼に近づいていくときは注目されていることに無頓着だったのに、いまは人々の視線が身を刺すように感じられた。

先に立って大階段をのぼった。船がまた大きく傾く。彼の腕がさっと腰にまわされた。

「大丈夫よ、ありがとう」

レキシントン公爵は手を離した。ヴェネチアは自分の口調に腹が立った――これから男性とベッドをともにしようとしている女とは思えない。もっと落ち着かなくては。

ヴィクトリア・スイートは食堂の数階上にあった。部屋に着くまで、ふたりはひとことも口をきかなかった。部屋の扉の前で、公爵が彼女を見た。そのまなざしからは、感情は読みとれなかった。やがて彼は差し込んだ鍵をまわした。

客間は薄暗かった。家具の位置とおおよその輪郭がわかる程度だ。窓際に書き物机とウィンザーチェアが置かれている。右手には長椅子と、その向かいに詰め物をした椅子が二脚。壁には作りつけの棚。

扉が閉まった。

ヴェネチアは恐慌をきたし、思わず口にした。「顔を見せろとはいわないでほしいの」

「わかった」彼が静かに答える。「何か飲むかい?」

「いいえ」大きく息を吸った。「いらないわ」

レキシントン公爵は部屋の奥へ向かった。彼が手を伸ばしたのを見て、はじめて明かりを消そうとしているのだと気づいた。ヴェネチアは影に包まれた。ときおり光る稲妻があたりを照らすだけだ。

やがてカーテンが引かれた。リングがレールを滑る金属的な音がする。部屋の中は息苦しいほど真っ暗になった。嵐のうなり声は遠ざかり、船の激しい揺れも現実味がなくなった。揺れには足を踏ん張って耐えることもできる。けれども公爵の手順どおりの行動は、竜巻のようにヴェネチアの体を引き裂いてしまいそうだ。

「これでぼくには何も見えない。そうだろう?」

彼はヴェネチアの目の前にいた。ヴェールのすぐ向こうに。彼女はスカートのひだをつかんだ。「そうね」

レキシントン公爵がヴェール付きの帽子を取った。ヴェネチアはどきりとした。いまほど自分が無防備に感じられたことはない。

彼が手の甲でそっと頬をなぞっていく。たいまつに愛撫されたかのように感じられた。

「扉に鍵はかかっていない。いつでも出ていっていい」

ある光景が唐突に頭に浮かんだ。公爵に押し倒され、自分がなすすべもなく〝放して〟と訴えている……。

「出ていく気はないわ」小声だが、きっぱりと告げた。

彼は答えなかった。ヴェネチアの浅く不規則な息遣いは、船体に荒波が打ちつける音にかき消されている。公爵の手が――今度は親指の腹が彼女の下唇をなぞった。ふれられた部分がやけどをしたように熱くなる。

「きみはぼくと寝たいわけではないんだろう。なぜここにいる？」

ヴェネチアは息をのんだ。「いやなわけじゃないわ。怖いだけ」

「どうして怖いんだ？」

あごの下に口づけされ、彼女は身ぶるいした。「ずいぶん――久しぶりだから」

公爵の手が腕に置かれた。てのひらが袖のサテン地越しに熱く感じられる。

「どれくらい？」

「八年になるかしら」

彼は片手をヴェネチアのうなじにまわし、キスをしてきた。ためらうことなく唇を開かせる。キスはアラビア産のコーヒーの味がした。混じり気のない濃厚な味だ――彼の欲求と同じように。ヴェネチア自身も、胸の奥深くで長いあいだ眠っていた欲求が目覚めるのを感じていた。

だが、いくばくも経たないうちに公爵が身を引いた。船が大きく傾いたのだ。しかし荒れ狂う波も、彼女の心の動揺とは比べものにならなかった。やめないで、といいたかった。

「扉はどこ？」ふるえる声でたずねる。

公爵はすぐには答えなかった。闇の中から彼の息遣いが——さっきほど穏やかでも規則的でもない息遣いが聞こえてきた。「きみの五歩うしろだ」いったん言葉を切る。「そこまで連れていこうか?」

「いいえ」ヴェネチアは答えた。「反対方向へ連れていってちょうだい」

寝室は客間よりもさらに暗かった。クリスチャンはベッドの手前で足を止めた。男爵夫人の手首の細い血管が激しく脈打っているのが親指に感じられる。一拍一拍の区別もできないほどだ。

彼女の固く握った手を開かせた。戦いに備えるかのように緊張しているのがわかる。それでもこわばった体とためらいの奥から、興奮のうずきが荒い吐息とともに聞こえていた。

顔を手で包み込むようにして、彼はまたキスをした。雨や雪、春の雪解け水のような清冽な香りがする。なまめかしい麝香《じゃこう》や甘い花の匂いはしない。洗いたての髪から香るかすかなラベンダーの匂いと、ほてった肌の匂いだけだ。

彼女が喉の奥で小さくあえいだ。クリスチャンの体を欲望が駆け抜ける。もどかしげに、危なっかしい手つきで彼女の胴着《ボディス》のひもをはずし、体を締めつけている幾層もの衣類を一枚一枚はがしていった。

クリスチャンはその体より男爵夫人の反応に興味をそそられていた。もちろん、どこまでもなめらかな彼女の肌にふれると、欲望で頭がくらくらしたが。もう一度、唇にキスをした。

舌で口の中をくまなく探った。体はベッドの脚板に押しつけるようにしながら。

彼女はふるえていた。まだ服を着ているというのに、全身でクリスチャンを感じているのだろうか？　熱く、硬くなっている彼を。そして男爵夫人は、クリスチャンの欲望の炎に油を注ぐような行為に出た。コルセットの留め金に苦戦している彼に手を貸したのだ。ふたりがかりでコルセットをはずした。

コルセットは城門みたいなものだ。そこが開けば、あとは形式だけ。クリスチャンは彼女の髪からピンを抜き、ほかの衣類もすべて脱がせた。その間、できるだけ彼女にふれないようにした。日ごろの鉄の自制心を保てるか、自信がなかったからだ。

全裸になると、彼女はきいた。「まだ出ていくことはできるの？」

「もちろん」クリスチャンはベッドの上で、彼女に覆いかぶさった。「いつでも帰っていい」

「いま帰ったら、あなたはどうする？」

「がっかりするだろうな」

クリスチャンは男爵夫人のあごに、喉にとキスをした。どこにキスしても、たまらないほど美味だった。まだ緊張しているのか、彼女の指はベッドカバーをぎゅっと握りしめている。そうでもしないとベッドから落ちるといわんばかりに。たしかにその可能性はある。船は依然として激しく揺れていた。だが、彼女がそれに気づいているかどうかは疑問だ。彼女が恐れているのは神ではなく、目の前の男だろう。

「どうして顔を見たくないの？」

「顔を見たくないなんていったか？」クリスチャンは豊かな胸にふれ、温かい重みを手に感じながら、その下側をなぞった。「だがきみが顔を見せたくないなら、肌の感触できみとわかるようになるつもりだ」すでに硬くなっている先端を指先で転がし、彼女の唇からふるえる吐息が漏れるのを聞く。「それときみの声」乳首を口に含んだ。「味わいも」

男爵夫人がうめき、クリスチャンの下で身をくねらせた。ベッドの中での彼は、いつも細やかに女性を愛した。快楽を与えてくれる相手にお返しをするのは当然のことだ。しかし、彼女は特別だった。全身で歓びを感じてほしい。快楽に浸り、おぼれ、味わい尽くしてほしい。そして、不安や恐れをすべて忘れてほしかった。

ヴェネチアはいま、かつてないほど不安と恐れを感じていた。

自分にこんな歓びを与えてくれているのがレキシントン公爵だという事実。それが何より恐ろしかった。救いを求めようにも、ここには彼しかいない。またしてもキスをされ、ヴェネチアは相手の両肩をつかんでキスを返した。ほかにどうしていいかわからなかった。

公爵の反応は熱烈だった。服を脱ぎ、手を彼女の腰の下に滑り込ませると、中に入ってきた。

ヴェネチアは大きく息を吸った。たしかにわたしは二度も結婚している。トニーも結婚したての頃は、ベッドの中でも巧みだった。けれどもあの当時でさえ、いまのような感覚を経験したことはない。雷に打たれたかのごとく、燃えるように熱く鋭いものを体内に感じたことはなかった。

「いま――帰ってもかまわない？」そうたずねる自分の声が聞こえた。

公爵は身を引き、また奥まで貫いた。「ああ」さらに長い、無限の歓びを約束するひと突き。「いつでも」

彼女はあえいだ。「いま帰ったらあなたはどうする？」

ふたたび体が押し込まれる。「泣くだろうな」

ヴェネチアは微笑まずにはいられなかった――かすかにだが。

公爵は彼女の髪をつかみ、キスをした。「でも、きみはどこにも行かない」

みだらな、けれども心地よい愛撫を受け、ヴェネチアの欲望の火はなおいっそう燃え盛った。情熱と欲求以外、すべてが消え去った。歓びがいつの間にか凝縮して巨大な塊となり、極限まで膨張したかと思うと、けいれんと悲鳴を伴って破裂した。

「本当に八年ぶりなのか？」公爵がつぶやく。

体はつながったまま、彼の手がやさしく肌を愛撫した。そのえもいわれぬ快感に、ヴェネチアは小さくうめいて身をよじった。

「ぼくは数か月ぶりだが、何年もしていなかったような気がしてるよ」

公爵はいったん身を引き、再度ゆっくりと慎重に中へ入ってきた。ヴェネチアはびくりとしたが、彼はまだ達していなかったのだと気づいた。

指で腿の付け根をなぞられ、新たに熱い欲求がわきあがる。唇で耳を愛撫されると、彼女の体にまた火がついた。「きみは張りつめた弦のようだ」耳たぶをそっと噛みながら、彼がささやく。「ちょっとふれただけで震動する」

そのあとは、もう言葉はいらなかった。公爵はヴェネチアを巧みに快感へと導き、全身を歓びで満たした。やがて自分自身も抑えがきかなくなると、彼女をさらなる高みへ押しあげた。ヴェネチアは何も聞こえず、何も見えず、ただ歓喜の渦にのみ込まれて、命綱であるかのように彼にしがみついた。

やがて動きが止まった。がっしりとした重い体がのしかかってきた。公爵は肩で息をしていた。ヴェネチアはむきだしにされたような気分だった。長いこと包帯を巻いていた部分がようやく空気に、光に、人の手にさらされたような――。

考えてはだめ。彼女は自分にいい聞かせた。できるだけ、何も考えないことよ。

5

雷鳴のとどろきはしだいに遠くなっていった。甲板を打つ雨もさほど勢いはなくなった。〈ローデシア号〉はまだ揺れていたが、でたらめな方向へ一気に傾くようなことはもうなかった。

クリスチャンは体を横向きにして男爵夫人を抱き寄せた。ひんやりとしたつややかな髪が腕をくすぐる。温かな吐息が首の付け根にかかった。彼女の体はようやく完全に緊張が解けたようで、ぐったりとなっていた。

クリスチャンは喜びに満たされていた。満たされすぎといえるほどに。博物学者から見れば、性の営みくらい月並みな行為はない。だがセイドリッツ・ハルデンベルク男爵夫人との行為は、月並みとはほど遠かった。一週間で終わる情事の始まりというには強烈すぎる体験だった。

昨晩はめくるめく体験にわれを忘れ、避妊のことなど思いつきもしなかった。普段なら、この手のことに関しては用心深いのだが。いまなお彼女がベッドにいるというのも、いつもだったら考えられないことだ。こうした関係において段取りを決めるのは常にクリスチャンで、好きなときに女性を帰すなり、残すなりしてきた。しかし今回は、指図はしないことにした。彼女は不安を克服しようとしている。男性としては見守るしかない。

男爵夫人の髪をひと房つまみあげ、指に絡めた。「きみがぼくの申し出を考え直してくれてよかったよ」

クリスチャンの肩に向かって、彼女が〝うーん〟というような声をたてた。

彼は髪を放し、自分のほうへ顔を向かせて、唇にキスをした。

「どうして気が変わったんだい？」

答えは同じ〝うーん〟だった。けれども彼女がびくりとしたのが、あごのこわばりから感じとれた。

どうしてあまり会話をしたがらないかはわかる気がした。おそらく彼女は、クリスチャンが行きあたりばったりで声をかけてきたと思っているのだ。だから結果的に誘いに乗ったことに対して、納得できていないにちがいない。

「きみには相反する要素があって面白い。たとえば顔は隠しているのに、歩き方は堂々としている」

クリスチャンは彼女にこのまま部屋にいてほしかったし、いろいろな話がしたかった。いつもとは逆だ。ことが終わったらひとりになりたいと思う場合のほうが多いのだが。

「そうかしら」

「ちゃんと胸を張って、気取るわけじゃないが、自信ありげな断固とした足取りで歩く。顔を隠して外に出る女性というのは大いに注目を浴びるだろう。気おくれを感じてもおかしくないはずだが、きみは人目など気にならないといわんばかりだ。大勢の人間に見つめられることに慣れているんだろうと思わせる」

男爵夫人が身じろぎした。「そんなことに興味があるの?」

「その理由に興味があるね。逃亡者なのかとも思ったが、それはちがうと判断した。ヴェールのせいで、きみはかえって目立ってしまっている。イスラム教徒という可能性もわずかながらあるけれど、顔を完全に隠すほど厳格なイスラム教徒なら、ひとり旅などしたら死罪だろう。となると、残る可能性はふたつだ。ひとつ、きみはただ、誰にも顔を見られたくない。ふたつ、顔の造作に普通でないところがある」

彼女は身を引いた。「あなた、普通でない女性に興味があるの? だからわたしを愛人に選んだの?」

「ぼくはきみに愛人になってくれと頼んだかな?」

「だって、あなたは――」男爵夫人が言葉を切った。

クリスチャンがお近づきになりたいといったとき、彼女のほうが愛人を探しているのかとたずねたのだ。

「きみは、すぐさまぼくが自分と寝たがっていると思い込み、ぼくの質問に答えた。外見に普通でないところがある女性なら、ぼくの関心を不審に思うかもしれないが、いきなり愛人関係を求められたと考えることはないだろう。ところがきみは、男性が自分にその手の関心を抱くことを当然のように受けとめた。

結局のところ、きみは肉体的に何も問題がないわけだし、ぼくがきみに性的な興味を少しも感じなかったといったら嘘になる。もちろんそれはきみと親しくなりたいと思った要素のひとつではあるが、きかれたら、肉体的な快楽よりもきみ自身に関心を持ったと答えていただろう」暗闇の中で、顔の見えない女性を相手に話をするのは、不思議と気が楽だった。空か海に話しかけているようなものだ。クリスチャンは相手の肩から髪を払った。「それにしても、きみの体がこれほどの快楽を与えてくれると知っていたら、もっと熱心に口説いただろうな」

この言葉は完全な失敗だったにちがいない。またしても彼女を怒らせてしまったようだ。男爵夫人はクリスチャンを押しのけて立ちあがった。

「もう行かなくては」

「服を探すのを手伝おうか？　あちこちに散らばっているだろう。きちんとたたんで重ねた覚えはないし」

レキシントン公爵は巧みにドイツ語を操り、からかうような口調でいった。ヴェネチアは唇を噛んだ。どうしてもっとちゃんと考えておかなかったのかしら？　真っ暗な中で、どうすれば衣類一式を見つけだし、人前に出ても恥ずかしくない装いができるというの？

ヴェネチアと同時に公爵もベッドを出た。「こいつはきみのだな。こちらはぼくのだ。これはなんだろう？　コルセットの上に着る肌着かな」

つま先が靴と長靴下にあたった。だがヴェネチアが拾う前に彼が拾い、服と一緒に渡してくれた。受けとるとき、彼の手が腕にふれた。

「ドレスを着せてあげようか？」

「けっこうよ――」

「ここを発掘現場と思って、効率的に仕事をしよう」レキシントン公爵はそういって、今度は彼女から服を取った。「ぼくがベッドに服を一枚一枚広げる。こうすればどれが何かわかるし、何がまだ見つかっていないかもわかる」

積極的に協力を申しでられ、ヴェネチアは面食らった。彼はベッドの上に服を放ると、反対側にまわって、どうやら分類を始めたようだ。

彼女はかがんで長靴下を取りあげた。体を起こしたとき、柔らかな毛布のようなものが肩を包んだ。「かけておくといい。寒くなるだろうから」

毛織の化粧着だった。ヴェネチアは腰でベルトを結んだ。「あなたは？」

「とりあえずズボンは見つけた。さあ、次はきみの服を探そう。ドレスは」かさかさという音。声がまたベッドの向かい側から聞こえてきた。「服の山のいちばん下にあるな。ほかも全部、脱いだ順に重なっているよ。ペティコートは何枚はいていた？」

「一枚」

「一枚だけ？」

「スカートに切れ込みが入っているから、刺繍《ししゆう》入りの内スカートがついているの。切れ込みも狭いし、ペティコートを何枚もはくと動きづらいのよ」

わたしったら、どうしてこんなに詳しく説明しているの？　ペティコートを重ねないのは道徳観念が足りないせいと思われるのを心配しているみたい。たったいま、ちゃんとした紹介を受けていない男性とベッドをともにしたばかりだというのに。

「賢い選択だな」レキシントン公爵がつぶやいた。また、あのからかうような口調で。「それなら動きやすいのはまちがいない」

ヴェネチアはウサギの穴に落ちて、不思議の国に迷い込んだような気分だった。でなければ、彼はドクター・ジキルとミスター・ハイドの生まれ変わりなのかも。暗がりで悪人に変身する代わりに、感じのいい人になる。

「こちらに来られるかい？」彼がきいた。「服は着られるように並べてあるよ」

ヴェネチアはベッドに沿って反対側にまわった。「あなたはどこにいるの？　足を踏みつけたら悪いわ」

「ふむ」公爵がいった。「きみのドイツ語にはなまりがあるね」

彼女はぎくりとした。子供の頃、ドイツ人の家庭教師がついていたので、たいていは生粋のドイツ人からも英語なまりがないといわれるのだが。

「ぼくはベルリンにしばらくいたのだけれど、きみのはプロイセン風の発音じゃない。ドイツ側でも、ポーランド側でもない。生まれはもっと南のほう――たとえばバイエルンあたりではないかな」

ドイツ人家庭教師はたしかにミュンヘンの出身で、軽快な響きを持つバイエルン地方の方言を話した。「イングランド人男性にしては鋭いわね」

「だが、きみがドイツ人かどうかとなると確信を持てない」

鋭すぎる。「どうして？　たったいま、あなたがバイエルンなまりがあるといったんじゃない」

「なまりのことを持ちだしたとき、きみは身をこわばらせた。しかも、まだ同じ場所に立っている」

たしかにヴェネチアは一歩も動けずにいた。「わたしがドイツ人かどうかが、そんなに大事なことなの？　ハンガリー人でも、ポーランド人でもいいじゃない」

「たしかにそうだ。ところで、きみの名前は本当にセイドリッツ・ハルデンベルクなのか？」

「わたしが男爵夫人でなかったらどうだというの？　そのせいで〈ローデシア号〉が沈没する？」

「いや。だが、嵐を起こすことはまちがいない」

公爵の口調からして、またしても笑っているようだ。しかも、すぐそばにいる。

彼の手が髪を梳《す》いた。「いまだに何を怖がっているんだ？」

「怖がってなどいないわ」そういいながらも、たしかにびくついた声だ。

「それならいい。怖がることは何もないのだから。だが、ぼくはどうしたらいいだろう？

ひとたび船をおりたら、街で会っても、ぼくにはきみがわからない」

わたしはちがう筋書きを考えていた。サウサンプトンに着いたらヴェールを脱ぎ、本名を明かして、誰を相手にしていたか教えるつもりでいた。何通りもの結末を思い浮かべては楽しんでいたが、最後には決まって彼が激怒し、打ちのめされて終わるはずだった。もっとも、いまにして思えば、月に旅行する計画を練っていたようなものだ。フランスの作家、ムッシュー・ヴェルヌの科学ロマンスに夢中になるのと同じことだ。

公爵はヴェネチアの髪をかきあげ、耳たぶにキスをしてきた。痛いくらいの快感が走った。彼はそのまま首筋に唇を滑らせ、ドレスの襟を押しやって肩をむきだしにした。

「また緊張しているね、いとしの男爵夫人。本当に男爵夫人なのかどうかはわからないが」

「あなたが不安にさせるからよ」それと罪悪感がのしかかっているから。愛してもいない――好きですらない男性と寝たという以外には、とくに非難されるようなことは何もしていないのだけれど。

レキシントン公爵が彼女を抱きあげ、そっとベッドの端に座らせた。

「ぼくがいけないのか。ならば償いをさせてくれ」

化粧着のベルトが解かれた。ヴェネチアはまたしても恐慌状態に陥りそうになるのを必死にこらえた。「どうしてわたしにやさしくするの?」

「きみが好きだから。ぼくは、好きな人間に冷たくはしない」

「立派な心がけだわ」

「好きになるには厳格な基準があるがね」

「だったら、その厳格な基準を持つ男性として、わたしを好きな理由を説明できる？　肉体的な快楽を与えてくれるという点は置いておいて」

「きみは一度はぼくを拒絶した。そのことが、きみという人をよく表している。何も考えず、言葉も選ばずにあんな誘いをかけたのだから、ぼくは肘鉄を食らって当然だった。だが、それ以外には――そうだな、たしかにきみのいうとおりだ。きみに好意を感じた理由は、これといってない。それでもきみが気を変えてくれたときは、とてもうれしかったよ。科学的には説明のつかない、いわば相性というものじゃないかと思うな」

相性ですって。現実には、わたしを激しく嫌悪しているくせに。

「ほかに、きみといてうれしいのは」公爵は続けた。いつベッドに押し倒されたのか、ヴェネチアにはわからなかった。けれども気がつくと彼と並んで横になっていて、化粧着は完全に前が開いていた。彼の手が胸や腹部を軽くなぞる。「ほんの少しのあいだでも、きみの悩みを忘れさせてあげられることだろうか」


ふたたび愛し合ったあと、男爵夫人が荒い呼吸を静めようとしているのに気づき、クリスチャンは甘いひとときが終わったことを悟った。もう行かなくてはといわれたときには、ズボンをはいて彼女の着替えを手伝い、客間に出て帽子を取ってきた。

「髪はどうする？」髪を結うのに使っていたピンや櫛は全部はずしていた。「どうしたら髪型を直せるかは、さすがにわからない」

「ヴェールがあるから」彼女がいった。「なんとかなると思うわ」

男爵夫人が顔をヴェールですっぽり覆うのを待って、クリスチャンは明かりをつけ、シャツをはおった。

「もう遅い。部屋まで送ろう」

ヴェールの上を光が縦横に躍った。彼女が息を吐くたびに、かすかに揺れる。送らなくていいといわれるかと思ったが、彼女は受け入れた。「お願いするわ、ありがとう」

賢い女性だ。断られても、ぼくはついていっただろうから。

クリスチャンは寝室に残った。男爵夫人はゆっくりと客間をひとまわりした。格間《こうま》で覆われた天井を眺め、書き物机に積まれた本や、暖炉の上の赤や黄色のチューリップを挿した花瓶を眺めている。クリスチャンはなぜか彼女の晩餐用のドレスはクリーム色だったと思い込んでいたのだが、実際にはあんず色で、スカートにはビーズやガラス玉がちりばめてあった。

彼はズボン吊りを肩でとめ、その上にベストと上着を身につけた。レキシントン公爵家の紋章が描かれたカフスが床に落ちていた。かがんで、それを拾いあげる。

体を起こしたとき、肌をちくりと刺すものを感じた――彼女のまなざしだった。クリスチャンが振り向くと、彼女はすぐに目をそらした。実際にはちらちら光るヴェール以外、何も見えていなかったが。

彼女はぼくを信頼していない。好意すら持っていないのかもしれない。それでも誘惑には乗った。いや、逆なのだろうか？　そのまた逆？　得意になって、そうした矛盾も彼女の魅力のひとつなのだと考えてみたものの、長年ものごとを客観的に見る訓練をしてきただけに、そんな幻想は長続きしなかった。

カフスをはめ、わざわざ新しいネクタイを締めた。こんな時間に一緒にいるところを見られたら、ある種の疑いを招くことになる。装いが乱れていれば、その疑いに具体的な証拠を与えることになってしまう。

「行こうか」クリスチャンは腕を差しだした。

男爵夫人は一瞬ためらってから、彼の肘に手をかけた。このスイートルームに入ったときと同じくらい、また緊張しているようだ。なぜかわからないが、理由をたずねると彼女がいっそう神経をとがらせそうなのでやめておいた。

代わりに、部屋を出たところできいた。「なぜそんなに長いこと独身でいるんだ？　亡くなった男爵の思い出を大切にしているのか？」

彼女は鼻を鳴らしたとしか考えられない音を発した。「いいえ」

あたりは静かだった。船体の奥深くから、力強いエンジン音が聞こえてくるくらいだ。一等船室の乗客はみな眠っているか、夫婦の営みに励んでいるとしても、音をたてないだけのたしなみは保っていた。ほの暗い廊下を歩いていると、これは幽霊船だといわれても信じられそうだった。

「男爵の喪に服しているのでないなら、なぜ未亡人のままでいるのか理解に苦しむな」

「珍しい話ではないでしょう」

「それはそうだが、きみは何年もわびしい生活を送るような女性には見えないから」

男爵夫人はいらだたしげにため息をついた。「あなたには信じられないかもしれないけれど、男性がいないと生きていけない女性ばかりではないのよ。自分で自分の面倒をきちんと見られる女もいるの」

うれしくなって、クリスチャンは思わず笑った。「きみもそういう面ではきわめて有能ということだね？」

「そうね。実践で学んで身につけたから」

彼はまた笑った。

ヴェール越しに視線が突き刺さった。「あなたって、ああいうことのあとはいつもこんなふうに陽気なの？」

「いや、そんなことはない」普段はどちらかというと憂鬱になる。ときには、それこそ激しく落ち込む。ベッドをともにした相手が本当に自分の求める女性であったことはなく、彼女のことが一瞬たりとも頭を離れなかったときなどは。だが、今夜は一度もミセス・イースターブルックのことは考えなかった。「ああいうことのあと、きみはいつもこんなふうに怒りっぽくなるのかい？」

「そうかもしれないわ。覚えていない」

「男爵はベッドの中では不器用だった？」

「そうだったらいいと思っているんでしょう？」

女性の過去の相手が自分より上手なほうがいいか、下手なほうがいいかなど、これまで考えたこともなかった。しかしいまは、そう、はっきりと答えられる。

「そうだな。まるでだめだったらいいと思っている。できることなら不能だったら、と」

彼女を何度も衝撃的な快楽へと導いたのは自分がはじめてだったらいい。

「がっかりさせて申し訳ないけれど、彼は愛の神エロスの生まれ変わりとはいわないまでも、夫の務めはちゃんと果たしていたわ」

「ぼくとしては本当にがっかりだな、男爵夫人」ふと、あることを思いついた。「では、どこがいけなかったんだ？」

「どういう意味？」

「夫とそちらの方面で交渉がなかったわけじゃない。それでも夫の死後、きみは男性を避けてきた。彼に操を立てているということでもない。となると、不実な夫だったのか？」

男爵夫人がはたと足を止めた。すぐにまた歩きはじめたが、いままでよりも早足になっていた。それが答えだった。

「ばかな男だな」

彼女は肩をすくめた。「昔のことよ」

「男という男がみな、浮気をするものじゃない」

「わかっているわ。男性全員が信じられなくなったから、ひとりでいるわけではないの。どちらかというと、自分の男性を見る目に自信がなくなっただけ」

「残念だ」

「誰にも依存しないと、いいこともあるのよ」男爵夫人が顔をこちらに向けた。「それに、わたしは少なくとも結婚していたわ。あなたはどうなの？　どう弁解する？　あなたほどの高い爵位を持つ男性なら、いま頃はもうひとりかふたり、跡継ぎを作っているものではないの？」

巧みに話題を変えられたことに、クリスチャンは気づかなかった。

「そうだろうな。弁解のしようがないよ。だからいま、社交シーズンのロンドンに向かっているんだ。義務を果たすために」

「あまりうれしそうではないわね。結婚というものに否定的なの？」

「その制度に反対する気はないが、みずから進んで結婚したいとは思わない」

「どうして？」

彼女の顔が見えないことで、他人の前では決して口にしないことも自然に話せた。

「自分が結婚せざるをえない立場にあることはわかっている。それも、すぐにしなくてはならない立場だということは。ただ、ぴったりの女性が見つかるとは思っていない」

「つまり、あなたほどの人にふさわしい女性はいないということね」

「その反対だ。親から受け継ぐものを別にすれば、ぼくが女性に与えられるものはごくわずかしかない。会話の達人とはいえないし、どちらかといえば外をうろつくか、書斎にこもるほうが性に合っている。客間でくつろいで世間話でもしようという気になったとしても、ぼくは一緒にいてあまり楽しい人間じゃないと思う」

「それくらいの欠点は大目に見ようという女性は多いんじゃないかしら」

「大目に見てもらいたいとも思わないがね。うちの使用人たちは、実際はどう思っているにせよ、ぼくの奇癖には慣れている。だが妻となる女性は、ぼくのふるまいは不愉快だと——本当に不愉快だと思うなら——指摘するだけの気概のある人でないと、やっていけないだろうな」

「あなたは自分のふるまいが、ときとして人に不愉快な思いをさせるとわかっているのね」彼女は考え込むようにいった。「でも、妻を選ぶ条件がそこまで厳しいなら——知的で、寛容で、それでいて怖いもの知らずの女性を求めているなら、なぜもっと早くから探しはじめなかったの？　どうして一度のシーズンに限定するの？　賢いやり方とは思えないわ」

彼女のいうとおりだ。なんとも愚かしいやり方。この結婚は名目上の、形だけのものになると認めているも同然だ。ただ、さすがにそれは口にできなかった。顔の見えない男爵夫人相手でも。

「いずれ、その報いは受けることになるんだろうな」

「いかにもイングランド人らしいわ。男らしく耐え、受け入れるというわけね」

辛辣な口調だが、クリスチャンは気に入った。「この手の問題に関して、イングランド人は冷めているのさ。幸せを追求するのはアメリカ人に任せる。ロマンスはヨーロッパ大陸の専売特許だ」

男爵夫人は無言だった。船はやさしく上下に揺れている。眠れる巨人の胸に横たわっているかのようだ。スカートを飾るビーズが揺れ、遠くで降る真珠の雨を連想させる。それはかすかな音をたててぶつかり合った。

階段を二階分おりて角を曲がった。彼女が足を止めた。「ここよ」

クリスチャンは部屋番号に目をやった。「朝食をご一緒できるかな?」

「わたしといるところを大勢の人に見られていいの?」驚いたような口調だ。

「なぜそんなことを気にする必要がある?」

「ヴェールの女を連れていた男性として、うわさされるわよ」

「ぼくとしてはいっこうにかまわない」

彼女は扉に背を向け、取っ手に手をかけた。クリスチャンを部屋に入れまいとしているようだ。「わたしがノーといったら?」

「今度は簡単には引きさがらない。朝食がだめなら、そのあとの散歩につき合わないかと誘うだろうな」

「朝食にはつき合うけれど、ベッドはお断りといったら?」

「なんとしてもぼくを泣かせたいらしいね」

あごの数センチ下まで垂れたヴェールの端に指をふれた。網状の薄い布はほとんど重さがなかった。彼女としては身を引きたいところだろうが、すでに扉を背にしている。

「質問に答えていないわ」

男爵夫人の声はかすかにふるえていた。自分のせいだと思うのはうぬぼれかもしれない。だが、悪い気はしなかった。「ルールは昨日と同じだ。ぼくはなんとかしてきみをその気にさせようとする。きみはいつでも好きなときに帰っていい。それで、朝食にはつき合ってくれるのかい?」

「ノーよ」長い間のあとに彼女は続けた。「ヴェールをつけたままでは食事ができないもの。散歩なら、ご一緒してもいいわ」

断られるとは思っていなかった。それなのになぜこんなにほっとするのだろう、とクリスチャンは思った。「時間と場所を指定してくれないか」

「九時に遊歩甲板で」

「わかった」彼は身をかがめ、ヴェール越しにキスをした。「おやすみ」

男爵夫人はするりと客室へ入り、扉を静かに、けれどもきっちりと閉めた。


ヴェネチアは扉に背を預け、もたれかかった。もう一歩も歩けない気がした。

わたしったら、何をしたの?

いったいどうしてこんなことになってしまったの?

復讐はいたって簡単なはずだった。レキシントン公爵はわたしを不当に傷つけた。容赦なく、平然と。その報いは受けてもらわなくてはならない。化石を扱うのが彼の仕事。わたしは男性の扱いなら慣れている。だから男女の駆け引きにおいては、わたしが優位に立てて当然だった。顔を隠していたとしても。

それなのにわたしときたら――。おそるおそる唇にふれてみた。別れ際の控えめなキスの余韻で、まだうずいている。

あの男を罰するために〈ローデシア号〉に乗った。けれど、彼は〝あの男〟ではなかった。まるで別人だった。

トニーと結婚して以来、男性を見極める自分の能力に自信を失った。それだけではない。男性を――どんな男性であれ――幸せにできる自信もなくしてしまった。でもレキシントン公爵は、どこまでも厳格に人を裁くあの男は、わたしの前でいかにも楽しげだった。しかもわたしの容姿に惹かれて近づいてきたのではない、数少ない男性のひとりだ。

大西洋を横断しようと出発したら、インドに向かっていたようなものだ。未知の大陸にたどり着いてしまった。

ニューヨークで彼に声をかけていたら、街へと消えてしまえた。だが、〈ローデシア号〉では隠れる場所もない。それに……隠れたいとも思わなかった。公爵は彼女に、顔形や目鼻の位置以外にも魅力があると認めてくれたのだ。

ゆっくりとドレスを脱ぎ、手探りで寝台へ向かった。上掛けをかけ、祈りの言葉を唱える。神よ、ヘレナをお守りください、あの子が過ちに気づきますように。大西洋の向こう側にいるフィッツが、忍耐強く、慎重に行動してくれますように。姉がまたしても突然出立したことを、ミリーとヘレナがあまり心配していませんように——。

彼女自身のことは祈らなかった。みずからの悩みが神をわずらわせるほどのものか疑問だし、そもそもこの復讐劇がどんな結末を迎えてほしいのか、自分でもよくわからないからだ。ヴェネチアはおなかの上で手を組み、じっと横たわったまま、これまでのできごとや思いがけない偶然について考えた。ことの発端は、ヘイスティングス子爵がハウスパーティで、朝の四時に部屋へ戻るヘレナを三日続けて見かけたことだ。それで、いまわたしはここにいる。にっちもさっちもいかなくなっている。

水晶玉で未来が見えたらいいのに。この先どうなるのか、わかればいいのに。いまのヴェネチアには、そう願うことしかできなかった。

6

海は凪《な》いでいた。だが、〈ローデシア号〉は身を切る寒風と長雨の中を進んだ。遊歩甲板に出ている乗客もほとんどない。大西洋はあたり一面ひんやりとしたかすんだ灰色で、その陰鬱な光景の中、ときおりイルカが大きく跳ねる姿が目を引いた。

クリスチャンは懐中時計を見た。約束の時間を一五分過ぎている。旅客係を呼んだ。レキシントン公爵から男爵夫人へ、ことづてを頼むつもりだった。さりげない催促ではない。彼女はすでに、こちらが遠まわしにものごとをいう人間でないことを知っている。

旅客係に指示をしていると、男爵夫人が角を曲がってきた。かっちりした黒のギャバジン地のドレスをまとっている。風がしきりと傘にいたずらをし、あっちへ向けたりこっちへ引っぱったりしている。ほかの女性だったら優雅とはいえない姿になるだろうが、彼女は舞台の中央に立つプリマドンナさながらに堂々と、劇的に登場した。

クリスチャンは手を振って旅客係をさがらせた。「遅刻だ、マダム」

「当然よ」男爵夫人は平然といった。風に飛ばされないよう喉元で結ばれたヴェールが顔に張りつき、ふっくらした唇と高い頬骨を浮かびあがらせた。「淑女は馬車ではないのよ。予約した時間にきちんと現れることを期待されても困るわ」

これほど理不尽な、だが愉快な言い訳を聞いたのははじめてだ。「ならば、なんのために時間の約束をするんだ？」

「社交界を避けているあなただって、晩餐に招待されたことくらいはあるでしょう？」

「ロンドンの社交界にはほとんど顔を出さないが、故郷にいるときはそれなりに人づき合いはしている。隣人の家に食事に招かれることも、わが家で晩餐会を開くこともある」

突風が吹き、男爵夫人の手から傘をもぎとっていきそうになった。傘が飛ばされないよう、クリスチャンは彼女の手の上からしっかりと柄を握った。風がやんでも手を離さなかった。彼女がクリスチャンのほうを見た。おそらく、むっとした顔をしているのだろう。しかし口を開いたとき、話し方に棘《とげ》はなかった。「なんの話をしていたのだったかしら？」

なぜかクリスチャンはどきりとした。「晩餐の話だ」

「そうだったわ」男爵夫人は傘と手袋をはめた自分の手を、彼の手の中から引き抜いた。「晩餐会だって、屋敷に入ったとたん、座って食べはじめるわけではないでしょう。まずは客間をひとまわりして、ほかのお客さまに挨拶をする。レディと待ち合わせをしたときも同じことよ。あなたは待って、そのへんを歩きまわり、相手に思いをめぐらせる――そうすると、当人が現れたときの喜びもひとしおになるの」

クリスチャンは時間に正確でないと気がすまないほうだ。ほかの女性にこれほど待たされたら、我慢ならなかっただろう。けれどもいまは、気がつくと微笑んでいた。

「本気でいっているのか？」

男爵夫人が小首をかしげた。「まあ、あなたはこれまで一度も女性を待ったことがないの？」

「ない」

「ともかく、ここに突っ立っていてもしかたないわ」彼女は足早に歩きはじめた。「愛人なら待たせる代わりに待つでしょうね。もっとも、あなたがレディとおつき合いしたことがないとは思えないけれど」

「つき合ったことはある。ただし遅れてきたら、ぼくはもう帰ったあとだったろうな」

皮肉に聞こえただろうか、とクリスチャンは思った。非難したつもりはなかった。質問に対し、本当のことを答えただけだ。

「でも、あなたはここにいる」

「どうしても、もう一度きみに会いたかった」

目新しいせりふではない。けれども彼女はわずかにうつむき、はにかむように斜めにクリスチャンを見あげた。

「来ないのではないかと気をもんだ？」

彼はためらった。正直に答えるのは簡単だ――言葉が単なる意見であって、心の内を明かすものでない場合は。だがこの質問に正直に答えるなら、彼女に欲望を感じているだけではなく、強い執着を抱いていると告白することになる。

「ああ。ぼくがここで待っていると、旅客係にことづてを頼んだところだった」

「それでもわたしが来なかったら、どうするつもりだったの？」男爵夫人は言葉を切った。「花を贈る？」

彼女の声にはわずかながら、しかし明らかに皮肉めいた響きがあった。

クリスチャンはかぶりを振った。「ぼくは親しくなりたいと思う相手に花を贈ったことはない」

ヴェールの裏側で彼女は眉をひそめたようだ。表情を読んでほしいとばかりに、顔をクリスチャンのほうへ向けてきた。だが、すぐに彼からは顔が見えないと気づいたらしく、こうたずねた。

「それはどういう意味？」

「ぼくの父は浮気性でね。一生のうちに数えきれないくらい花束を贈ったものだ。ぼくにとって、花は誠意ある贈り物とはいえない。だからきみに花を贈るつもりはないよ」

「でも、贈ってきたじゃないの。〈ホテル・ネザーランド〉で、やたらと大きな花束をわたしの部屋に届けさせたでしょう」

とまどったが、やがて事情がのみ込めた。「どういうことか見当がついたよ。ぼくは親しいつき合いをするつもりがないある女性に花を贈るよう、客室係に頼んだ。それと同時に、落とし物の地図をきみに届けさせた。客室係は地図を彼女に、花をきみに届けてしまったんだ」

男爵夫人は何もいわなかった。

「花を贈られたわけではないとわかって、気分を害したのか？」

彼女は笑った。面白くなさそうな、陰気な笑い声だった。「その反対よ。あなたから花を贈られたと思ったときには、大いに気分を害したわ。あれほど露骨に関心を示されると腹が立つものよ」

「やたらと大きな花束だったといったね？」

「巨大だったわ。押しつけがましくて、いやな感じだった」

「なおのこと、きみの気が変わったのが不思議に思えるな」

彼女はしばらく無言だった。「風が強くなってきたわね。吹き飛ばされそう。ラウンジに行かない？」

花束のことがあったから、ヴェネチアは行動を起こしたのだ。

二日前、ホテルの部屋に戻ったときにあれが届けられていなかったら、怒りにふるえながら彼がさらし首になるところを想像していたにはちがいないが、実際に復讐することまでは考えなかっただろう。

ところがいまになって、あの花束は自分に贈られたのではないとわかった。

とはいえ、レキシントン公爵がわたしのことを糾弾し、同時に求めていることに変わりはない。彼はやはり偽善者なのだろうか？　それとも、内輪のうわさ話をおおやけの場でしただけの、単なる愚か者？

甲板がじっとりとして寒かっただけに、暖房の効いたラウンジは蒸し暑く感じられた。ヴェネチアは結んでいたヴェールをほどいた。室内は空気がそよとも動かない。公爵のあとについて、観葉植物の鉢に囲われた隅のテーブルへ向かった。

「さっきから無口だね」彼がいった。

「考えごとをしていたの」

「恋人にとってはむごいひとことだな。こちらはきみ以外のことは考えられずにいるのに」

〝恋人〟ヴェネチアはどきりとした。「わたしが別の船の乗船券を買っていたら、あなたはどうしたの？」

「こんな楽しい航海にはならなかっただろう」

「ほかにも大勢レディが乗っているわよ」

「どの女性にも、きみほど心は惹かれない」

「どうしてそんなことがいえるの？　彼女たちのことを何も知らないくせに」

公爵が振り返り、ラウンジ内を見渡した。「きみをのぞいて、ここに一一人の女性がいる。ふたりはぼくの祖母と同じくらいの年齢だろうか。母親ほどの年の女性が三人いる。一五歳にもならない少女がひとり。残りの五人だが、うちひとりは婚約したばかりなのだろう、手紙を書きながら、指輪をちらちら眺めている。ピンク色のドレスを着た女性は、チョコレートのことで頭がいっぱいのようすだ。ポケットに隠し持っているのをつまみ食いしようとしてる。前開きのコート《ルダンゴート》の女性は給仕係に横柄だった。ゆうべの夕食のとき、比較的近い席に座っていたんだ。ルダンゴートの黄色いドレスを着た妹は、女性客のドレスというドレスをこと細かに批評している。ほら、いまもルダンゴートに何やらささやいているだろう？　たぶんきみのドレスの話をしているんだな。茶色のドレスの娘はおそらくコンパニオンだ。だが、ずっとコンパニオンでいるつもりはない。非常に現実的な女性のようだ。きみが隣にいるから、ぼくには目もくれていない。身分の低さを大目に見て、自分を妻にしてくれるような、寂しいひとり身の紳士を探しているんだろう」

　公爵がヴェネチアのほうに向き直った。「これで、きみほど心をそそられる女性はいないというのがわかるだろう？」

　ヴェールのせいで彼の瞳の色はよくわからなかったが、こちらを見るその表情はまちがいなく喜びの色をたたえていた。ヴェネチアの脈が速くなった——いままで以上に。そもそも、彼の前で脈拍が正常だったためしはないのだが。

　遅ればせながら、公爵は思っていたよりはるかに観察眼が鋭いらしいと気づき、彼女はふと不安になった。「わたしに関してはどんなことがわかっているの？」

「おそらく、きみは若くして結婚したんだろうね。夫にずいぶん感化されたにちがいない。深く愛していたのだろう。いまになっても、彼の影響力から逃げきれていないようだ。それでも、ひとり身でいるのは彼にいまも縛られているからだとは考えていない。むしろ、ひとりがいいと思っている。そのほうが安全だと」

顔から血の気が引くのがわかった。どうしてそんなにいろいろなことがわかってしまうのかしら。「ひとりを通すべきだったんでしょうね。あなたといて安全なのかどうか、よくわからないわ」

「今度はきみが、このラウンジにいる男性たちをどう思うか教えてくれないか」

ヴェネチアは公爵を見た。彼の意図がよくわからなかった。

「やってみてくれ」

レキシントン公爵以外には、男性は三人しかいなかった。「ひとりはチョコレート好きの娘を怒った顔で見ているわ。たぶんお兄さまなのね。母親が船酔いに苦しんでいるから、付き添い役を押しつけられたのよ。チョコレート娘に話しかけている青年は、少しばかりわたしの弟に似ているわ。きちんとした――きわめて責任感の強い人なんでしょう。チョコレート娘とその兄は、母親の命令で責任感青年に好印象を与えるため、ラウンジにいるのよ。もっとも、責任感青年は気乗りが薄いみたい。あなたの母親のような年齢の女性のほうをちらちら見ている。たぶん、実際にお母さまなんじゃないかしら。

彼女は三〇代くらいの男性と話をしているわ。となると、どうして責任感青年が心配そうな顔をしているのかわかるわね。あの男性、ひっきりなしに足で床をとんとん叩いているし、やたらとまばたきをしているもの。微笑みも目までは届いていない。それに発音が微妙に変わるの。イングランド紳士で通そうとしているけれど、どことなくアメリカなまりが聞きとれるわ。二重母音のところでとくに」

「おやおや」レキシントン公爵が満足げにいった。

「何がいいたいの？」

「ゆうべきみは男性を見る目に自信がないといったね。だが、なかなか的確な判断ができているじゃないか」

ヴェネチアはもじもじした。容姿以外の資質を褒められることには慣れていない。

「男を見る目がある女性として、ぼくの性格や態度に何か問題があるから、一緒にいて安心できないときみは感じているのかな？」

「そうではないわ」正直に認めるしかなかった。

「だったら、ぼくの部屋で熱いココアでも、と誘ってかまわないか？」

「難しいわね。ヴェールをかぶったままココアを飲むのは」

「ぼくが目隠しをするよ。きみはヴェールを取っていい」

「ご親切な申し出だこと。でもその気もないのに男性の部屋に入ると、勘ちがいされかねないでしょう」

「どうしたら気を変えてもらえる？」

「気を変えるつもりはないわ」

「何かしらできることはあるはずだ。でなければ、与えられるものが」

ヴェネチアは頬の内側を噛んだ。「わたしの歓心をお金で買おうというの？」

「きみの歓心を買いたいわけではない。誠意を示したいんだ。中世の騎士たちは自分が愛する女性にふさわしい男であることを証明するために、不可能なことに挑戦したという。ぼくも同じことをしよう。なんでもいいから、ほしいものを何かいってみてくれ。きみのために見つけだしてこよう」

「〈ローデシア号〉に乗っていて？」

「一〇〇〇人以上の旅客を乗せた大型客船だ。きみがほしいものが何にせよ、誰かが持っている可能性はある。少なくとも、それと似たようなものは」

公爵に巨大な化石で迫られたら、いやとはいえないかも。

いいえ、やめておいたほうがいい。彼のいうとおりだ。どれほど希少な、特別なものを指定しても、乗船している誰かが持っている可能性がある。

「あなたは博物学者なのよね」それなのに、いつの間にかそう返していた。

「なぜ知っている？」

ヴェネチアは内心で悪態をついた。どうして彼がイングランドを離れているかという話はこれまで出なかった。「あなたの部屋で本を見たの。だから、たぶんそうなんだろうと思ったのよ」

「謎めいて、しかも観察眼の鋭い人だな」公爵が微笑んだ。

たしか以前にも、彼が微笑んだことはあった。けれど明るいところで、まっすぐにこちらを見て微笑んだのははじめてだ。驚くほど表情が変わる。氷山の最後の一片が解け、代わりに南国が現れたかのようだ。温かく、大らかな……。

悔しいことに鼓動が速くなる。この人、わたしの計画をひっくり返しただけでは足りないというの?

「それで、ぼくが博物学者だったらどうだというんだい?」彼がきいた。

さすがの公爵も、いや、誰であろうと、いまヴェネチアの頭にあるものを船に持ち込めないのはまちがいなかった。それでも末端の神経がぴりぴりした。「恐竜の化石がほしいわ」

彼が片方の眉をひょいとあげた。「冗談だろう」

「本気よ。持っている?」

「いや、持っていない。ぼくの専門は恐竜類ではないしね」

どういうわけか、ヴェネチアは大いに失望した。自分は公爵の部屋に行きたかったのだと、いまさらながらに気づいた。けれど、結局はこれでよかったのだ。

「でも、それに相当すると思ってもらえそうなものなら持っているよ」

ひどいわ。希望を——自分でも認識していなかった希望を打ち砕いたかと思うと、つぎの瞬間にまたよみがえらせるなんて。まして、はなから抱いてはいけない希望だというのに。

「ちっぽけな両生類や三葉虫の残骸なんてごめんよ」

「そんなものではない」彼は立ちあがった。「一時間したら、ぼくの部屋に来てごらん。それまでに用意しておくよ」

「たいしたことのないものだったら、わたし、すぐに踵を返して部屋を出ていくわよ」

公爵がまた微笑んだ。「約束したとおりのものだったら、きみはどうする?」

あの微笑み——いずれわたしを破滅に導きそうな笑みだ。「部屋に残って、しばらく観賞するわ。でも、それ以上のことは期待しないで」

「期待はしない。だがぼくはいつも、ほしいものは手に入れるべく努力する」

そうしてほしかった。運命でも、彼でもいい。誰かが代わりに決断を下してくれるなら。

「それから、あなたには目隠しをしていてほしいわ」できるだけ尊大な口調でいった。

「ならば、きみのほうから行動を起こすように仕向けよう。では、失礼するよ。貨物倉から重たい荷物を持ってこさせなくてはいけない」


簡単にはいかないだろうと思っていたものの、例の荷物は思った以上に難物だった。荷解きして部屋に持ち込んだ頃には、すでに一時間以上経っていた。それでも男爵夫人の一五分は遅れてくる習慣のおかげで、旅客係が木箱を片づけ、絨毯に散乱したおがくずを掃除するだけの時間はあった。

旅客係とすれちがいで男爵夫人が入ってきた。従業員たちの目に好奇と賞賛の色が浮かぶ。彼女はギャバジンの服を着替え、体の線を美しく見せる藤色の散歩用ドレスを着て現れた。彼らの視線には気づいていないようで、まっすぐに客間の隅に置かれた巨大なものへと向かった。

クリスチャンは扉を閉めた。「さあ、覆《ヴェール》いを取ってごらん」

この船旅の中で、覆いを取ることができるのはたぶんこれだけだろう。クリスチャンはふとそう思った。

男爵夫人が布をゆっくりとめくった。高さ一・八メートル、幅一・二メートルの砂岩の板が現れた。そこには反対方向を向いた三本指の足跡がふたつ刻まれていた。それぞれ長さが六〇センチ、横幅が四五センチある。そのあいだを歩いたかのように、はるかに小さな――大きいほうの四分の一くらいの足跡もふたつあった。

「すごいわ」彼女は息を吸った。「鳥脚類の足跡化石ね」

彼女は古生物学の用語に詳しいらしい。

「さわってもいい？」

「もちろん。もしスケッチしたいなら、そこの机の上に紙と木炭がある。ヴェールを取ったほうがよければ、ぼくにはこの目隠しをするといい」

クリスチャンは白い絹のスカーフを差しだした。彼女が振り返った。

「目隠しをはずさないと約束してくれるわね」

「約束する」

男爵夫人はスカーフを受けとり、クリスチャンの頭のうしろで結ぶと、彼を長椅子に座らせた。

クリスチャンはこのまま彼女を長椅子に押し倒したいという欲求をなんとか抑えつけた。彼女の香り、あのどこまでも清潔な香りを、また存分に吸い込みたい――。

足音からすると、彼女はすぐに客間を横切って、化石の前に戻ったようだ。

すっかり興味をそそられているらしい、とクリスチャンは思った。「きみも博物学者なのか？」

「いいえ。でも、恐竜は特別なの」

男爵夫人が化石に体を押しつけて恍惚《こうこつ》としているさまを思い浮かべ、彼は微笑んだ。子供じみた想像だ。実際には、うやうやしくそっと足跡をなぞっているのだろう。

「すばらしいわ」

「たしかに恐竜はすばらしい」

「ええ、そうね。わたし、自分で掘りあてたことがあるのよ」

これはそうそう聞かない話だ。「いつ？　どこで？」

「一六歳のとき、家族と休暇中に、ほぼ完璧な化石を見つけたの。大きな恐竜だったわ。肋《ろっ》骨《こっ》の一部が地面に見えているのを発見したときは、それほど大きなものとは思わなかったけど。そのあとは休暇中ずっと、発掘に没頭したものよ」

「ひとりで全部発掘したのか？」

「もちろんちがうわ。きょうだいが手伝ってくれたの。近くの村の子供たちや、なんの騒ぎかと見に来た若い男の人たちも」

「種類はなんだった？」

しばしの沈黙があった。「ええと……その――プラテオサウルス」

「プラテオサウルスだって？　たしかにあれはすごい。立派な恐竜だ。それで、その化石はどうした？」

「もちろん家に飾りたかったけれど、許してもらえなかったわ」

彼は小さく笑った。「理由はわかるよ」

成長したプラテオサウルスは全長九メートルにもなる。壮大なアルジャーノン・ハウスでさえ、そんなものを展示したら人の居場所がなくなってしまう。

「まあ、しばらくしたら納得して、博物館に寄贈したわ」

木炭が紙をこする音がした。足跡をスケッチしているのだろう。「どの博物館に？」

「それはいわないでおくわ」

「ぼくが見に行ったら、本名が知れてしまうから？」

「そんなにお暇ではないでしょうけれど、危険は冒したくないの」

「いまさら何をいうんだ。久しぶりに大きな危険を冒したばかりじゃないのか？」

木炭の音がやんだ。やがて、前より乱暴に紙をこする音がしはじめた。「危険を冒したのは、船をおりたら消えてしまえるからよ。ところで、これはなんだと思う？」

化石のことをいっているのだと理解するのにしばらくかかった。また巧みに話題を変えられてしまった。「まだ子供のイグアノドンだろうな。でなければ、似たような捕食動物だ」

「どれくらい古いものかしら？」

「ジュラ紀後期か白亜紀の初期だろう」

「奇跡よね」男爵夫人がつぶやく。「足跡なんていうもろくてはかないものが、一億五千年も保たれていたなんて」

「環境さえ整っていれば、なんでもありうるんだよ」クリスチャンは指先で目隠しにふれた。しっかりと結ばれている。それでもまぶたの向こうは真っ暗ではなかった。うっすらと茶色がかった中に銅色の光が交差している。「ほかにも化石を発掘したことは？」

「ないわ」

「なぜ？　楽しかったんだろう？」

彼女は答えなかった。

「忘れないでくれ、ぼくにはきみの姿が見えない。肩をすくめたり、ぐるりと目をまわしたりしても、返事をしたことにはならないんだからね」

「目をまわしたりなんてしてないわ」

「肩をすくめてもいない？」

答えがないので、イエスなのだろうとクリスチャンは思った。「プラテオサウルスを見つけたのは一六のときだったといったね。結婚したのはいくつのときなんだ？」

「一七歳」

「亡くなったご主人は、道具をかついで古い骨を掘り起こすなど淑女の趣味としてふさわしくないという考えだったのかな？」

またしても言葉は返ってこなかった。イエスということか。

「ぼくの記憶が正しければ」彼はいった。「イングランドの古生物学史において、重大な発見のいくつかは女性によってなされたはずだ」

「そうね。たとえば有名な古生物学者のメアリ・アニング。彼女のことは本で読んだわ。夫にいわせれば、彼女の発見は単なる幸運らしいけれど」

クリスチャンは鼻で笑った。「女性にそれほどの幸運を与えたなら、神はその努力を認めることにも反対しないだろうな」

木炭の音が止まった。足音が机に向かう――もう一枚、紙が必要になったのだろうか？

「今度は会話で懐柔する気ね」茶目っ気の混じる口調で、男爵夫人がいった。

「だからといって、ぼくに誠意がないということにはならないだろう。信じられないなら、今度ぼくが発掘へ行くときに一緒に来るといい」

「陸地が見えたら、わたしは消えるの。それはお互い了解済みだと思っていたわ」

「だが、きみがぼくのところへ戻ってくるのになんの問題もないはずだ。ぼくの名前は知っている。どこにいるかもわかっている」

「あなたはすぐに結婚するんでしょう。わたしにとって、それは大いに問題だわ」

「結婚は急いでいない」義母のことが頭をよぎったが、男爵夫人のためなら、ひとしきり嫌味をいわれるくらいのことは我慢できる。

「だとしても同じことよ」

クリスチャンはかぶりを振った。「冷たい人だな、きみは」

彼女は平然と返した。「公爵、あなたは求めすぎなのよ」

そのあと、レキシントン公爵はヴェネチアをそっとしておいてくれた。しかし、もう集中力は途切れてしまっていた。

どうしてよりによってあの彼が、こんなに公正で柔軟な考え方をする人なの？　しかも発掘旅行に誘ってくれるなんて。それは何年も前から夢見ていたことだった。重大な新発見があったと聞くたび、うらやましく思っていたのだ。豊かな堆積層《たいせきそう》を思うがままに掘り、土の中に隠された歴史をひもとく特権を与えられたのが自分だったら、と想像せずにいられなかった。

一五分ほどして化石のスケッチを終え、帽子をかぶり直した。公爵にあまり長いあいだ目隠しをさせておくのも申し訳ない。「ありがとう。とても楽しかった。ひとりで戻るわ」

わたしは、わざと長椅子のすぐそばを通ったのかもしれない。公爵に抱き寄せられ、膝の上に座らされたとき、この体は喜びにふるえたのだから。彼はヴェール付きの帽子をはたき落とすようにして、ヴェネチアに激しくキスをした。全身が熱くなる。言葉にできない体の一部が、熱い欲求にうずきはじめていた。

「ぼくは求めすぎてはいない」公爵が彼女の唇に向かってささやいた。「航海が終わると同時に消えるつもりなら、一度くらい顔を見せてほしい、それだけだ」

目隠しをしている彼は無防備に見えてもおかしくない。だが、その顔には自信と強い意志がみなぎっていた。ヴェネチアの鼓動が速くなった。「もう行かなくては」

「今度はいつ会える？」

「もう会う必要はないでしょう」

「ある。なんとしても会いたい。きみといるときに経験した楽しいことの半分すら、これまで出会えたことがなかった気がする」

だったら、どうしてこの場で奪わないの？ 彼の下半身の高まりが押しつけられるのを感じながら、ヴェネチアは心の中で訴えた。いっそ、ローマ帝国に侵入して略奪を働いた荒々しい西ゴート族のようにわたしをさらい、すべてを奪い尽くしてくれたらいいのに。

「わたしに甘いせりふは効かないのよ」ふるえる声で、それでもきっぱりという。

「ぼくはいままで、女性に甘いせりふをいったことなどない」公爵の口調は真剣だった。

「ほかの女性と一緒のときは、体はその場にいても、心はどこか別の場所、別の時をさまよっていた。だがきみといると、心と体が分裂しない。ほかの思いや願いに悩まされることもない。それがどれほどうれしいか、きみには想像がつかないだろう――自分の存在すべてがここに、この場にあるということが」

彼には想像がつかないだろう。わたしみたいな人間にそんな魔法のような力があるといわれて、どれほどうれしいか。顔立ちと人間性は別物であり、だから顔ではなく存在そのものが男性を惹きつけることもあるのなら、わたしにもいくばくかの価値があるということではないかしら？

「きみはどこへも行く必要はない」

「そうはいかないわ」みずから選択するのは怖かった。前回、自分の意志で思いきった決断を下したときは、そのあと何年も苦悩に満ちた日々を耐えることになった。

「だが、きみは戻ってくる」ややあって、彼が決めつけるようにいった。「ノーという返事は受けつけない。今日はここで、ぼくとふたりで夕食をとるんだ」

ヴェネチアは、公爵の形のよい唇やきれいな輪郭を描くあご、完全に目を覆っているスカーフを見つめた。手の下で彼の胸が大きく上下している。こぶしを握りしめ、いますぐ彼のシャツのボタンをはずしたいという衝動を抑えつけた。

「いいわ」ヴェネチアは答えた。「でも、夕食だけよ」

7

「お預けを食わされている子供みたいな気分だな」クリスチャンはいった。

男爵夫人は約束を守って、夕食にやってきた。彼はその前に食事をとっておいたので、目隠しをされたまま食べ物を口に運んでもらう必要はなかった。食事がすむと、彼女はクリスチャンを長椅子まで連れていき、ワインを勧めてから、自分は客間の反対側の隅に引っ込んで、また恐竜の足跡を観察しはじめた。

「わたしはちゃんと夕食に来たでしょう。喜んでくれてもいいと思うけど」彼女はけろりとした声でいった。

「喜んではいるさ。だが、ぼくがお預けを食ってるのは事実だ。顔が見えないなら、せめてそれ以外の部分は見たい。まったく姿が見えないなら、せめて好きなだけ手をふれたい」

男爵夫人が小さく笑った。クリスチャンの訴えに心を動かされたようすはまるでない。彼は思わず微笑んだ。爵位と、日ごろの近寄りがたい物腰のせいで、たいがいの女性は彼を前にすると委縮してしまう。女性だけでなく男性もだ。しかし彼女は平然と、こちらに立場をわきまえさせようとする。

指が何かにふれた。彼女の帽子だ。取りあげて、ひっくり返してみた。

「きみがいま何をしているか教えてくれ」

「化石を愛《め》でているのよ、もちろん。わたしがなんのためにここへ来たと思うの？」

クリスチャンは彼女が石板を舌で舐めている姿を想像して楽しんだ。

「ゆうべ、きみがここへ来たのと同じ理由さ。ぼくのことをもっとよく知るためじゃないのか」

「昨夜ひと晩で、もう数年はけっこうという気分よ」

クリスチャンはまた笑い、彼女の帽子を長椅子の端に置いた。「褒められたのか、けなされたのか、よくわからないな」

「褒められたら、ちゃんとわかるはずよ」

「なるほど。そういわれて心を決めたぞ。夜が明けるまでに、きみはぼくを褒めるようになる」

「あなたはすてきな化石を持っている――あなたにいえる褒め言葉は、それくらいかしらね」

彼は微笑み、ワインを口に含んだ。「ぼくは挑戦が大好きなんだ」

気持ちのよい穏やかな自信。トニーの薄っぺらな空威張りとはまったくちがう。あれが空威張りにすぎないとヴェネチアが気づいたときには、すでに遅かったのだが。

「ところで、あなたのお宅は進歩的な考えのご家族だったの？」

レキシントン公爵は長椅子に心地よさそうに寝そべり、顔を天井に向けて、指一本動かさずにいた。けれどもヴェネチアは、彼が見かけとは裏腹に神経を張りつめているような、抜け目なく獲物を狙っているかのような、そんな印象を受けた。彼女の関心を――本当は関心など示すべきではないのだが――感じとっているのはまちがいない。

「いや」公爵が答えた。完全に落ち着いた、親しげな口調だ。獲物に襲いかかろうとしている気配などみじんもない。「どちらかといえば、モンフォール家は常に保守派だった。シェイクスピアの時代まで、あえて英語を話そうとしなかったほどだ」

ヴェネチアは手袋をはめた手で、小さいほうの足跡を撫でた。「博物学者になると決めたとき、ご家族は反対なさらなかったの？」

「父は強硬に反対した」

公爵がワインをあおった。ヴェネチアは彼の喉のラインから目を離せなかった。

「喧嘩になることもあった？」

彼は絨毯の上にワインを置いた。飛びかかってくるつもりかしら？　「長々と説教されたが、ぼくはもうこの道に進もうと心を決めていた。簡単にあきらめるつもりはなかった。父の話はおおかた無視していたな」

公爵の指がグラスの縁をそっとなぞる。ヴェネチアはゆうべ、巧みな指使いで体を愛撫されたことを思いだした。「若い男性は普通、両親の命令を簡単には無視できないものだと思うけれど」

公爵が体を起こし、長い腕を長椅子の背に預けた。開放的で自信にあふれたしぐさだ。

「父はやたらと自分を高く評価していたが、女性にだらしなくてね。だから父の話に耳を貸さないでいるのは難しいことではなかった。それにぼくは厨房がどこにあるかちゃんと知っていたから、夕食抜きで寝かされても困ることはなかったんだ」

ヴェネチアは背中をほとんど石板に押しつけるようにしていた。「わたしの家族は厳しかったから、わがままはいえなかったわ。家族と夫のせいで、化石の発掘をしたいなどというのは自分勝手で突飛な思いつきにすぎないと思わされたの」

彼がかすかに微笑んだ。「きみは簡単に人のいいなりになる女性ではないだろう」

わたしたちはまだ、化石の話をしているんだったかしら？「わたし自身、自分の関心が正しいものとは思えなかったのよ。ただ、これまでに発見されたどんな化石よりも大きくて状態のいい、意外性のあるものを見つけたいと思うだけだった。本気で博物学者になって社会に貢献したいわけではなかったの」

公爵が立ちあがった。「大きくて状態がよく、意外性のある化石を見つけたいと願うのは悪いことではないさ。人を夢中にさせるのは、狩りをするときのあの高揚感なんだ。追い求めているのが新しい惑星だろうと、物理学の原理だろうと、生物がいかにして海から陸へあがったかを明らかにしてくれる化石だろうと」

目隠しをしたまま、彼がゆっくりとヴェネチアのほうへ向かってきた。彼女は息が苦しくなった。「わたし、もう帰らなくては」唐突に口走った。

公爵が小首をかしげた。「ぼくとなら、きみは安全だ。わかっているだろう」

そんなことはない。わたしはいま、かつてないほど危険にさらされている。なんて愚かだったのかしら。彼に決断をゆだねようとするなんて。火と戯れるどころではない。導火線に火のついたダイナマイトを手の上で転がしていたようなものだ。いっときの幸福感を求めたところで、あとでその代償を――悲しみをたっぷり味わうことになるのはわかっているのに。

「夕食をごちそうさま。それから、化石を思う存分観賞させてくださってありがとう」急いで立ち去ろうとするあまり、早口になった。

「もっと長い夜になることを期待していたんだが」

「ごめんなさい。でも、本当にこれ以上はいられないの」

彼が、まるで見えているかのようにまっすぐにこちらに顔を向けた。「だったら、おやすみ。明日の朝、また同じ場所、同じ時間に会おう。散歩ならいいだろう？」

ヴェネチアは首を振った。「これ以上会っても意味はないわ」

「きみが裸でベッドにいるのでなくても、一緒にいるだけで楽しいんだ。そういわなかったかい？」

彼女は口の中がからからになった。ゆうべ味わった快楽の記憶、公爵と体を重ねた歓びがよみがえる。咳払いをしないと声も出なかった。「いずれ別れるなら、先延ばしにするより、早く別れたほうがいいのよ」

公爵はまた長椅子に腰かけた。そして目が見えているかのように正確に、帽子の上に手を置いた。「残念だが、考え方がちがうようだな」ヴェールの縁をゆっくりと指でさすりながらいう。

その指でわたしにふれてほしい。好きなだけ愛撫してほしい——。そんな思いを封じ込めてヴェネチアはいった。「帽子を返してくれたら、ひとりで帰るわ」

「もう会えないなら、せめてさよならのキスをしてほしい」それは冗談交じりの頼みごとに聞こえたが、実際は有無をいわさぬ要求だった。

「やめておいたほうがいいんじゃないかしら」彼女は弱々しい声で答えた。

「ぼくは両手でしっかりときみの帽子をつかんでいる。だいたい、お返しにそれくらいしてくれてもいいはずだ」

どうしてわたしはたったひとつのもので満足できなかったの？　なぜ危険な刺激を求めてしまったの？　これまでずっと、誰にもわずらわされないひとりの生活という安全な聖域を必死に守ってきたくせに。

ヴェネチアは石板から離れると、部屋を横切って長椅子の端に腰かけた。ほんの一瞬、公爵と唇を合わせる。

「ごまかさないでくれ。こんなのはキスではない」

彼はいっていた。ほしいものは手に入れる、と。

長椅子の渦巻き模様の肘掛けに手を置き、もう一度身を乗りだした。唇がふれ合う。ヴェネチアは大きく息を吸って、さらに深く唇を重ねた。

ワインの味がした。ふたりの年齢を合わせたよりも古い、力強い赤ワインの味。ヴェネチアは男性から求められることには慣れていた。それでも舌で彼の歯をなぞり、欲求を抑えつけているらしく緊張しきった体を肌に感じると、頭がくらくらした。

これほど激しくわたしを求めてくれた人は、いままでいなかった。

キスが終わっても、ヴェネチアは動かなかった。唇をほんの数センチ離しただけだった。ふたりの荒い吐息が混じり合う。公爵の全身から欲望が噴きだしているようだ。自分の鼓動が速くなった。暖炉に近づきすぎたときのように頬が熱くなる。

何も考えず、ヴェネチアはふたたび唇を重ねた。公爵が彼女をぐいと自分のほうへ引き寄せる。その強引さに、ヴェネチアは恍惚となった。もう待てなかった。手で彼のズボンの留め具をまさぐりはじめる。彼のほうはスカートをたくしあげていた。下着の縫い目を指がなぞるのが感じられ、彼女はうめいた。

公爵が唇を離した。「どこかに避妊具があるはずだ」一時間ほど階段をのぼってきたかのごとく息があがっている。

「必要ないわ。わたしは産めない体なの」彼に負けないくらい激しい欲求にのみ込まれ、ヴェネチアは相手の髪をつかんで、さらに熱い口づけを浴びせた。

あとはもう、言葉は必要なかった。あるのは情熱と衝動、そして快楽に次ぐ快楽だけだった。

クリスチャンは、男爵夫人のほっそりとしたしなやかな指に指を絡めた。

三度、絶頂を味わった。彼女のほうは――数えきれないくらいだ。ひとつになると、彼女はまたたく間にのぼりつめ、そのままずっと官能の歓びに浸りつづけた。

彼は微笑んだ。われながら、たいしたものだ。こんなふうに思うのは自分らしくないが。紳士たるもの、女性の扱いには長《た》けていなくてはならない。それは馬や武器の扱いと同じく基本的な技術であって、自慢するようなことではない。これまではそう思ってきた。ところがいまは鳥小屋の中でひと暴れした雄鶏のごとく、屋根に飛び乗って声をあげたいくらいだった。

細かな場面は覚えていない。だがどこかの時点で明かりを消し、目隠しを取って、彼女をベッドまで運んだらしい。いま、ふたりは上掛けにすっぽり覆われて横たわっていた。彼女の頭が肩にのっている。

「これほど自分を誇らしく思ったことはないな。ロンドン王立協会で、はじめて論文を読みあげたときよりもいい気分だ」

「ふうん」曖昧な返事が返ってきた。彼女はまた黙りこくってしまうかと思ったが、そうではなかった。「あなたって、変わったものをありがたがるのね」

「たしかにきみは変わっているな、男爵夫人。だが、美しい」

彼女が身じろぎした。「わたしの顔を知らないくせに」

「それでも美しいものは美しいさ。ぼくはそう思う」

「わたしたち、知り合ってまだ数日よ。その間、わたしは何度もあなたとは寝ないと宣言しては、気を変えてこうして寝ている。これは褒められたことかしら？」

クリスチャンは男爵夫人の顔を両手で包んだ。「午前の会話を覚えているかい？　ラウンジにいる男性客の品定めをしただろう。詐欺師にだまされそうになっていた年配の女性の連れの、若い男がいたね。午後にその男と話したんだが、ミスター・エグバートのことは、きみからもう忠告を受けたといっていた」

「誰だって、同じことをすると思うわ」

「そうすべきだろう。だが、誰もが実際に行動に移すとはかぎらない」クリスチャンは、絡まっていた彼女の髪を手で梳きながらいった。「なぜ自分が化石の発掘をあきらめたか、きみはわかっているかい？　夫の幸せを自分の幸せより大切にしたからだよ。彼はそうするに値しない男だった。しかしだからといって、きみが思いやりのある、やさしい女性だという事実は変わらない」

「若すぎて、自分に自信がなかっただけかもしれないわ」

クリスチャンは彼女の顔を自分のほうへ向け、あごにキスをした。「ぼくによく思われるのがいやなのか？」

「そんなことないわ。実際以上によく思われたくはないだけ」

彼は男爵夫人の顔から手を離した。ふと見ると、彼女は手を喉元で交差させ、前腕で胸をかばうようにしていた。情熱が去ったいま、あらためて自分の身を守らなくてはならなくなったというように。

クリスチャンは彼女の肩にキスをした。その肌はどこまでもなめらかで官能的だった。

「では、どう思われたら納得がいくんだ？」

男爵夫人は答えなかった。

「きみは科学者を相手にしているんだぞ。ぼくの気を変えたいなら、一般論だけではだめだ。具体的な証拠を示してくれないと。でなければ、ぼくはきみをこの先も高級娼婦の肉体を持つ聖女と思いつづけるだろうな」

しかたがないというように、彼女がため息をついた。「わたしは子供の産めない体だといったわよね？　結婚して一年半経つと、夫は医師に相談すると言いだしたの。その後の二年間で、あちこちの医師に診てもらったわ。わたしは――」声がふるえた。「詳しい話は省くわね。でも彼に強要されたと思っているなら、それはまちがいよ。最初の医師に不妊症といわれたあと、何人もの医師にかかって、検査に次ぐ検査をしたのはわたしのほう。子供ができないのは夫に問題があるからだと証明したかったの。それって、思いやりがあって、やさしい女のすることかしら？」

「どうだろう。少なくとも、ぼくは彼の味方をする気にはならないな」実際にはそいつの遺体を掘り起こし、思いきり蹴りつけてやりたかった。妻をこんな形で苦しめるなんて、正真正銘のろくでなしだ。たったの一年半、子供ができなかっただけで。もっと長期間にわたって子供ができない夫婦だっていくらでもいる。「最終的にあきらめたのはなぜなんだ?」

男爵夫人はぎゅっと手を握り合わせた。「メイドのひとりがわたしのところにやってきたの。以前、夫が手をつけた娘よ。彼女は妊娠していた。それで結婚してくれそうな恋人がほかにいるから、ささやかな持参金をもらえないかといってきたの。わたしはお金をあげて、娘は屋敷を出ていった。わたしはそれきり、医師にかかるのをやめたわ」

クリスチャンは彼女を自分のほうへ向かせ、しっかりと抱きしめた。「気の毒に」

「当時、わたしはとても若かった。子供がほしかったわけでもないの。ただ、自分が不妊症ではないと夫に証明したかったのよ。それができれば、ほかのことに関しても彼がまちがっていると証明できると思った。そんなの、思いやりのある、やさしい人間が考えることではないわ」

「それはちがう」彼はきっぱりといった。「ぼくの義母の話をさせてくれ。彼女はぼくが知る中でもっとも思いやりのある、心根のやさしい女性のひとりだ。ところが、ぼくの父親というのはそうではなかった。それで彼女はどうしたと思う? 夫が新しい愛人を同じ屋根の下に連れてくるたび、結婚式の日に贈られた夫の肖像画に向かってダーツの矢を投げたんだ。よくふたりしてやったものだよ。ぼくも若い頃、父の顔に矢を突き立てては大いに楽しんだ。

このことで彼女を悪く思ったことなどない。その反対で、父のために変な言い訳をしないところが潔いと思った。父は俗物だった。なぜそうではないふりをしなきゃいけない? どうしてきみは、夫がまちがっていると証明してはいけなかったんだ? 壊れた時計で、一日に二度は正しい時を打つ時計があるとしよう。数回は正しいからといって、それ以外の時刻をまちがって告げていないことにはならない」

男爵夫人の固く握りしめたこぶしから、力が抜けていくのがわかった。クリスチャンの頬に、そっと彼女の唇がふれた。「ありがとう。こんなにうれしいことをいってもらったのは、生まれてはじめてだわ」

彼は男爵夫人の額にキスを返した。「だったら、今夜は泊まっていってくれるかい？」

「わたし、夜明けにはかぼちゃに変身しているかもしれないわよ」迷っている口調だ。

「それなら目隠しをして寝るよ。変身の瞬間を見ないですむように」

彼女は笑った。「わたしのためにしてくれるの？」

「もちろん。それくらい、なんてことはない」

男爵夫人がてのひらを彼の頬にあてた。「そこまでする必要はないわ。わたし、帰らないから」

ふたりはもう一度愛を交わした。そのあと彼女は眠りに落ちた。規則的な深い寝息を聞きながら、クリスチャンはこれまで味わったことのない安らぎを感じていた。

彼は先に目覚めた――いつも朝は早く起きるたちだ。

ベッドにいたのはかぼちゃではなかった。クリスチャンの曲げた肘に寄り添うようにして、柔らかな肌と温かな腕、つややかな髪をした女性のまま、男爵夫人が横になっていた。足で上掛けをはねのけたのか、薄闇の中でも形のいい足やふくらはぎが見て取れた。

振り向けば、彼女の顔が見えるはずだ。

顔は見ないと約束した。しかし、クリスチャンを押しとどめているのは名誉を守る気持ちだけではなかった。雑念から――女性の容姿に関する自分の偏見から自由でいたいという思いもあった。

彼は上掛けをめくると寝室を出て、しっかりと目隠しをするまで戻らなかった。


鏡に映る女性はたしかに美しい。

ヴェネチアは自分の姿を見つめた。見慣れた顔が変貌を遂げていた。何かが吹っきれたような表情で、喜びと興奮に満ちている。人生は始まったばかりという顔だ。もはや、失望に凝り固まった疲れた女ではない。

気づいたのは彼女だけではなかった。「マダム・エ・トレ、トレ・ベル・ス・マタン――メム・プリュ・ク・ダビチュード」ミス・アルノがいった。

〝マダム、今朝はとても、とてもお美しい。いつにもましておきれいです〟

「ありがとう《メルシー》」

「オン・ディ・ク・ムッシュー・ル・デュック・エ・ボー」

〝公爵はとても美男子だそうですね〟

ということは、もう情事のうわさは広まっているらしい。思ったとおりだ。〈ローデシア号〉は狭い世界だ。みな、これといってすることもない。

扉をノックする音がした。ヴェネチアの鼓動が速くなった。レキシントン公爵が呼びに来たのかしら？　顔を見ない、本名は聞かないというのと同じで、部屋を訪れないというのも暗黙の了解だと思っていたのだけれど。

「どなた？」ミス・アルノが応じた。

「旅客係です」アイルランドなまりの男性が答えた。「男爵夫人にお届け物がございまして、わたしどもでお持ちしました」

〝わたしども〟ひとりでは運べないものということ？

手押し車にのせた、防水布に包まれた大きな四角いものが、男三人がかりで部屋に持ち込まれた。

「レキシントン公爵閣下からです」男のひとりがいった。

ヴェネチアは手を口元にあてた。信じられなかった。防水布と、その下の木綿の覆いを男たちに取ってもらう。

彼は本気で、この足跡化石をわたしにくれるつもりなの？

「すごいですね。もっともあたしなら、チョコレートのほうがうれしいですけど」ミス・アルノがいった。

チョコレートですって。先史時代の生物の記録――しかもこれほど見事な記録を好きなときに眺めることができるなら、チョコレートなんてどうでもいいわ。ヴェネチアは全員にたっぷりチップをはずんだ。ミス・アルノも含めて。「チョコレートでもお買いなさい」

ひとりになると石板の前に膝をつき、いちばんきれいな手袋をはめて、石に刻まれた足跡を指でなぞった。「わたしにとっては」彼女はつぶやいた。「何よりうれしい贈り物だわ」

公爵に会うために部屋を出る前、もう一度鏡の中の自分を見た。こちらを見返す女性は輝くばかりだった。当然だろう、幸福以上に美しいものはないのだから。

8

男爵夫人のいうとおりだった。彼女を待つのは悪い気分ではない。楽しいといっていいほどだ。クリスチャンは学校を抜けだした少年のようにわくわくしていた。

空気は冷たかったが、よく晴れていた。乗客たちはこぞって遊歩甲板に出て、イルカの群れが飛んだり跳ねたりするのを眺めていた。レースの日傘が揺れ、ステッキが振られ、何かを指し示す。船上は陽気な雰囲気に包まれていた。

男爵夫人は春の精を思わせる緑の散歩用ドレスで現れた。緑の絹地にごく薄い紗《うすぎぬ》の布が重ねられている。その軽い紗がひらひらとはためき、海面のように太陽の光を受けて、絶えず移ろう光と色の模様を映しだした。

誰もが振り返って彼女を見た。この航海中、ふたりがもっとも興味深いうわさの種になっているのはまちがいない。レキシントン公爵は分別ある紳士として知られている。ところがいまや、人目もはばからず情事にふけっているのだ。実際、人目を気にするどころか、華麗に着飾った女性がほかでもない自分のほうへまっすぐ歩いてくるのを見て、クリスチャンは得意にならずにいられなかった。

「もっと早く来るつもりだったのだけれど」男爵夫人は彼のそばまで来るといった。「やっぱり遅れてしまったわ」

「なぜ？」

「例の贈り物のせいよ。あんな貴重なものをいただいていいのかしら」

「いいんだ。あれをきみに贈った喜びのほうが、手元に持っている喜びよりもはるかに大きい」

「ぞくぞくするくらいうれしかったわ、公爵閣下」

クリスチャンは微笑んだ。「いいかげん、クリスチャンと呼んでくれないか」

これまでつき合った女性に名前で呼んでほしいといったことはない。彼女が小首をかしげた。「あなた、キリスト教徒《クリスチャン》なの？」

「ときどきはね。きみのことはなんと呼ぼう？」

「そうね、ダーリンでどうかしら？」

「マイ・ダーリン」ドイツ語だとマイネ・リープリングか。「それでいこう。かわいらしくていい」

男爵夫人が軽くのけぞった。ヴェールの下で小さく笑う声が聞こえた気がした。

「かわいらしいですって？　そんな言葉があなたの口から出るとびっくりするわ。堅物かと思っていたのに」

クリスチャンも微笑み返した。「そう、堅物だった」

彼女が舌打ちする。「英雄も堕《お》ちたものね」

「子供の頃、しばしばブリストル海峡のワイト島へ海水浴に行った。ビアリッツのこともあったな。行き先は八月になったときの父の気分しだいでね。それで一六のとき、はじめて地中海で泳いだんだ。すばらしく温かな海で一週間泳いだら、もう大西洋には入れなくなってしまった」彼女の手袋をはめた手にキスをする。「きみも同じだ、男爵夫人。きみのせいで、お堅い男がすっかり骨抜きになってしまった」

「まあ、ぜいたくな贈り物を届けてくれて、今度は地中海になぞらえるなんて——堅物だったとは思えないわ」

「何がどうなったのか、自分でもよくわからないんだ」

男爵夫人はヴェール越しにクリスチャンの頬にキスをし、彼が聞きたくてたまらなかった言葉を口にした。「だったら、もう少し堕落させてあげる」

「まあ、そんな！」ヴェネチアは驚き、面白がってくすくす笑った。

「本当だ。一発、殴ってやった。しかも、手袋で顔をはたいて決闘を申し込んだわけじゃない。その男が彼女を無理やり組み敷いていると思ったものだから、やつをベッドから引きずりだすなり壁に叩きつけて、こちらの手が折れそうなくらい思いきり顔を殴りつけてやったんだ」

彼女はさらに身を寄せた。ふたりはまたベッドに横になり、恋人同士らしく午後を過ごしているところだった。「それでどうなったの?」

「大混乱さ。義母はぼくをミスター・キングストンから引き離そうとするし、ぼくはぼくで、シーツを投げて彼女の体を隠そうと必死だった。ミスター・キングストンは血を流して悪態をついていた。とんでもない騒ぎになったよ」

「かまわないじゃない。結末さえみな幸せなら、多少の混乱も悪くないわ」それなら、わが身の心配をするべきだ。いま、わたしは混乱の極みにいて、しかも幸せな結末は決して望めない。それでも――いずれこのつけを払わなくてはならないとしても、いまは残り少ない航海の日々から、喜びと楽しみを一滴残らずしぼりとりたい。「自分が実は正義の味方ではないとわかったとき、決まりが悪かった?」

「穴があったら入りたかったよ。ぼくの肖像画を贈ろうかといったんだ。ふたりでダーツの的にできるように」

ヴェネチアは自分の胸に手を置いた。「気前がいいのね」

クリスチャンが微笑んだ。笑うと、目隠しをしていても若々しくて陽気な印象になる。彼の瞳が見えたらいいのに、とヴェネチアは思った。とくにこんなときは。

「ほかにどうしていいか、わからなかったんだ」彼はいった。「だが、義母はいらないといった。代わりに三人で木に向けて矢を投げたよ」

「気の毒なミスター・キングストンはどうしたの?」

「うちの優秀な牝馬《ひんば》の子を贈った。きわめて友好的な会話をし――義母や殴ったときのことにはふれずに――謝罪の印として受けとってもらった。一か月後にふたりは結婚したよ」

ヴェネチアはため息をついた。「めでたし、めでたしね」

クリスチャンが彼女のほうを向いていった。「きみも、もう一度結婚すべきだ」

「あなたはわたしが結婚していないことを喜ぶべきよ。でなければ、船旅で居合わせた者同士、情事にふけったりしないもの」彼がざっくばらんな話をしてくれたからだろう、自分も事実を残らず話さなくてはならないような気になった。「それにわたしはもう、二度目の結婚をしたの。偽装結婚《マリアージュ・ブラン》だったけれど」

「本当に？」

ヴェネチアはうなずいた。「彼が愛していたのは男性だった。でも、それを知られて身を滅ぼすことを恐れていたの」

「きみはなぜ結婚に同意したんだ？」

「ありきたりな理由よ。最初の夫はまるでお金を遺してくれなかった。弟の世話にはなりたくなくて」

クリスチャンが頭を起こした。「弟がいるのか？」

「弟と妹がいるわ。どちらも二歳年下。双子なの」

「ところで、きみはいくつなんだ、ダーリン？」

彼女は大げさに鼻を鳴らした。「そんな質問には答えられないわ」

「ぼくはあと二週間で二九歳になる」

「まあ、本当に子供なのね」ほっとした。わたしよりも数か月若いだけだ。

「誕生日の贈り物をくれないか？　子供は贈り物を喜ぶものだ」

「名前入りのペンか何かを贈ろうかしら」

「名前入りのペンだってうれしいよ。きみが個人的に贈ってくれるなら」

ふたりの関係を〈ローデシア号〉の上だけで終わらせたくないと、彼は臆することなく口にする。男性がこうして素直に胸の内をさらけだせるということが、ヴェネチアには信じられなかった。いま思えば、トニーは最初から駆け引きばかりしていた。自分に惚れさせ、相手を支配することに喜びを見いだしていた。

クリスチャンの目隠しの下端をなぞった。鼻から頬へ指を走らせる。気づいたときには彼を自分のほうへ引き寄せ、腰に脚をまわして、彼の口に舌を入れていた。そうしたかったから。クリスチャンがほしかった。手をふれて、彼の勇気を分けてもらいたい——自分も彼のように率直で、恐れ知らずになれるよう。この流れに思いきって身を任せられるように。

〈ローデシア号〉での三日目の晩。クリスチャンはアリババになった気分だった。四〇人の海賊が隠した財宝が眠る洞窟に入り、想像を超えた豊かなお宝に有頂天になっているアリババに。男爵夫人もまた、想像を超える豊かな宝を隠し持っている。

あまりに幸せで不安になるほどだ。彼女の心臓の鼓動を聞き、その刻まれるリズムを楽しむ。彼女の手を握ると、もうほかに何もいらないと思える。暗闇に目を凝らせば、無限の可能性を秘めた未来が見えた。

自分は砂の城に腰かけているのだろうか？　愚かな夢と幻の上に？　いまはただ喜びに浸っているが、そのうち激しい後悔に襲われる羽目になるのか？

男爵夫人が指でクリスチャンの髪を梳いた。

「眠っているかと思ったよ」そういって、彼女のもう片方の手にキスをした。

「眠って時間を無駄にしたくないもの」

船は静かに揺れていた。ゆりかごのように。だが、クリスチャンも眠気は感じなかった。残された時間は少ないと思うからだ。いつもなら、航海が始まって数日も経つと、船のエンジン音は気にならなくなる。しかし今回は、その絶え間ない回転音が耳について離れない。対のプロペラがまわるたび、船は目的地に近づいているのだ。

「ところで、偽装結婚というのはどんなものだった？」

「こういうのとちがうことはたしかよ。若くてたくましい体をした男性が、夜ごとわたしを楽しませてくれることはなかったわ」

クリスチャンは思わず微笑んだ。「なるほど。その埋め合わせに、ひとり自分の手だけを相手に励んで、手首を痛めたとか？」

男爵夫人は笑い、彼の腕を叩いた。「こんなことを告白するなんて恥ずかしいと思わなくてはいけないんでしょうけど、なぜかそう感じないの」叩いたところをさすりながら続ける。

「ええ、痛めそうになったことが一、二度あったわ」

「なんとお盛んな――」

くすくす笑いながら、彼女が手でクリスチャンの口をふさいだ。

彼はその手をどけ、笑い声をあげた。「なんだい。もっときわどい言葉も、さっきは喜んでいたじゃないか」

「その最中はまた別よ」

クリスチャンは男爵夫人の上に覆いかぶさった。「だったら、その最中にいおう」ひとつになって、はるかにきわどい言葉を口にした。反応からして、彼女は大いに気に入ったようだ。

「二度目の結婚の話だが、ご主人はそのほかの面ではよくしてくれたのか？」愛し合ったあと、クリスチャンは男爵夫人の膝に頭をのせてたずねた。彼女の指がまた髪を撫でてくれている。

「ええ。家族の古い友人だったの。実をいうと、母方の遠い親戚よ。わたしも生まれたときから知っている人だった。父が早くに亡くなったものだから、彼に拳銃の撃ち方やカードのやり方を教わったのよ」

「年上だったのかい？」

「両親より年上だったわ。それにかなり裕福だった。結婚を申し込まれたとき、受けるのが最良の選択だと思ったの。借金を返せて、屋敷の女主人になれるし、もう男性に振りまわされることもない。それで、ふたりでちょっとしたお芝居をすることにしたの――」

「芝居？」

「そう。だって、夫の恋人がしじゅう訪ねてくるのを変に思う人もいるでしょう。だから、わたしがその男性と関係しているように思わせることにしたの。そういう合意のもとで、祭壇の前に立ったのよ」

「つまり、それ以降は自分の手だけが恋人だったと？」

男爵夫人は笑った。「夫はちがうわ。恋人がいたもの」

「ふたりがうらやましかった？」

「そうね。彼らは深く愛し合っていたから。自分が邪魔者に思えるときもあったわ。いつ、お役ごめんになるかわからない付き添い役みたいな気分だった。自分の家にいるのにね」

彼女の気持ちは痛いほどわかった。クリスチャンも義母とミスター・キングストンの屋敷を訪れるたび、満ち足りたふたりのようすにわが身の寂しさを痛感させられる。

「その後もずっと孤独だったのか？」

「弟は財産のある女性と結婚するために、愛する人をあきらめたの。弟の妻は、報われないと知りつつ、弟をずっと愛しているんだと思う。妹は、なんと既婚男性と恋愛中よ。あの三人と比べたら、わたしなんて幸運なほうだわ。ちょっとばかり寂しさを我慢すればいいだけだもの」彼女はクリスチャンの腕に小さな円を描いていた。いや、描いているのはハートだろうか？「あなたはどうなの？　孤独を感じることはないの？　それとも、じゅうぶん自分に満足している？」

彼は手を伸ばして、男爵夫人の耳たぶをいじった。「そんな質問をされたことは、いままでないような気がするな」

彼女がはっとした。「ごめんなさい。詮索するつもりはないのよ。つい忘れてしまうことがあるの。ふたりのうち、身元が知れていないのはわたしだけなんだって」

このめくるめく情事の中で、いろいろなことを忘れてしまうのは簡単だった。海と〈ローデシア号〉と彼女。世界はそれですべてという気にすらなってしまう。

「ぼくに個人的な関心を持ったからといって謝らないでくれ。きみがベッドの中のぼくにしか関心がないわけではないとわかって、むしろ安心したよ」

男爵夫人の笑い声は夜空を照らす花火のようだった。彼女が笑うということ――しかもよく笑うということに、クリスチャンはいまだに驚いてしまう。そして笑わせているのは自分なのだ。この笑い声を聞くと、不可能なことは何もないという気持ちになる。エベレストにのぼることも、サハラ砂漠を横断することも、失われたアトランティス大陸を一気に海の底から浮かびあがらせることすらできそうだ。

「イングランド人はあまり他人の生活に首を突っ込まない」彼はいった。「だからといって、人の幸せを望んでいないわけではない。あえて口にしないだけだ。たとえば義理の母だが、彼女はぼくがなぜときどき憂鬱な顔をしているかなどと、たずねてきたことはない。でも楽しい仲間との晩餐に招いてくれて、ミスター・キングストンに貯蔵室にある最高のワインを開けさせる。でなければ一緒に長い散歩をしながら、社交界のうわさ話に花を咲かせる」

「あなたはうわさ話が好きなの？」

「誰の話をしているのか、わからないことが半分くらいだね。たいていは右から左へ聞き流しているよ。それでも、義母がいろいろなことを話して聞かせたいと思いながらぼくの帰りを待っていてくれるのは、やはりうれしい。求めるものがすべて手に入らなくても、自分が特別恵まれた人間であることは忘れてはいけないと思っている」

「あなたが求めても手に入れられないものって、なんなの？」

以前は話せなかった。しかしいま、ふたりの距離ははるかに縮まっている。

「一九歳のとき、ぼくはある既婚女性に恋をした」

「まあ」彼女がつぶやいた。「ほかの女性といても、心は別の場所をさまよってしまうといっていたわね。別の場所というのがその人のこと？」

「そうだ」ミセス・イースターブルックは、中毒者を引きつける阿片窟の妖気のようだった。

「いまでも愛しているの？」

「きみと出会ってからは、彼女のことは考えたことがない」

静寂の中、波音と男爵夫人の速い息遣いだけが聞こえていた。

もう一度きいてみた。「陸に着いたら、本当に別れなくてはいけないのか？」

彼女はついに、クリスチャンが聞きたかった言葉を口にした。「そうね――少し考えさせて」

ミリー――フィッツヒュー伯爵夫人は遠ざかっていくアメリカ大陸を見つめていた。イングランドに着いたらまもなく、本当の意味でフィッツの妻となる日が来る。

年月が経つのがあまりに速くて驚くほどだ。一六歳の少女にとって、八年は人生の半分を意味する。考えられないくらい長い時間だ。星の彼方のような遠い未来。でもいま、そのときが近づいてきた。息遣いが感じられるほど、すぐそこまで。

この契約を後悔はしていない。不幸で複雑な事情が絡んでいる。婚姻を完成させる日を先延ばしにしたのは、それぞれが身辺を整理し、有益で友好的な関係を築くためだった。ただ、その期間に関しては後悔している。七年だったら、新婚初夜のことは頭に浮かばなかっただろう。九年だったら、覚悟ができていたかもしれない。けれどもふたりは手を握り合ったまま、八年間を過ごした。あっという間に時は流れ去った。

フィッツはミリーを信頼している。好意を寄せ、敬意を払ってくれている。場合によっては賞賛しているといってもいいかもしれない。でも、愛してはいない。八年間も一緒にいて、その女性に恋愛感情を抱かないのなら、この先もずっと抱くことはないだろう。

「寒くないの？」ヘレナが遊歩甲板を歩いてきて、船尾側の手すりに寄りかかっているミリーの隣に立った。「ずいぶん長いこと、ここにいるでしょう」

「それほど長くはないわ。少なくとも、かちかちに凍ってはいない」ミリーは答え、義理の妹に微笑んだ。「あなたはどうなの？　記事はどんな調子？」

「いまひとつね」ヘレナはいった。

妹のほうがあまりに面倒な状況になったら、フィッツは契約のことを忘れてしまうだろうか？　初夜の日付は明確に決められているわけではない。彼には肉体的欲求を満たす女性が大勢いて、ミリーに対しては姉妹のように接している。その日が来ても、わたしはベッドでひとり寝をすることになるのかしら。

そうなったらほっとする？　それとも、胸が引き裂かれる思いをするの？

ミリーはヘレナの腕に手を置いた。「ヴェネチアのことはあまり心配しないで」

「心配せずにはいられないわ。ひとりで客室にこもっているのでないといいけど」

「ひょっとして、お熱い情事を楽しんでいるかもしれないわよ」ミリーはいった。

まずい冗談だったかもしれない。義妹を揶揄《やゆ》するつもりはなかったのだが。

ヘレナが顔をこわばらせた。「それならいいの。お姉さまは大人だし、自由なのに、その自由を少しも楽しもうとしないんだもの」

あなたは大人で、大いに自由を楽しんでいるの？

ミリーは心の中でヘレナに問いかけた。とはいえ、わたしが情熱的な恋愛の何を知っているというのだろう？　空間と時を超えて求め合う、燃えあがるような激しい愛。わたしはそういう愛を壊した女だというのに。

ミリーがいえるのは、フィッツなら決して未婚のレディを口説いたりしないということだ。

ミスター・マーティンとちがって。ヘレナは危険を顧みず、断崖に向かって疾走している。ひとたび落ちてしまったら、もう誰も引きあげることはできない。

そんなことになってほしくない。ヘレナはヴェネチアと同様、最初からミリーを温かく受け入れてくれた。フィッツが話しかけてもくれなかった頃からだ。義妹には幸せになってもらいたい。少なくとも、身を滅ぼして社交界を追放されるようなことにはなってほしくない。

ミリーはヘレナの腕を取った。「執筆に集中できないなら、ゆっくり散歩でもしましょうよ、ね？」

9

西の空が明るく輝いていた。水平線を炎が照らしている。今日最後の陽光が長くたなびく雲をなぞり、カルバドス（りんごからつくられるブランデー）のようなピンクがかった黄金色に染めていた。

クリスチャンはこれほど完璧な夕暮れを見たことがなかった。残念ながら、男爵夫人は部屋で身支度をしている。このまばゆい光景をともに観賞できたらよかったのに。

航海も六日目になっていた。翌朝にはクイーンズタウンに到着する予定だ。その次の日にはサウサンプトンに入る。だからクリスチャンは彼女を口説きに口説いて、今夜は食堂で正式な晩餐をとることに同意させた。しつこいと思われようと、引きさがらなかった。しっかりとヴェールをかぶったまま、おおやけの場にふたりで姿を見せてもなんの問題もないのだと、わかってほしかった。社交界はクリスチャンの意向をくんで、ありのままの彼女を受け入れるだろう。

障害をひとつひとつ取りのぞき、道をきれいにならしていく。その道に、きわめて希少な化石をばらまいてもいい。彼女がともに歩いてくれるなら。ぼくの人生はすでに彼女の、彼女だけのものなのだ。

ヴェネチアはどうしたらいいか考えた。

たとえば、男爵夫人は手紙の中で、友人のミセス・イースターブルックがロンドンに住んでいるとさりげなく伝える。たとえば、シーズン中クリスチャンと出会ったときに、親友のセイドリッツ・ハルデンベルク男爵夫人もついこのあいだ〈ローデシア号〉に乗っていたそうだと漏らす。でなければ、クリスチャンのお義母《かあ》さまとお近づきになる——ヴェネチアの人柄を保証してもらえるくらいに。

こんなことだから、賢い人間は二重生活を送ろうなんて考えないのだわ。晩餐会用の手袋をはめながら、彼女は憂鬱な気持ちで考えた。ふたつに分裂した存在をきれいにひとつに継ぎ合わせるなど、不可能に近い。

ミス・アルノはほかの夜会服からきらきら光るスパンコールを取り、ヴェールを飾り立てた。そのおかげで、ヴェール自体が一風変わった、けれども華やかな装飾品のようになった。ヴェネチアは鏡の前から一歩さがり、ひとまわりしてみた。自分の存在がレキシントン公爵の評判を高めるように——少なくとも損なうことのないようにしたい。濃い青のドレスは夜会服としてあるべきすべてを備えていた。瞳の色ともぴったり合う——ヴェールの下の瞳が見えるならの話だが。

ヴェネチアはかぶりを振った。いずれにせよ、この状況は普通ではない。今夜は彼のリードに従うだけ。そして、彼にとっていい思い出となることを願うだけだ。

クリスチャンは食堂におりる階段のてっぺんでヴェネチアを待っていた。夜会服姿が惚れぼれするほどさまになっている。

「今夜のきみはひときわ人目を引くだろうな、ダーリン」彼は腕を差しだした。

彼に〝ダーリン〟と呼ばれると、いつもどぎまぎする。

「それはまちがいないわね。わたしたち、少しばかり厚かましいと自覚している？」

「厚かましいという言葉は大物には使われない」彼は平然と答えた。「レキシントン公爵がしきたりを作るのさ。でなければ、必要に応じて作り直すんだ」

「いずれにせよ、既存のしきたりに従う気はないわけね」

クリスチャンがぐっと身を寄せてきた。「ちょっとした秘密を教えてあげよう。こんなことは誰にも、義理の母にさえいったことがない」

ヴェネチアは振り返った。ふたりは鼻がふれ合いそうなほど顔を近づけていた。場所をわきまえていないと非難されてもしかたがない。「そう、その調子でお願い。今夜あなたには、思いきり高慢で冷淡な態度でいてほしいわ」

「きみのためにそうするよ。だがうまくいかず、おどおどして相手に舐められたりしたら、それはきみのせいだからな」

「責任重大ね。何百年と続いてきた貴族の名声がかかっているとなると」

クリスチャンがぎゅっと彼女の手を握った。「きみもようやく自分のしていることがわかってきたらしい」

ふたりは同じテーブルについた。ヴェネチアの隣は旧世界をまわる旅に出るというアメリカ人だった。彼女が英語を話せない——話そうとしないと聞いていたのだろう、ミスター・キャメロンと名乗る若いアメリカ人はドイツ語で挨拶した。「こんばんは《グーテン・アーベン》、奥さま《グネーディゲ・フラウ》」

文法より度胸のドイツ語だったが、彼はまちがいは意に介さず、大いにしゃべった。話題は主に旅行日程に関することで、このアメリカ人は歴史的な建造物よりも、エッフェル塔にのぼって現代の驚異を体感するのを楽しみにしているようだった。そして塔のてっぺんは風で相当揺れるだろうから、自分のようにたくましくて強い男は、恐怖に気を失いかけた若く美しい女性を抱きとめるのだとあけすけに打ち明けた。

クリスチャンはマンハッタン社交界の重鎮であるミセス・ヴァンダーヴォードと会話をしていたが、振り向いていった。「幸運を祈りますよ、ミスター・キャメロン。ぼくは万国博覧会のときにパリにいて、塔のてっぺんにものぼりましたが、あそこはすごく混んでいて、若い娘さんが気を失ったとしても、意識が戻るまでまっすぐ立ったままでしょうからね」

ミスター・キャメロンが大笑いした。ヴェネチアも恋人に微笑みかけずにはいられなかった。もちろんクリスチャンには見えていない。けれども彼はヴェールの下の微笑に気づく不思議な能力があるらしく、笑みを返してきた。

ヴェネチアはまるで一日中子犬を抱いていたような、温かな気持ちになった。

「失礼」テーブルの向かいから、若いレディが話しかけてきた。ミス・ヴァンダーヴォードと紹介された女性だ。「あなたはひょっとして、ハーバードで講演をなさった公爵ではありませんか?」

ヴェネチアは凍りついた。

「グロリア、そんな大きな声で話をするものではありませんよ」ミセス・ヴァンダーヴォードが眉をひそめた。

「ごめんなさい、お祖母さま」ミス・ヴァンダーヴォードがいった。それでも声は少しも低くならなかった。「でも、そうでしょう?」

「ええ。講演はしました」クリスチャンはワインをひと口飲んで答えた。

「偶然ですね!」ミス・ヴァンダーヴォードは手を叩かんばかりだった。「先週わが家を訪ねてきたわたしのいとことその奥さまが、その講演会に行ったそうなんです」

「では、少なくとも退屈のあまり死に至るということはなかったのですね。安心しました」おどけた受け答えだ。ヴェネチアは微笑もうとしたが、できなかった。肩甲骨のあいだにひんやりとしたものが広がっていった。

「とても興味深いお話が聞けたといってました。いとこの奥さまはことに、レディ・マクベスのような心を持った美女の話が面白かったと」

ヴェネチアは手を喉にあてた。うまく息ができなくなってしまったようだ。

「それはいいすぎだな」クリスチャンがいった。「ぼくはその女性を殺人や殺人教唆の罪で非難したわけではありませんので」

そんなの、言い訳になっていないわ。

「でも、夫を死に追いやったとしたら――」

「ミス・ヴァンダーヴォード、連続して起こったできごとに必ずしも因果関係があるとはかぎらないのですよ。その美しいレディは夫を不幸にしたかもしれない。しかし結婚生活において、どちらかが一方的に悪いということはありえないでしょう。ぼくはそう理解しています。だいいち、ぼくもあなたも、彼らについて詳しいことは何も知らない。根拠のない憶測はしないほうがいい」

ヴェネチアは息を吐いた。

「でも、ここはわたしたちだけですもの」ミス・ヴァンダーヴォードは内緒話をするようにいった。「その美しいレディというのが誰か、教えてくれません？　彼女がご主人の死にどの程度責任があるのか――あるいはまったくないのか、わたし、お友達と探りだすことにしたんです」

「グロリア！」祖母が叱った。「公爵閣下、孫が無礼なことを申しまして、どうかお許しください」

クリスチャンは軽くうなずいて謝罪を受け入れた。そして、ミス・ヴァンダーヴォードをあらためて見やった。娘の顔から小生意気な笑みが消え、彼女は公爵の視線から自分をかくまってくれる人はいないかと左右を見まわした。だが誰も何もいわず、何もしてくれないので、しかたなく彼の目を見返そうとした。ばつが悪そうに笑ってみせたものの、その笑みもすぐに消えた。

まわりの客も一様に息を詰めていた。公爵の口から厳しい叱責の言葉が発せられるものと思っているのだろう。ヴェネチアの脳裏をさまざまな思いがよぎった。そんなことをしても意味がないとは彼が考えなかったら？　大勢の人の前でそんな話はしないようにと、ミス・ヴァンダーヴォードに釘を刺すだけだったら？

クリスチャンはいった。「つまらない探偵ごっこはしないほうがいいでしょう」

ヴェネチアの心臓が弱々しく鼓動を打った。同席者たちも、彼の穏やかな言葉にほっと安堵の息を吐いた。ミス・ヴァンダーヴォードは唇をふるわせ、ためらいがちに微笑んだ。

「おっしゃるとおりですね、公爵閣下」

この話題はこれで終わりとばかりに、クリスチャンがヴェネチアのほうを向いた。

「エビをほとんど食べていないね、男爵夫人」

これはささやかな冗談だった。ヴェールをしたままでは何も食べられない。

「ぼんやりしていたの。いまから食べるわ」そう答えたが、唇の感覚が麻痺していた。

ミセス・ヴァンダーヴォードはまだ彼に話したいことがあるようだった。ヴェネチアはミスター・キャメロンのほうに身を寄せた。

「ミス・ヴァンダーヴォードはロンドンに向かってらっしゃるの？」

「いいえ、ぼくと同じで大陸のほうらしいですよ。ハンブルクで下船して、パリに向かうんです。そこからあちこち見てまわる予定です」

「例のレディのことを探りだすって、彼女、本気なのかしら？」

ミスター・キャメロンは小声で笑った。「そんな思いつき、あの子が明日まで覚えていたら驚きですよ。衝動的で忘れっぽい子なんです」

それでも、ヴェネチアはもう晩餐を楽しむどころではなかった。いきなり現実が襲いかかってきたのだ。講演会にいなかったミス・ヴァンダーヴォードが、クリスチャンが引き合いに出したレディの話を知っているなら、ほかにも小耳に挟んだ人がいるかもしれない。そして探りだそうとするまでもなく、そのレディが誰のことかわかる人だっているかもしれない。

一方で、ヴェネチアが――当のミセス・イースターブルックがアメリカに、しかもハーバード大学で講演があったのと同じ時期にマサチューセッツ州ケンブリッジにいたと、クリスチャンに知られてしまう可能性もある。

導火線に火のついたダイナマイトをいつまでも抱え持っていられるものではない。じきにひとつずつ爆発しはじめるのは目に見えていた。


「すまない、ダーリン」部屋に引きあげると、クリスチャンはいった。

男爵夫人が振り返った。ヴェールについたスパンコールが、無数の小さな鏡のように光を受けてきらめく。だが、彼女の口調からは明るさが消えていた。「どうして謝るの？」

「きみを怒らせたようだ」

クリスチャン自身、自分に腹を立てていた。ミス・ヴァンダーヴォードのぶしつけな発言によって、自分の過ちが何倍にもなって広がっていることを思い知らされたからだ。もっとも男爵夫人の苦悩は、彼以上に深刻そうだった――そんなことがありうるならの話だが。彼女はあのあとも健気にミスター・キャメロンとなごやかな会話を交わしていたものの、クリスチャンのほうは自分の評価が一気にさがったことを感じて、食事の味もわからなかった。

男爵夫人は長椅子に腰をおろした。疲れのにじむ両肩がこわばっている。手を握り合わせているその姿が、いま感じているのは失望だけではないと物語っていた。彼女は怯《おび》えている。

「何かいってくれないか」

彼女は首をのけぞらせた。助けを求めて天をあおぐかのように。

「ミス・ヴァンダーヴォードは時間とお金を使って、会ったこともない、しかもまた聞きでしか知らない人物の個人的な事情を探りだそうとしている。あなたがそんな下品な興味をかきたてるような話をしたということが信じられないの」

暗い口調がクリスチャンの胸に突き刺さった。「ああ、あんな話はすべきではなかった」

「本当にそうだわ。あなたの発言のせいで、誰かがとんでもない悪人のようにうわさされるんですもの」

クリスチャンは彼女の隣に座り、その手を取った。「こんなことをいっても何にもならないかもしれないが、ぼくは悪意からあんな話をしたわけではない。あれは聴衆に向けてというより、自分への戒めとして話したんだ」

「よくわからないわ」

説明すべきだろう。誰にも話したことがないが、すべてを打ち明けなくては。恥ずかしいなどとはいっていられない。彼女に嫌われないことのほうが大切だ。

「ハーバードでぼくが実例としてあげた女性——彼女こそ、ぼくの〝別の場所〟なんだ」

男爵夫人がはっとして手を引き抜いた。彼女が立ちあがらないうちに、クリスチャンは腕をつかんで引きとめた。「頼む、聞いてくれ」

「なんてことなの」彼女は目を合わせようとしなかった。「なんてこと」

心を胸から引きずりだし、彼女に示してみせることができたら。だが、言葉で説明するしかない。時間と労力がかかろうと、それでも説明しきれないとわかっていようと。

「その女性は目を見張るほど美しかった。彼女の美貌は一〇年ものあいだ、ぼくのまぶたの裏に焼きついたままだった。人間の進化における美の意義についての記事も、そんな自分を罰するために書いたようなものだ。概念は理解していても、結局ぼくはある女性の美貌という引力から逃れることができなかった」

男爵夫人の息遣いが荒くなった。ヴェールが小さく波打っている。「でも、それではじゅうぶんではなかったのね？　記事に書くだけではおさまらなくて、大勢の聴衆の前で話さずにいられなかったのね？」

「ぼく自身、気持ちをもてあましていた。彼女が現れそうな場所は徹底して避けた。姿を見たが最後、彼女が夫を死に追いやったかどうかなんて、どうでもよくなってしまうことがわかっていたからだ。自分のものにできるなら、喜んで結婚しただろう」

膝にのった彼女の手が、目に見えてふるえはじめた。クリスチャンもふるえていた——心の内側が。〈ローデシア号〉と並んで飛んだり跳ねたりするイルカのように波間に見え隠れしていた希望が、不安と後悔にのみ込まれていきそうだ。

「ずっと自分を恥ずかしく思っていた。だが、彼女への思いは消えることがなかった。そして結婚相手を見つけるために社交界へ顔を出すのなら、今度ばかりは出会いを避けるわけにはいかない。彼女は社交界の常連だからね。自分が彼女の魅力に負け、理性も誇りも捨てて求愛するのではないかと不安でならなかった」夢。そう、幾度も夢に見た。「信じてくれ。こんな結果になるとは思いもしなかったんだ」

男爵夫人は腕を振りほどくと立ちあがり、離れていった。

ヴェネチアはばらばらに吹き飛ばされた気分だった。抱えていたダイナマイトが一気に爆発したようなものだ。彼女は無作為に選ばれた一例ではなかった。話の要点をわかりやすく説明するため、多数の具体例の中から適当に引きだされたものではなかった。それどころか、長いあいだクリスチャンを苦しめつづけた存在なのだ。

まだよく理解できなかった。爆発の衝撃で、脳の機能が縮小してしまったようだ。事実を前に、ただ呆然とするばかりだった。海の怪物が触手を伸ばし、〈ローデシア号〉を海に引きずり込もうとするのを見ているかのごとく。

一九歳のときだとクリスチャンはいった。ヴェネチアもおそらく一九歳だったろう——結婚はしていたけれど、もうかつての甘い幻想は打ち砕かれていた。トニーの揺らぐことのない自己愛という硬い岩に座礁して。

〝ハロー校の選手のひとりが、きみから目が離せないようだった〟

クリスチャンがその選手だったのだ。以来、彼はわたしを嫌悪しながらも求めずにはいられなかった。そしてわたしに救われた——わたしから。

竜巻のように動揺が広がっていった。

今夜より前なら、ささやかな復讐をたくらんだことも許してもらえたかもしれない。けれど、いまとなっては無理だ。彼は自分の弱みを、誰よりも知られたくない人間に打ち明けてしまったのだから。

このことで、二度とわたしを許してはくれないだろう。

クリスチャンが立ちあがった。「何かいってくれ」

ヴェネチアは何もいえなかった。絶望感がこみあげてくるのだけははっきりわかった。もうふたりの関係は終わりにしなくてはいけない。これ以上、事態が悪くなる前に。

男爵夫人は背を向けたままだ。腕を広げて、書き物机の端をつかんでいる。自分の足では体重を支えきれないというように。クリスチャンは、これまでぬくもりと喜びを与えてくれた女性にこれほどの苦痛を味わわせてしまったのかと思うと、息が苦しくなった。

明かりを消し、彼女に近づいた。そしてヴェールを取った。

荒い息遣いが聞こえた。彼女の顔を両手で包み、髪にキスをする。甘くてすがすがしい香りを肺いっぱいに吸い込んだ。

「愛している」自然と言葉が出た。時が来ると、蝶が繭から出てくるように。クリスチャンは自分が変身を遂げたような気がしていた。衝動を愛と勘ちがいした若者から、自分の心を理解した大人の男へと。

男爵夫人が身ぶるいした。

「きみこそ、ぼくが生涯待ちつづけた人だ」

彼女はくるりと振り向くと、クリスチャンの口を手で覆った。

彼はその手をどけた。「はじめから――エレベーターで会ったのを覚えているかい？　あのときからきみに――」

男爵夫人がいきなりキスをしてきた。唇が乱暴に押しつけられ、舌が入ってくる。クリスチャンの胸に安堵感が広がった。まだぼくを求めてくれるのか。ふたりのあいだにわずかでも距離があってはならないというように、彼女が情熱的に身を押しつけてくる。その激しさに、クリスチャンの体にも火がついた。男爵夫人を机に座らせ、スカートをめくりあげる。彼女はもどかしげに自分の下ばきを引っぱった。クリスチャンはひざまずきたいところだったが、彼女が唇を離すことを拒んだ。

代わりにズボンの留め金をはずす。そしていきなり彼自身を男爵夫人の体の中に導いた。クリスチャンは言葉にできないほど高ぶっていた。この肌ざわり、さわやかな香り、情熱。

男爵夫人は欲望にふるえ、あえぎ、彼をむさぼり、〝わたしを奪って〟と彼に迫った。

もはや言葉はいらなかった。大切なのは彼女だけ。いや、このふたりだけだ。歓びが押し寄せ、ふたりをひとつに混ぜ合わせた。つなぎ目もないくらい完璧に。

もう秘密は何もない。

何物も、ふたりを引き裂くことはできない。


クリスチャンが目覚めると、あたりは気味が悪いほど静かだった。〈ローデシア号〉の心臓が鼓動を止めたかのようだ。一瞬とまどい、ややあってエンジン音がやんでいるのだと気づいた。

船はクイーンズタウンの港に錨《いかり》をおろしたのだ。

無意識に男爵夫人のほうへ手を伸ばした。だが、ベッドにはいなかった。昨晩はさらに愛し合うためにベッドへなだれ込み、明け方までひたすら快感を求め、絆を深めていった。客間か化粧室にいるかと思って名前を呼んでみたが、沈黙が返ってきただけだった。

ふと不安になった。背筋がぞくりとする。男爵夫人はこれまで、ひとこともいわずに部屋を出たことなどなかった。クリスチャンはベッド脇のテーブルに置いてあった懐中時計をつかんだ。九時五分前——ずいぶん遅くまで寝てしまった。おそらく彼女はクリスチャンを起こしたくなかったのだろう。彼はとりあえず服を着ると、散歩に遅れるかもしれないと告げる短い手紙を手早くしたため、客室係を呼んで男爵夫人に届けさせた。

顔にひげ剃り用のせっけんを塗っていると、客室係が戻ってきた。

「男爵夫人のお部屋の係の者によりますと、夫人はすでに下船されたようなのですが」

クリスチャンは振り返った。「観光か?」

船はクイーンズタウンで物資を補給することになっている。乗客がその時間を使ってアイルランドの田園地方をひとめぐりするのは珍しいことではない。

「いいえ。荷物をおろすよう頼まれたそうです」

男爵夫人が船をおりた。昨晩は——ふたりの関係が新たな段階へ進んだとクリスチャンが信じた一夜は、時間をかけた無言のさよならだったのか。彼女はクリスチャンの愛を信じてはくれなかった。例の女性への執着は過去のものだということをわかってくれなかった。だから、ふたりに未来があるとは思えなかったのだ。

彼女にめぐりあって芽吹きはじめたありとあらゆる可能性が粉々に崩れ去った。彼の心とともに。

「男爵夫人はまだ、上陸するお客さまの列に並んでいらっしゃるかもしれません」客室係がいった。「見てまいりましょうか?」

上陸する客の列。そうだ。船は接岸していない。彼女は甲板のどこかにいるだろう。乗客と荷物は順番にフェリーで岸まで運ばれるのだ。

クリスチャンは顔からせっけんを洗い流すと上着をはおり、帽子をつかんで主甲板まで駆けおりた。空は灰色だった。大西洋も灰色だ。陸の緑は美しかったが、アイルランドの地にはどこまでも陰鬱な光景が広がっていた。

人込みをかき分け、見慣れた彼女の姿を必死に探した。全乗客がフェリーの近くに集まっているようだ。老婦人がふたり、支え合ってよろよろと歩いていた。子供たちは体を持ちあげてもらい、手すりの向こうをのぞいている。若いアメリカ人は〈ローデシア号〉に向かってくるフェリーに手を振りながら、バッキンガム宮殿とシェイクスピアの生家についてまくしたてていた。

ようやく、手すりのそばに立つ男爵夫人を見つけた。安堵に全身の力が抜けた。クリスチャンのあせりを感じたのか、みな道を空けてくれた。彼女のまわりの人々も、あわててうしろによけた。けれども本人は、下を向いて船体の巨大な鉄板に打ち寄せる波を見つめていたせいか、真横に立つまで彼の存在に気づかなかった。

「なぜ船をおりるんだ？」

「目的地に着いたからよ」

「ぼくがまだ例の女性を愛していると思っているからか？」

「そうではないわ」

「ぼくの顔を見て、答えてくれ」

男爵夫人がクリスチャンのほうを向いた。突然彼が現れたことに驚いたらしく、手すりを握りしめている。さっきまでは汗をかいていたクリスチャンだが、コートも着ないで甲板に立っていると、ふいに刺すような寒さを感じた。

「そうではないの」彼女は繰り返した。「いつでも立ち去っていいと、あなたは前からいっていたでしょう。わたしはいま、立ち去るわ。ほかに理由はいらないはずよ」

クリスチャンは身ぶるいした。寒さのせいか、彼女の言葉のせいかはわからなかった。

「ぼくがきみを愛しているということは、なんの意味も持たないのか?」

「あなたはわたしを愛してなどいない。自分の想像の産物を愛しているのよ」

「そんなことはない。きみのことを知るのに、必ずしも顔を見る必要はない」

「わたしは嘘つきよ、忘れたの? セイドリッツ・ハルデンベルク男爵夫人なんて存在しないの」

「忘れるはずないだろう。きみが男爵夫人かどうかは関係ないんだ。いまのままのきみでじゅうぶんなんだよ」

彼女は棘のある笑い声をあげた。「意味のない話し合いはやめましょう」

クリスチャンは彼女の腕に手をかけた。「船に残ってくれるならやめるよ」

男爵夫人が首を振る。「荷物はもう港なの」

「船に戻させるのは簡単だ」

彼女はさらに激しく首を振った。「放っておいて。短いあいだだからこそ、美しいものもあるのよ」

「得がたく貴重なものだからこそ、美しいものもある。時の試練に耐えられるかどうかは、試してみなくてはわからない」

男爵夫人は黙り込んだ。クリスチャンは心臓が激しく打つのを感じていた。ふと、彼女が背伸びをして、ヴェール越しに彼の頬にキスをした。「さようなら」

世界の終わりも同然だった。希望という名の町が、かつてはその尖塔《せんとう》が陽光を受けて輝いていた町が、一気にがれきの山と化した。驚きと絶望が交互に襲ってきた。何がなんだかわからない。寒い。体の芯から寒かった。風がナイフの刃のように肌を突き刺していく。

そのとき突然、若い頃はあたりまえのように持っていた自信がよみがえってきた。いや、手持ちのカードをすべてテーブルに並べ、どうとでもなれと開き直る賭博師の心境なのかもしれない。

「ぼくと結婚してくれ」クリスチャンはいった。

ヴェネチアはめまいを感じた。最初に正体を隠して愛の告白を引きだし、今度は結婚の申し込みをさせるとは。真実を知ったときの彼の怒りはすさまじいだろう──住民の罪悪のため、神によって滅ぼされたという、『旧約聖書』中の都市ソドムとゴモラの運命もおとぎばなしに思えるほど。

なんという皮肉。これこそ、いちばん最初にわたしがもくろんだことなのに。

「無理よ」弱々しく答えた。「結婚なんて許されるはずないわ」

「もう一度会って、結婚するにはどうすべきか話し合おう」

ヴェネチアは驚いた。自分を追ってきたときのクリスチャンはひげも剃っておらず、ネクタイもベストもコートも身につけていなかった。そして何より、見るからにうろたえていた。けれどもいまは自信にあふれ、強い意志を感じる。心を決めたからには、何物にも邪魔はさせないといわんばかりだ。

彼女のほうは不安でいっぱいだった。「何について話し合うというの?」

「きみの事情についてだろうな。何か問題があって、本名を使うのを控えているんだろう。今度会ったときには、率直にすべてを打ち明けてくれないか。隠しごとはいっさいなしで」

タールと鳥の羽根が入ったバケツでも渡してくれたほうが（罪人にタールを浴びせ、鳥の羽根で覆って見世物にした刑罰のひとつによる）ましよ。「意味がないわ。そうしたところで、何も変わらない」

「きみはぼくが何者かを忘れている。どんな問題だろうと、ぼくなら力になれるはずだ」

「レキシントン公爵だからといって、何から何まで問題を解決できるわけではないのよ」

「話してくれなければ解決できっこない。ともかく一度会おう。なぜぼくを拒絶するのか、それぐらい説明してくれてもいいはずだ」

新聞の見出しが目に浮かんだ。〝レキシントン公爵、社交界の花を絞殺〟

「発掘旅行についてきたいんじゃなかったのか?」彼がやさしくいった。「自宅に小さな博物館を持っているという話はしなかったかな? どの引き出しにも、巨大な恐竜の歯の化石がしまってある。きみは大いに興味をそそられると思うよ」

どうして彼はこんなことをいってくれるの?

「それに地所内には使われていない採石場がある。実にさまざまな年代の地層が見られるし、化石も豊富に出土する。結婚したら、全部きみのものだぞ」

ヴェールを投げ捨てなさい。ヴェネチアの心の声が叫んだ。まぬけなヴェールを脱いで、こんな会話は終わらせるのよ。

けれどもできなかった。クリスチャンの怒りに直面するのが怖かった。わたしの顔を見た瞬間に、彼の愛は吹き飛んでしまうにちがいない。美しい思い出を汚すことなく、このまま情事を終わらせるのはいけないことかしら？

「奥さま、よろしいですか？」フェリーの乗組員が声をかけてきた。

〈ローデシア号〉に横づけしていたフェリーはすでに新たな乗客を船におろし、上陸する最後の客を乗せていた。

「もう行かないと」

「あと一分、待ってくれないか」クリスチャンはフェリーのほうを向いていった。

有無をいわせぬ口調だった。乗組員は帽子のへりにふれた。「かしこまりました」

クリスチャンがヴェネチアの手を取った。「いまはさよならをいうよ。だが、ロンドンで会おう。〈サボイ・ホテル〉で一〇日後に。誕生日の贈り物として、名前を彫ったペンを持ってきてくれないか。そして、ふたりの未来に乾杯しよう」

彼女は長々と息を吐いた。いまはイエスといわないと、船をおりられないだろう。

「わかったわ」

クリスチャンが念を押した。「約束してくれるね？」

美人が正直かどうかなど誰も気にかけないのだろうが、彼女はこれまで故意に嘘をついたことはなかった。目をきつくつぶって答える。「約束するわ」

彼は身をかがめ、ヴェール越しにヴェネチアの頬にキスをした。「愛している。また会える日を楽しみにしているよ」

客船が狭い港口を出て見えなくなっても、ヴェネチアはずっと埠頭に立ち尽くしていた。切符売り場を探して、イングランドへ行く交通手段を確保しなくてはならない。そのあとフィッツに電報を打って、到着時間を知らせなくては。いや、まずはポーターを見つけ、クリスチャンからもらった二五〇キロ余りの石板を運んでもらわないと。けれどそうやって行動を起こすことは、セイドリッツ・ハルデンベルク男爵夫人としての旅の終わりを意味する。

最高に幸せだった一週間の終わりだ。

どれくらいのあいだその場に立っていたのか、わからなかった。ポーターが傘を差しだしてくれるまで、雨が降りはじめたことにも気づかなかった。ヴェネチアは礼をいい、案内されるままに埠頭を離れ、雨宿りのできるところへ向かった。美しいミセス・イースターブルックとしての華やかな生活に戻るために。

10

ダーリンへ

きみのいない〈ローデシア号〉は荒野も同然だ。

一日のほとんどを船尾の手すり近くで過ごしている。だが、クイーンズタウンはとうに水平線の向こうへ沈んでしまった。体はここに、書き物机の前にあるが――ゆうべはここですばらしい思い出を作ったね――心はきみと一緒にアイルランドにいるよ。

長い夜になりそうだ。この部屋も、きみを懐かしがっているようだよ。空気までがよどんでいる。目隠しも用がなくなったら、ただのくたびれた絹の布きれでしかない。

クイーンズタウンは快適だろうか？　温かな夕食と寝心地のいいベッドにありつけたかな？　人は広大な海に隔てられた大陸を海底ケーブルでつないだ。その技術者たちが、ぼくたちふたりをつなぐ方法を発見してくれないかと思うよ。それをかなえるためなら全財産をはたいても――そのうえに莫大な借金をしても――惜しくない。きみからの知らせを待っている。

きみのしもべ　C

ダーリンへ

故郷の屋敷に着いた。遠くない将来、きみと暮らしたいと思っている屋敷だ。いっておくと、この屋敷は権力を誇示するための建物だ――見る者に畏怖の念を抱かせ、圧倒するためのもの。家庭的で温かな住まいではないし、この先もそうはならないだろう。天井はやたら高くて、どれだけせっせと石炭を補充しても、冬はほとんどの部屋が凍えるように寒い。それでも居住用の棟はいくらか暖房が効くし、住みやすい。幸い、凍傷になった人間はいないよ――これまでのところ。

敷地は広く、いかにも英国式に庭や森が配されている。ミュンヘンのエングリッシャー・ガルテンは行ったことがあるかい？　あれが好みなら、うちの地所も楽しんでもらえると思う。

だがもちろん、きみがいちばん喜ぶのは採石場だろうな。今日の午後、寄ってみたんだ。近くの小屋に採掘道具があるのを確かめておいたよ。ついでにのみを研いでおくよう命じておいた。きみが来る頃には使えるようになっているはずだ。

きみのしもべ　C

追伸　きみと別れて二日目になれば、いくらか寂しさもこたえなくなるだろうと思っていた。とんでもないまちがいだった。

ダーリンへ

チェシャー州の義母の家から手紙を書いている。彼女もミスター・キングストンも、心身ともにすこぶる元気だった。ふたりと一緒にいると、落ち込みがちなぼくの気分もいくらか上向いた。きみが一緒だったらと思うよ。あの夫婦は感じがよくて、気がきいていて、心やさしい最高の友人だ。

彼らもきみと会ったら、きみの落ち着いた物腰、やさしさ、機転に感心するだろう。ぼくは鼻高々になるな。

きみのしもべ　C

追伸　胸の痛みにも慣れてきた気がするよ。

ダーリンへ

今日の夕方、誰に手紙を書いているのかと義母にきかれた。幸い、ミスター・キングストンが時を同じくして彼女に話しかけていた。ぼくはすばやく紙を取り替え、もう一度きかれたときには、オットー・フォン・シェトリングというドイツの地質学者に返事を書いているところだと、嘘偽りのない答えを口にすることができた。

ミスター・キングストンが何もいっていなかったら告白しただろうか。おそらく、しただろう。無性にきみの話がしたくてたまらない。きみと同じ客船に乗るというすばらしい幸運に恵まれたのだと自慢したいんだ。

これまでのところは自制している。だが、いつまで我慢できるかは自信がない。あのみじめな日々の中で、これほどの幸せにめぐりあえるとは思ってもみなかった。ぼくが帰国して、まだ四日だそうだ。とてもそうは思えない。きみと別れてから、何十年も経ったような気がする。

この分だと、再会したときには腰の曲がった老人になっているかもしれないな。ヴェールを見つけるのに眼鏡が必要になるかもしれない。

だが、ぼくは待っている。

きみのしもべ　C

ダーリンへ

今日、義母から、彼女が公爵夫人にふさわしいと考える若いレディのリストを渡された。ぼくにはすでに心に決めた人がいると打ち明けそうになったよ。だが、なんとか我慢した。彼女は、ぼくがいまだに蜃気楼を追っていると思って心配していることだろう。けれども、きみは蜃気楼ではない。本物のオアシスだ。長いあいだ砂漠をさまよった甲斐あって――二度と見つけることができないのではないかと気をもんだ甲斐あって、ついにたどり着いた本物のオアシス。

明日にはロンドンへ発つ。〈サボイ・ホテル〉に夕食の予約をしておくよ。とうとう素顔のきみに会えるね。

だが、どこかでばったりきみに出会うような不思議な予感がある。ぼくを見かけたら、どうか声をかけてくれ。そして自己紹介をしてほしい。そうしたら、少なくともぼくはこの手紙を渡せる。結婚を承諾してくれたら、それこそ世界一の幸せ者になるだろうな。

きみのしもべ　C

追伸　これは誰が見てもおかしいね。配達されることのない一方通行の手紙なのだから。でも紙にペンを走らせていると、きみを身近に感じることができるんだ。いうまでもなく、きみを感じられることなら、ぼくはなんだってするよ。

11

「誰なんだ、姉上？」

ヴェネチアはびくりとした。弟のほうを振り返る。「なぜ耳元でそんな大声を出すの？」

帰国したミリーとヘレナを乗せているはずの列車が、汽笛を鳴らして近づいてきた。駅員が、まもなく降車する乗客のために場所を空けるよう、プラットホームに立つ人々を誘導している。

「なぜって」今度はフィッツも普段の声音で答えた。「三回も同じことをきいたのに、聞こえていないようだったからだ」

ヴェネチアは弱々しく微笑んだ。「ごめんなさい。なんていったの？」

「いま、姉上は誰のことを考えているのかときいたんだ。こちらに戻ってからというもの、ろくに食べていないし、刺繍を始めても二針と縫っていない。さっきまで微笑んでいたかと思えば、次の瞬間には泣くのをこらえている。今朝なんて、ぼくは姉上の隣に五分も立っていたのに、まるで気がつかなかった」

しまいには弟に肩を叩かれたのだった。それでようやく、ヴェネチアは生々しいほど鮮明な白昼夢から醒めた。クリスチャンの誕生日の晩餐の席――最初のひと皿が冷たくなってしまうという夢だ。ふたりとも、テーブルの上で愛し合うことに夢中になって。〈クラリッジス〉が改装のために取り壊しをしているのでなければ、シーズン中はそこのスイートルームを借りたいところだった。そうすればフィッツに、なぜ浮かない顔をしているのかと詮索されずにすむ。ところがホテルはいまだ工事中だし、三人でヘレナに目を光らせていなくてはならないという事情もある。いずれにせよ、すでにフィッツの招待を受け、ロンドンの屋敷に滞在させてもらうと決めてしまっていた。

「ヘレナのことが心配なのよ。だからぼんやりしていたの」ヴェネチアはもごもごと答えた。

フィッツの指摘は、少なくともひとつはあたっていた。一分ごとに涙がこみあげてくる。あるときは、〈ローデシア号〉で海を渡ったのが遠い昔のように思える――古代エジプトの港町、アレキサンドリアの灯台がまだ船乗りたちを導いていた頃のように。あるときは、クリスチャンは――ヴェネチアの容姿ではなく彼女自身を愛してくれたあの人は、想像の産物にすぎないのではないかという気持ちになる。

夜になると、ヴェネチアはクリスチャンのキスを思いだして体が熱くなった。毎朝、彼にふれようと手を伸ばし、もう二度と添い寝することはないのだと気づく。孤独にはとうに慣れたはずなのに、いまは寂しさがするすると蔓を伸ばし、体に絡みついて締めつけてくるようだ。

姉の返事が聞こえなかったかのように、フィッツはいった。「アメリカ人じゃないのはわかっている——ミリーの古い『ディブレット貴族名鑑』を眺めていたからね」

レキシントン公爵に関する長い記述を、いまではそらで言えるほどだ。

「それで、誰なんだ？　どうしてその男はぼくの家の扉を蹴り開けて、姉上に結婚を申し込みに来ない？」

フィッツに嘘はつきたくなかった。けれども〈ローデシア号〉でのできごとを打ち明けることはできない。

「ミリーとヘレナからじきに話が聞けるでしょう。あなたが思っているようなことではないの」

フィッツとミリーは毎日のように手紙をやりとりしているので、すでに弟は何かしら聞いているにちがいない。なぜ連れを置いてひとりで帰国したのか、一度もたずねてこないところを見ると。

フィッツは姉の肩に手を置いた。「ぼくが思っているようなことじゃないのは残念だな。姉上が誰かに恋をしているならうれしいんだが。もう長いこと、男性を寄せつけないでいるから」

ヴェネチアは目がちくちくするのを感じた。まばたきをして涙を払う。「ほら、ふたりはこの列車に乗っているはずよ」

みんなで〈サボイ・ホテル〉で昼食をとろうといいだしたのはヴェネチアだった。自虐的といっていい行為だ。けれどもそうすれば、クリスチャンとはともにできない夕食を、つらいだろうが、こと細かに頭の中で再現できる。

ホテルには個室がいくつもあった。いつかホテルに頼んで、クリスチャンが彼女のために選んだ部屋を見せてもらおう。想像上のふたりの食事風景が、より正確になるように。

家族の午餐はなごやかな会となった。ミリーとヘレナはアメリカでの一週間について語り、フィッツは友人や知人の動向をひととおり報告した。ヴェネチアアは壁紙の模様やフォークの柄に彫られた花冠模様を記憶するのに夢中だったが。

誰も気まずい質問――悪くすると地雷を踏みかねない質問はしなかった。ヴェネチアが珍しく元気がないといって、ヘレナがためらいがちに体調についてたずねてきたくらいだ。そう、失恋して生気にあふれている人はいない。無気力で疲れたように見えるのは当然だろう。

ヴェネチアアは、ゆうべ遅くまで本を読んでいたから、と小声で言い訳をした。

食事がすみ、フィッツの四輪馬車に乗り込んで馬が走りはじめたところで、クリスチャンが馬車をおりてくるのが見えた。最初に甲板を散歩した日に着ていた黄色味がかった灰色のコートをはおり、象牙《ぞうげ》の柄がついたステッキを持っている。だが痩せたようだ――頬がくぼんでいる。目の下にはうっすら隈ができていた。やはり彼も眠れない夜を過ごしているのだろうか。

胸のうずきが刺すような痛みに変わった。クリスチャンはここに、ロンドンにいる。食事が終わるのが一分遅かったら、鉢合わせしていたかもしれない。

ミリーとヘレナに何かいわれるのではないかと、ヴェネチアはどきどきしながら待った。けれどもミリーは夫のほうへ頭を傾け、使用人の問題に関する彼の意見に熱心に聞き入っており、ヘレナは下唇をきゅっと嚙んで反対側の窓から外を見ていた。

誰もクリスチャンには気づかなかったようだ。

物憂い気分は吹き飛んだ。全身に活力がみなぎるのがわかる。馬車が角を曲がって彼の姿が見えなくなったときには、走る馬車から飛びおりないようにするのが精いっぱいだった。クリスチャンを見かけて驚き、激しく胸が高鳴った。だが、それもほんの一瞬のことだった。彼の姿が見えなくなったいま、残ったのは果てしない空虚感だった。

ヘレナは引き返すヴェネチアの背中をじっと見つめた。

駅での姉はやつれきって見えた。〈サボイ・ホテル〉では催眠術にでもかかったかのようにグラスや天井の装飾を見つめ、自分でもそれに気づいていないようだった。ところがいま、玄関を入った瞬間に、ホテルに扇を忘れたとかなんとかわけのわからないことをつぶやきながら屋敷を飛びだしていったのだ。

ヴェネチアはそもそも扇など持っていなかった。持っていたとしても、誰かに取りに行かせればすむことだ。そのおかしなふるまいには、たったひとつの説明しか思いつかない。いままでもハーバードでのできごとが、姉の心にのしかかっているのだ。

わたしのせいだわ。ヘレナは思った。少なくとも一部は。

「ミセス・ウィルソンが新しいメイドを連れてきたよ」フィッツがいった。

ヘレナははっと顔をあげた。「いつ新しいメイドなんて雇ったの?」

「昨日だ。姉上が、きみにもメイドがいたほうがいいといってね」

家政婦のミセス・ウィルソンのあとについて客間へ入ってきたのは、ヘレナと同い年くらいで落ち着いた感じの、目つきの鋭い女性だった。午後は暇をあげるといって、簡単に追い払えるタイプではなさそうだ。男性に会いに行くことを応援してくれそうにも見えない。将来は信頼できる家政婦になると顔に書いてあるような女性だった。

「スージー・バーンズと申します」ミセス・ウィルソンが名乗った。

メイドはミリーに、それからヘレナにお辞儀をした。

「ミス・フィッツヒューの荷物は、もうお部屋に着いているはずよ」ミリーがスージーにいった。「わたしのメイドに、どこに何を片づけたらいいかきくといいわ」

スージーが〝かしこまりました、奥さま〟と答える前に、執事のコブルが部屋に入ってきた。「ヘイスティングス卿がいらしております」

ヘレナの中でヘイスティングスといえば、フィッツが最初に家に連れてきた一四歳のときの、小柄で痩せた悪童のままだ。いまは小柄でもないし痩せてもいないが、悪童なのはあいかわらずだった。

「ミセス・イースターブルックはあんなに急いでどこへ行ったんだ? ぼくを突き飛ばしかねない勢いだったぞ」ヘイスティングスはそういうと、もったいぶった足取りでミリーに近づいた。「またお会いできて光栄ですよ、レディ・フィッツ。本当にいつ見ても魅力的だ」

彼女の両手を取り、片方ずつ甲にキスをする。ミリーが微笑んだ。「あなたほどではなくてよ、ヘイスティングス卿」

彼のどこが魅力的なのか、ヘレナにはさっぱりわからなかった。臆面もなく女性を口説く、好色な怠け者。しかも――そうとわかったときには遅かったのだが――裏切者だ。

ヘイスティングスがこちらを向いた。「ミス・フィッツヒュー、きみがアメリカの才女たちを追いかけて海の向こうへ行ってしまって、どれほど寂しかったことか。さぞかし退屈な女性たちだっただろうに」

「わたしも彼女たちに負けないくらい高い教育を受けた退屈な女だってことを、どうかお忘れなく」

「何をいう。きみがレディ・マーガレット・ホール大学に進んだのは、単にそれが流行だったからだとみんな知っているよ」

これは彼の特異な才能だ――ふたこと話すごとに、ヘレナに先端のとがったものをつかみたい衝動を起こさせる。

コブルはすでに客間を出ていた。ミセス・ウィルソンとスージーも目立たないように立ち去ろうとしている。

「スージー、荷物はしばらくそのまま置いておいて。最初に、旅行に持っていかなかったドレスに風をあててちょうだい」

普通、客のいる前で使用人に話しかけてはいけないことになっている。使用人が自分の仕事をわきまえていないという印象を与えてしまうからだ。けれどもヘレナは、他人に身のまわりのものをかきまわされる前に、アンドリューからの手紙をもっと安全な場所に隠したかった。

「かしこまりました」スージーが答える。

フィッツとミリーはごまかされなかった。ふたりは目配せし合った。

「一緒に庭をひとまわりしないか、ミス・フィッツヒュー?」ヘイスティングスがいった。いいきっかけができた。「ええ。その前に、もっと歩きやすい靴に履き替えさせて」

ヘイスティングスはフィッツと長いつき合いということで、この屋敷に自由に出入りしている。だからヘレナとしても、多少の無礼は気にする必要がないだろう。急いで自室にあがり、スージーをちょっとした買い物に行かせてから旅行鞄の鍵を開け、アンドリューからの手紙をひとまとめにした。明日には出版社の事務室に持っていこう。とりあえずベッドの脇の引き出しに入れ、鍵をかけた。

そうしておりていくと、ヘイスティングスが階段の下で待っていた。

「恋人からの手紙というやつは」彼はつぶやいた。「受けとるとうれしいが、あとが面倒になるのが常でね」

ヘレナは聞こえないふりをした。「遊びまわったり、売春宿に通ったりと忙しい中、わざわざ時間を作って訪ねてきてくださってありがとう、ヘイスティングス卿」

彼が腕を差しだした。ヘレナは無視して歩きだした。

フィッツヒューの屋敷は、隣接する家々と共有の庭の奥に立っている。あと数週間もすれば、芽吹いたすずかけの木が緑の葉を大いに茂らせ、まだらの木陰を作るだろう。だがいまはまだ、小さな緑の芽を恥ずかしそうに閉じている。小鳥が枝から枝へと飛び移り、去年の種の残りをついばんでいた。イタリア風の三層になった噴水が陽光を受けてきらめいている。

「こんにちは、ペニー」ヘイスティングスが陽気に声をかけた。

「やあ、ヘイスティングス卿」噴水の端に腰かけていた、隣人のヴェレ卿が答えた。「一〇月にしてはすばらしい気候ですな」

「いまは四月ですよ、ペニー」

「そうだったかな？」ヴェレ卿は混乱したようすだった。「今年の、それとも去年の四月かな？」

「もちろん今年のです」

「なんと」ヴェレ卿がいらだたしげにいう。「わしとしたことが、四月にこんなところで何をしているんだか。四月といえば雨ばかりというのは誰でも知っている。さようなら、ヘイスティングス卿、ミス・フィッツヒュー」

ヘイスティングスは屋敷に戻っていくヴェレ卿を見送った。

「去年あのご老人から結婚を申し込まれたとき、受けておけばよかったのに。レディ・ヴェレになれれば、夜どこで誰と過ごそうが自由だったろうからね」

この嫌味な話の切りだし方は、いかにもヘイスティングスらしい。

「いまが何月かわからないような男性とは結婚しないわ」

「未婚のレディにちょっかいを出す男とは喜んで寝るのに？」

皮肉は無視した。とんだ偽善者ね。動くものとならなんでも寝る男が、真実の愛に賭ける人間を批判するなんて。「うちの家族を困らせて満足？」

「きみがぼくの立場だったら、どうしていた？　親友の妹が身の破滅の危機にあるとしたら」

「偽善者ぶるのはやめて。わたしは身の破滅の危機にあるわけじゃない。それにあなたの立場になっても、親友の妹を裏切るような真似はしないわ」

ヘイスティングスは片方の眉をあげた。「ちょっと確認させてくれ、ミス・フィッツヒュー。キスの代わりにぼくは、きみの不倫相手の名は明かさないと約束した。だがきみの道ならぬ恋について、家族に何も話さないとはいっていない」

「同じことよ」ヘレナは作り笑いをしてみせた。「二枚舌の最低男」

「認めろよ――きみだってキスを楽しんでいた」

「あんなことをもう一度するくらいなら、カタツムリを生きたまま食べたほうがましよ」

「それはそれは」何を連想したのか、彼の目がきらりと光った。「殻のないカタツムリかな？」

ヘレナはいいかげんにしてというように指を振った。「機知に富んだ会話のつもりなんでしょうけれど、そういうのはほかの女性のために取っておいて。それで、今度は何が目的なの、ヘイスティングス卿？」

「目的などないさ、ミス・フィッツヒュー。きみの役に立ちたいだけだ」

ヘレナは鼻を鳴らした。何かにつけてわたしをクローゼットに誘い込み、キスを奪おうとした男が、よくそんなことがいえたものだ。

「アンドリュー・マーティンを紹介したのはぼくだから」ヘイスティングスが続けた。「きみにはひどく責任を感じていてね。だから自分の健康を害する危険を冒して、きみの要望に応えようと決めたんだ」

彼が来たときから必死にこらえていたが、もう限界だった。ヘレナはぐるりと目をまわしてみせた。「驚くべき犠牲的精神ね。あなたがまだ聖者の列に加えられていないのが不思議でならないわ」

「ぼくも同じ意見だよ、ミス・フィッツヒュー」ヘイスティングスは身を乗りだし、声を落とした。「情熱的な未婚の女性は世のしきたりなんぞにとらわれず、男のベッドに飛び込むんだろう？　激しすぎて、こちらは足腰が立たなくなりそうだ」

喉元がかっと熱くなった。足を速め、思いきり冷ややかな声でいった。

「あなたのお心遣いには胸を打たれたわ。もっとも、せっかくの寛大な申し出も、お断りするしかなさそうだけれど」

彼はしつこくついてきた。「残念だな、ミス・フィッツヒュー。相手にするなら、ぼくのほうがはるかにいいと思うんだが。ほかの女性の夫ではなく」

「あなたの長所は独身という一点だけね、おあいにくさま」

「どうやら、きみはいまだに何もわかっていないな。いいだろう、自分のことを考える気がないなら、愛する彼のことを考えてみたらどうだ。彼の母親というのは厳しい人だ。彼はいつも母親の顔色をうかがっている。息子が処女をかどわかしたと知ったら、彼女はどうするかな」

アンドリューは母親を敬い、恐れている。それは議論の余地がない。

「母親がきみをふしだらだと思わず、息子のことも大目に見るだろうなどと考えているなら甘いぞ。それはありえない。アンドリューが大目玉を食らうのはまちがいないな」

ヘレナは頰の内側を嚙んだ。「わたしたちのことを打ち明けるつもりはないもの」

「そうだろう。だが、ミセス・モンテスはありとあらゆる悪事を嗅《か》ぎつける、犬みたいに鼻のきく女性だということも、考えておいたほうがいい」

ミセス・モンテスはアンドリューの妻の妹だ。周囲の人々の弱みや欠点をあげつらうことを生きがいにしているような、独善的な女性だった。

「彼を愛しているなら手を切るべきだ」物憂げな声音が、ふっと冷ややかになった。いつもながら、よく使い分けられるものだと驚いてしまう。おもねるような甘ったるい口調が、一気に冷酷で容赦ない響きに変わる。「でないと、一生彼を苦しめることになるぞ」

ヘイスティングスは一礼した。「話はこれで終わりだ。ごきげんよう、ミス・フィッツヒユー」

屋敷のほうへ戻りかけて、彼はふたたびこちらを振り向いた。また放蕩者《ほうとうもの》に戻り、口元に皮肉っぽい笑みを浮かべる。「関心があるかどうか知らないが、ぼくの申し出はまだ有効だ」

「ねえ、クリスチャン」義理の息子と一緒にロンドンに出てきていた、レキシントン公爵未亡人がいった。

「その口調からして、義母上《ははうえ》」窓際に立っていたクリスチャンは答えた。「とりわけ興味深いうわさ話を仕入れたんでしょう」

通りの向かいの小さな公園では子供たちがはしゃぎまわっていた。凧あげをしたり、アヒルに餌をやったり、かくれんぼをしたり。少年のひとりが家庭教師の目を盗み、縁石に寄せてとめてある二輪馬車の馬に、こっそりりんごをあげていた。

「ええ、めったに聞けない珍しいうわさよ。あなたに関する話」

「なるほど」愛する人と再会するまで、うわさが広まらないでくれればと思っていたが、それは無理というものだろう。

先刻の少年が家庭教師に怒られ、馬の毛から手を離した。おそらく、こうした動物にはノミなど有害な生物がいるのだと注意を受けているのだろう。馬車の窓のカーテンが動かなかっただろうか？　御者は新聞を読み終え、今度は上着からしわくちゃになった三文小説とおぼしきものを引っぱりだした。

「今朝、ロンドンに着いてから手紙をもらったの。それも一通ではないのよ、二通でもない。三通も。すべて別々のかたからだけれど、どれにも船上でのあなたの熱烈な情事について書かれていたわ」

少なくともこれで、義母には打ち明けられる。「書かれていることは全部事実でしょう」

馬車のカーテンの端を、手袋をした指がつかまなかったか？

「全部ではないと思うわ。あなたがすでに彼女と結婚したといううわさもあるそうだから」

クリスチャンは義母を振り返った。「たしかにそれは事実ではないな。そのための努力をしているのはまちがいありませんが」

壁際のテーブルに置かれたチューリップの花束を活け直していた公爵未亡人は、はたと手を止め、彼のほうを向いた。四〇代はじめで、クリスチャンとは一三歳しか離れていない。美しい女性だ。彼女は即座に答えることはせず、代わりにルイ一四世様式の椅子のひとつに腰をおろした。そして、ことさら入念にスカートを直した。「結婚を申し込んだの？」

「ええ」

「そんなこと、わたしにひとこともいわなかったじゃないの」

「少しばかり複雑な状況なんです。心配させたくなかったので」

「こんな形で聞かされたほうが心配になるに決まっているわ」

義母の非難に、クリスチャンは申し訳なさそうにうつむいた。「そうですね、謝ります」

「それに複雑な状況って、どういうことなの？　レキシントン公爵が結婚を申し込んだら、その幸運なレディは当然イエスと答えるでしょう。それで終わりではないの？」

そう単純にことが運べばいいのだが。「彼女は偽名で旅行をしていたんです」

イングランドにおり立ってすぐ、クリスチャンはドイツの貴族社会に詳しい人物と会う約束を取りつけた。だが、セイドリッツはプロイセンの有名な一族であり、ハルデンベルクはシレジアの貴族だ。セイドリッツ・ハルデンベルク男爵は記録になかった。したがって、セイドリッツ・ハルデンベルク男爵未亡人も存在しないことになる。

彼女が本名を使っていたという可能性もわずかながらあるし、ヨーロッパ全土を探しまわるまでもなく見つかる可能性もないわけではないが。

公爵未亡人が息をのんだ。「偽名で？」

「それに顔も見たことがないんです」

義母は驚いて目をぱちくりさせた。

「いったでしょう、複雑な話なんですよ」

「たしかにそうね、クリスチャン」彼女は椅子の肘掛けを指でとんとんと叩いた。「ロンドンには身元のしっかりした若いお嬢さんが何百人もいるというのに、あなたはわざわざ、通りですれちがってもそれとはわからないような女性に求婚するというの？」

「ぼくが愛しているのは彼女なんです」それだけで理由としてはじゅうぶんなはずだった。だがこれだけ未知のことがらが多いと、いまひとつ説得力に欠けてしまう。「義母上も気に入ると思いますよ。ぼくに立場をわきまえさせることのできる女性ですから」

公爵未亡人は納得できないようだった。「実際にお会いして、この目で判断したいわ」

「結婚を承諾してもらえたら、すぐに連れてきます」

「いつ頃になりそうかしら？」

「ぼくの誕生日に。そう願っているんです。〈サボイ・ホテル〉で一緒に夕食をとる約束をしているので」

公爵未亡人は立ちあがった。「わたしがあなたの判断力を信頼してることはわかっているでしょう、クリスチャン。はじめて会ったときから信頼していたわ。でも、いまの状況はあまりにも異常だと指摘しないわけにいかないわね。大きな賭けよ——万が一の場合、失うものが大きすぎる。地位や財産のことをいっているのではないのよ」

忠告は受けて当然だ。「心がずたずたになるでしょうね。結婚できなかったら、一生みじめな思いをするかもしれない」

「結婚しても、みじめな思いをするかもしれないわよ。そのときにはもう手遅れだわ」

「すでに手遅れですよ。彼女以外の女性と一緒になるつもりはない」

公爵未亡人がため息をついた。「本気なのね」

「ええ」

きっぱりとそう答えたとき、何かが——不安だろうか——彼の心の中でことりと音をたてた。はじめてミセス・イースターブルックを目にしたときも、いまと同じくらい自信を持って、彼女こそ自分の幸せの鍵だと確信した。

「気をつけるのよ」公爵未亡人がいった。「その彼女があなたの妻となるにふさわしい人だとわかってから、もう一度結婚を申し込んだらいいわ」

クリスチャンは冗談めかしていってみた。「相手は誰でもいいから、ぼくを結婚させたくてうずうずしているくせに」

「その女性にはあなたを傷つける力がある。だから忠告しているの」

馬車のカーテンは外から姿が見えないようすべておろしてあるので、そうでなくても煙草やジンの匂いがこもった車内の空気は、時が経つにつれ、いっそう息苦しくなってきた。けれども、ヴェネチアは気にならなかった。

愛する人を目にして胸が高鳴っていたからだ。理由を説明することはできない。考えることもできない。頭にあるのはただ、もう一度クリスチャンの姿を見たい、ということだけだった。見て、どうしたいのかまでは考えが及ばなかった。彼のそばにいたいという衝動は、近づくまいとする自制心よりもはるかに大きかった。

フィッツの屋敷を徒歩で出たものの、〈サボイ・ホテル〉は歩いていくには遠すぎると途中で気づいた。そこで辻馬車を止めたのだった。

〈サボイ・ホテル〉に着いたとき、ちょうどクリスチャンが馬車に乗って走り去るところだった。そのあとをつけていった。馬車の行き先は、腹の立つことに新古典様式の屋敷だった。

壁がガラス製ならいいのに。そうしたら窓越しに、彼が部屋の中で動きまわっている姿が見えたかもしれないのに。

だが、ヴェネチアからは何も見えなかった。おまけに、公園にいる家庭教師らしき女性が、馬車のことを不審に思いはじめているようだ。そのうち警官が来て、公爵の屋敷の前に馬車をとめているのはどういうつもりだと御者にたずねることだろう。

いつまでもここに居座るわけにはいかない。

もう一度。もう一度だけ、彼の姿を見たい。

神は願いを聞き入れてくださったらしい。レキシントンの紋章が入った馬車が縁石に寄せて止まった。一分後にクリスチャンが玄関から出てきて、馬車に乗り込んだ。

ヴェネチアは再度、彼の姿を目に焼きつけた。しかしそれは、一週間何も口にしなかったあと、一杯の食事を与えられたようなものだった。

「あの馬車を追って」御者に指示を出す。「見失わないようにね」

あと一回。目的地に着いて、彼が馬車をおりるとき、もう一度だけ。

「奥さん、お顔をよく見せてやりゃあ、あちらさんから追っかけてくるでしょうに」御者がいった。

そうだったらどんなにいいか。「急いで」

公爵家の馬車は西に曲がった。セント・ジェイムス・ストリートにあるクラブに向かっているのだろうか。だが馬車はクロムウェル・ロードに入り、英国自然史博物館まで来て、ようやく止まった。

ヴェネチアが寄贈した恐竜が展示されているところだ。

御者に硬貨をひとつかみ渡すと、彼女は馬車を飛びおりた。細身のスカートでは速く走ろうにもそうはいかず、思わず悪態をつく。

クリスチャンは正面の階段をのぼり、博物館の美しいロマネスク様式の門をくぐっていった。中央ホールの主な展示品は、一五メートルはあるマッコウクジラのほぼ完璧な――脊椎《せきつい》が三本欠けているだけの――骨格標本だった。ヴェネチアもここを訪れるたび、足を止めて見あげずにはいられないが、今日ばかりは彼の姿を探すのに必死だった。

西棟に行って、鳥や魚をのんびり見てまわってくれればいいのだけれど。でなければ二階へ行くか。ところがクリスチャンはクジラの前に集まった見物客の集団から離れ、東棟に向かった。古生物のコレクションが展示されているところだ。

ありがたいことに、東棟に入って最初の展示室で扱われているのは哺乳類だ。巨大なアメリカマストドン、エセックス州で発掘された保存状態の良好なマンモス。サイに似たウインタテリウム。前世紀までに、狩猟によって絶滅の危機に追いやられたマナティ。今日の午後、彼が観察したいのはこれですべてかもしれない。あとはせいぜい南壁に並ぶ展示ケースの中の人間や霊長類の化石。展示室の先にある、絶滅した鳥類を見ることができる分室もいい。巨大な恐鳥、モアは一見の価値がある。体重が五〇〇キロ余りあったといわれるエピオルニスの卵も同様だ。

しかしクリスチャンは、世界中から集められたこれらの展示品にほとんど関心を示さなかった。そして、哺乳類に匹敵するコレクションがある爬虫類の展示室へ向かった。それでもヴェネチアは希望を捨てなかった。そこは海の驚異に満ちたいくつもの分室に続いている。たぶん、たぶん——。

だが、むなしい望みだった。彼は歩をゆるめ、南アフリカのカルー高原で見つかったパレイアサウルスの前で立ちどまった。それから身を乗りだし、小さな金属製の銘板に書かれた発見者と寄贈者の名前を読んだ。

ヴェネチアは心臓が止まりそうになった。クリスチャンが立っているところからほんの一五メートル先の銘板には、自分の名前が書かれている。すぐには関連に気づかないかもしれないが、あとから彼女がほぼ同じ時期に大西洋を渡ったことがわかれば、いずれセイドリッツ・ハルデンベルク男爵夫人とミセス・イースターブルックが同一人物だと気がつくはずだ。そのときの衝撃はどれほどだろう。

クリスチャンはパレイアサウルスを離れ、巨大な魚竜が展示してある南側の壁に沿って進んだ。北側には陸生の恐竜が並んでいる。

磁石に引きつけられるように、彼は北側へ向かった。

自分がどうして英国自然史博物館をうろうろしているのか、クリスチャンにはよくわからなかった。思いだせるかぎり、プラテオサウルスは一体も展示されていない。どうせならベルリンにある自然博物館か、ミュンヘンにあるルードヴィヒ・マクシミリアン大学の地質古生物研究所あたりをあたったほうがいいだろう。

それでも何かに突き動かされるようにここへ来た。彼女はすでにロンドンに到着している可能性もある。だとしたら、イングランドでも最高の恐竜コレクションを観賞したいと思うのではないか？

よく晴れた、すがすがしい日だった。展示室はさほど混んでいなかった。大学生らしき五、六人の若者たち、金のかかった服装をした中年夫婦、子供をふたり連れた家庭教師くらいだ。家庭教師は子供たちの声が大きくなるたび、小声でたしなめていた。

まったく根拠のない希望から、クリスチャンは幾度かその家庭教師を盗み見た。男爵夫人はおそらく一般庶民なのだろう。だから自分は公爵と結婚できる立場にないと思い込んでいるのだ。もっとも、そんな心配はいっさい無用だ。自分の好きな相手と結婚もできないなら、八〇〇年以上もの歴史を持つ公爵家に生まれた意味がどこにある？

きつい顔立ちの三〇代の家庭教師は、彼の視線を不快に感じたようだ。じろりとこちらをにらむと、子供たちに向き直り、お茶の時間までに家に帰りたければ魚類の化石のほうへ進みなさいといい渡した。

そして鼻が天井を指すほどつんと顔をあげ、子供たちをせきたてるようにして展示室から出ていった。入れちがいに、別の女性が反対側から入ってきた。足を止めて、壁際に並んだトビトカゲの化石を眺めている。

クリスチャンの心臓がひっくり返った。彼女が身につけているのは、飾り気のない淡いグレーの上着とスカートだ。男爵夫人が着ていたような、柔らかなひだの入った優雅なドレスとはまったくちがう。だが、後ろ姿、背の高さ、物腰、着こなし方——もしいま男爵夫人のドレスが一枚あったら、彼女にぴったり合うことだろう。

その女性が振り返った。

一瞬、まわりのいっさいが静止した。時が逆戻りした。クリスチャンはいまだクリケット場にいて、恋の矢に胸を射抜かれてじっと彼女を見つめる一九歳の若者に戻っていた。

ミセス・イースターブルック。

フランシス・ベーコンが書いている。〝すぐれた美にはすべて、その均衡にどこか奇異なところが含まれているものである〟ベーコンはミセス・イースターブルックを思い浮かべていたにちがいない。彼女の鼻は明らかに長いし、下まつげの変わった形のせいで、目が中央ではなく、やや外側に向けてふくらんでいるように見える。その目も、あとほんのわずか離れていたら、いささか滑稽な顔立ちになっていただろう。ところがそこに高い頬骨とふっくらした唇が加わると、なんともいえない魅力を放つのだ。

彼女の模型を作りたいものだ、とクリスチャンは思った。精密な物差しを持ってきて、顔の造作ひとつひとつの間隔を正確に測りたい。血や体液を取り、世界最高の科学者に分析してもらいたい。きっと体の機能に人と異なる何かがあるにちがいない——だから自分はこれほどまでに激しく反応してしまうのだ。現代科学がまだ名づけていない薬を与えられたかのように。

いや、それより何より、いましたいことは——。

クリスチャンははっと自分を抑えた。ぼくはほかの女性に結婚を申し込んだのではなかったか。男爵夫人からまだ返事はもらっていないが、いま、こんなふうに気持ちが揺らいでいてどうするのだ。

「不気味な生き物ね、そうでなくて？」持っていた手さげ袋《レティキュール》を展示ケースの端に置きながら、魅惑的なミセス・イースターブルックがいった。

クリスチャンは自分の横にある展示ケースに目を向けた。さっきまでは巨大なカメの前にいたのだが、いまはケティオサウルスの前にいる。気がつかないうちに、ふらふらと彼女のほうへ吸い寄せられていたらしい。

「ぼくはすばらしいと思いますがね、とくにこれは」

彼女はちらりとクリスチャンを見やった。視線が肌をなぞっていくようだ。

「そうかしら。醜いし、なんの価値もないと思うわ」

彼女はふれようと思えばふれられそうなほど近くに立っていた。しかしその声は遠く、霧にくぐもったようにしか聞こえなかった。まともに彼女を見まいとして顔をそむけたとき、官能的なジャスミンの香りがかすかに漂ってきた。

「神の創造物を楽しむ気持ちがないなら」クリスチャンはそっけなくいった。「自然史博物館に足を運ぶべきではありませんでしたね」

そういうなり、愛する人は向きを変えて去っていった。ふたりが近づいたあの瞬間、ヴェネチアの胸は期待に躍った。そうして互いの距離を縮めていく感覚は、あまりになじみ深かった。いまにもクリスチャンが微笑んで、腕を差しだしてくれそうだった。ふたりは並んで立ち、彼女のすばらしい発見をともに観賞したかもしれなかったのだ。そして、もう二度と何があっても離れないと誓い……。

けれども、ヴェネチアは彼の表情に気づいた。夢遊病者のような——魔法にかけられ、意志を奪われ、理性を失った顔に。

誇張ではなかったのだ。

普通、男性にそんな反応をされたら屈辱を感じただろう。わたしは化け物ではない、と。だが相手がクリスチャンならば、それがうれしかった。いつまでも見つめてほしかった。そうされても、彼がありのままの自分を愛してくれたという事実は変わらないのだ。

それにもしかしたら、この容姿でクリスチャンを誘い、おびき寄せ、そばに引きつけておいたら、いずれ彼もミセス・イースターブルックは本当は悪い女ではないと気づいてくれるかもしれない。実は彼女を心から本気で愛していたのだ、と思ってくれるかもしれない。

しかし、ふとわれに返る——そして、たじろぐだろう。さっきも彼が自責の念に駆られていたのは明らかだった。わずかなあいだでも理性を失い、男爵夫人を忘れた自分が許せなかったのだ。

せめてもう少し話ができていたら。ヴェネチアの心の中は刈りとりの終わった畑のようだった。収穫物はすべてなくなり、あとは長く不毛な冬を耐えるだけ――。

銘板の真上に置いたレティキュールをゆっくりと持ちあげた。銘板にはこう書かれていた。

〝ケティオサウルス。この化石は、オックスフォードシャーはハンプトン・ハウスのミス・フィッツヒューから寄贈された。デボン州ライムレジスにて発掘される〟

プラテオサウルスを発掘したといったのは、ケティオサウルスはイングランドで頻繁に発掘される恐竜だからだ。自分がイングランド人であると明かしたくなかった。ヴェネチアは恐竜の重たげな頭と太い脚、どっしりした背骨を見やった。いつ見ても、発見したときの興奮と若さの無限の可能性がよみがえる。

「失礼」二〇代はじめくらいの男性が、すぐそばから声をかけてきた。見知らぬ人だった。「あの、ぼくと友人たちはボートレースに出るんです。ええと、ひょっとして、ヘンリー・レガッタにいらっしゃる予定はありませんか？」

美しきミセス・イースターブルックはここでもひとり、男性をとりこにしたらしい。

「幸運をお祈りしますわ」彼女は答えた。「でも残念ながら、わたしは行けませんの」

12

ミリーは夫から目をそらすことができなかった。

丸一日、一緒に過ごした。午後はふたりして、ミリーが父親から受け継いだ缶詰会社〈クレスウェル・アンド・グレイヴス〉に関する仕事に取り組んだ。お茶のあとは、今年ヘンリー・パークで進めている改築工事について話し合った。ヴェネチアからメモが届いたのは――書斎で待っていてほしいという内容だった――ミリーのアメリカ滞在中、タウンハウスがどう変わったか説明してもらっている最中だった。

それだけ長いあいだ一緒にいたら、いいかげん飽きるだろうと人は思うかもしれない。けれどもミリーは夫を見つめれば見つめるほど、もっと見つめていたくなる。いままでもそうだった。ところが今日は、いつも以上にフィッツから目が離せない。今日ミリーが列車からおりてくると、彼は二年間剃らなかったあごひげをきれいに剃っていた。衝撃的だった。そのすっきりした美しい輪郭がさえぎるものなく目に飛び込んでくると、彼女は思わず息をのんだ。

ヘレナとは双子のきょうだいのはずだが、骨格や色合い――黒い髪やブルーの瞳――はヴエネチアのほうに似ていた。ミリーにとっては不幸なことに、まばゆいばかりに美しい。もしその容姿ゆえにフィッツに恋をしたなら、この先一生、別の男性と人生を送るなど考えることもできないだろう。

三〇分ほど前、彼はリストになかったものを作らせたと打ち明けた。青い琺瑯《ほうろう》に白いデイジーの模様が入った、ぴかぴか光る飾り戸棚――それはふたりにしかわからない冗談だった。ふたりとも笑いすぎて、まっすぐ立っているためには壁に寄りかからなくてはならないくらいだった。ひとしきり笑ったあと、彼が微笑んだ。ミリーは雲の上にいるような気分になった。

けれどもいま、ハーバードでのできごとについて聞いているフィッツの顔は深刻そのものだ。先だって電報で伝えた際にはかなり言葉を選んだのだが、今回はかなり詳しい話をした。そして彼に、ヴェネチアの帰国についてはあれこれ問いたださないよう、彼女の心境を思いやるよう頼んだ。もっとも、わざわざ口を挟むまでもない。フィッツは普段から如才なく、細やかな気遣いのできる人だ。

「姉上が憤慨していないというのも妙だな」彼はいった。「きみも帰国してから気づいているだろう？　姉上はどこかぼんやりして、ふさぎ込んでいるが、怒っているようすはない」

ミリーはためらい、やがて首を振った。フィッツがまちがっているからではない。イングランドに戻って以来、ミリーは夫以外、誰にもちゃんと目を向けていなかったからだ。

書斎の扉をノックする音がして、ヴェネチアが静かに入ってきた、「遅れてごめんなさいね。ヘレナが部屋に来たの。どうしてわたしのことをあれほど心配しているのかわからないわ。自分の心配をするべきなのに」

夫のいうとおりなのかどうか確かめようと、ミリーはヴェネチアをじっと見た。だがいま、義姉はひどく厳しい表情をしていて、それ以外の感情は読みとれなかった。

フィッツが椅子を譲った。「座ったらどうだい、姉上？」

彼はミリーが座っている椅子のうしろに立ち、手を椅子の背にかけた。背筋をまっすぐ伸ばしていなければよかった、とミリーは思った。椅子の背に軽く寄りかかって、彼の指がうなじをなぞるのを感じられたら、すてきだったろうに。

ヴェネチアが椅子に腰をおろした。「船の中で、荷物にヘレナの上着が混じっていることに気づいたの。いつ自分の旅行鞄にまぎれ込んだのかわからなかったけれど、体に合わないからしまっておいたわ。今夜、寝る用意をしようとしていて上着のことを思いだして、衣装戸棚から出してみたら――これを見つけたのよ」

彼女は机の上に一枚の紙を置いた。ミリーはそれを手に取った。手紙だ。一行読むごとに気持ちが暗くなった。フィッツもミリーの肩越しに読んでいた。

彼は妻のそばを離れ、窓際まで歩いていった。

「署名はないけれど、手紙の中で執筆中の本と母親の屋敷について言及しているわ」重い沈黙が続く中、ミリーはぽつりといった。「これで疑いの余地はなくなったわね」

「はっきりしてほっとしたような、愕然としたような……どちらかよくわからないわ」ヴェネチアがいった。「結局のところ、今回のことは勘ちがいなのではないかというわずかな望みにしがみついていたのね」

ミリーはちらりと夫のほうを見た。無表情で、胸の前で腕を組んで立っている。

「どうしたらいいと思う、フィッツ？」ヴェネチアがきいた。

「よく考えてみる」彼は答えた。「それより、姉上も具合がよくなさそうだ。寝たほうがいい。心配するのはぼくに任せて、ぐっすり眠るといいよ」

ミリーはさらにじっくり義姉を観察した。ヴェネチアを前にするとその美貌に目を奪われてしまい、ほかのものが見えてくるのに少し時間がかかるときがある。しばらく会わないでいたあとはとくに。だが、たしかに彼女は気分が悪そうだった。

ヴェネチアは立ちあがり、弱々しく微笑んだ。「夕食に出たヒラメのせいね。どうも体に合わないみたい」

「夕食にはほとんど手をつけていなかったじゃないか」フィッツが指摘した。

「お医者さまを呼びましょうか？」ミリーはきいた。

「いいのよ、そんなこと！」きつい口調に自分でも驚いたかのように、ヴェネチアは言葉を切った。それから声をやわらげた。「ちょっとした消化不良よ。心配するほどのことではないわ。炭酸の錠剤を二錠のんでおいたから、じきによくなるでしょう」

ヴェネチアは部屋を出ていった。フィッツは空いた椅子に座ると、ミリーにいった。

「きみもベッドに入ったほうがいい。もう遅いし、長旅のあとなのだから」

「長かったかもしれないけれど、のんびりした旅行だったもの」そういいながらも、ミリーは立ちあがった。結婚生活も長いだけに、夫がひとりになりたがっていることはわかる。

「外出するの？」

「かもしれない」

女友達を訪ねていくのね、きっと。もう慣れてしまったわ。ミリーは自分にいい聞かせた。それに、いまのままのほうがいいのよ。これほどよい友人関係を、下手にいじくりまわす必要がどこにあるの？「じゃあ、おやすみなさい」

「おやすみ」

フィッツはこちらを見なかった。もう一度、アンドリュー・マーティンの手紙を読み直していた。

ほんの少しだけ夫を見つめることを自分に許してから、ミリーは扉を閉めた。


「何をする、フィッツ！」ヘイスティングスは体を折り、両手を腹にあてた。「脾臓《ひぞう》が破裂したかもしれないぞ」

フィッツは指を折り曲げた。ヘイスティングスの腹部への一発は痛まなかったが、顔にこぶしを叩き込んだときはそうはいかなかった。鉄の塊かと思ったくらいだ。

「殴られて当然だろう。相手がアンドリュー・マーティンだということは知っていたくせに、何もいわなかったんだからな」

ヘイスティングスはうめきながら体を起こした。「どうしてわかった?」

「妹と庭で話をしているときのきみの顔を見た。ヘレナを脅しているのは明らかだった」

もっと早くヘイスティングスに会いに来るべきだったのだが、〈クレスウェル・アンド・グレイヴス〉に関して決定を下さなくてはならないことがらがいくつかあり、そちらを先延ばしにはできなかった。しかもミリーと一緒にいるのが心地よくて、家を出る時間がじりじりと遅れた。なぜかはわからない。彼女は自分の妻だ。好きなときに好きなだけ一緒にいられるはずなのに。

ヘイスティングスはたじろぎ、先ほど運ばれてきたコーヒーのほうへ向かった。

「何もいわなかったわけじゃない」

彼がフィッツにコーヒーを差しだした。フィッツは和解の印としてカップを受けとった。

「きみはぼくたちに下手に希望を持たせた。妹がどこかのろくでなしのために将来を棒に振ろうとしているなら、自分の勘ちがいではないかと考えながら何日も無駄にすることはしたくない。事実を明確に把握したい。そうすれば行動に出られる」

「どうするつもりなんだ?」

「選択の余地があるみたいないい方だな」

「ついていこうか?」

フィッツはかぶりを振った。「いちばんついてきてほしくない人間だ、欲求不満を抱えた妹の求愛者なんて」

「ぼくはヘレナに求愛なぞしていない」ヘイスティングスはいったが、まるでビスケットの瓶に手を伸ばそうとして見つかった少年みたいな口調だった。「言い寄ったこともない」

「男の誇りが許さないだけだろう？」

ヘイスティングスが世界中の人間をごまかせたとしても、フィッツの目をごまかすことだけはできない。

「うるさい」ヘイスティングスはおそるおそる自分の頬に手をふれた。殴られたところが切れていた。「ぼくのことがなぜそんなによくわかるんだ？」

「理由はただひとつ、親友だからだ」

「彼女に何かいったら――」

「一三年間、黙っていたんだ。いまさらいって何になる？」フィッツはコーヒーを脇に置いた。「もう帰るよ」

「マーティンによろしくいっておいてくれるか？」

「いっておくさ、たっぷりとね」

ヴェネチアは上掛けをはねのけ、寝室を出た。寝つきが悪いのはいつものことだが、この胸のうずきはもてあましてしまう。乳首のまわりが妙に敏感になっているのだ。恋に破れたのははじめてではないけれど、今回はそのみじめな気持ちがしだいに失恋とは無関係の、言葉にできない怒りといらだちに変わりつつある。

おまけに、ひどく疲れていた。さまざまな思いがバッタの大群のように頭の中を飛びまわっているにもかかわらず、お茶のあと眠ってしまったのだ。物心ついてから、昼寝などしたことはなかったのに。しかも、そんな中途半端な時間に。

階段をおりていった。フィッツの書斎には足跡の化石について載っている百科事典がある。本物は倉庫の中だ。ミセス・イースタープルックが化石を持っていると、万が一にもクリスチャンに知られることがないように。本の挿し絵はまったく同じではないが、ほかに思い出の品もない。彼はヴェネチアと出会えてどれほどうれしく思っているか、何かにつけて示してくれた。そして、この先ずっとヴェネチアとともに人生を生きていくことが、太陽が日々東の地平線からのぼるのと同じくらい彼にとって大切なことなのだと感じさせてくれた。そういうことをずっと忘れずにいたい。

だが、書斎にはすでにフィッツがいた。シャツ一枚で、〈クレスウェル・アンド・グレイヴス〉のシャンパンの瓶とグラスを脇に置いていた。

「今晩も眠れないのか、姉上？」

彼女は弟の向かいに座った。「お茶のあと、寝すぎたのね。あなたは何を――」

シャツの前に小さな染みがついているのを見つけ、ヴェネチアは自分が何をいおうとしていたか忘れてしまった。「それは血？」

「ヘイスティングスの血だ」

「どうして彼の血があなたのシャツについているの？」

「長い話でね。それより、アンドリュー・マーティンと話をつけてきた」

「こぶしで？」

「そのつもりだったんだが、イースターバニーを殴っているような気分になりそうだったから、やめておいたよ」

たしかにミスター・マーティンはウサギのような無邪気な顔をしている。

「それでどうしたの？」

「ヘレナがどんな危険に直面しているか説明してやった。ぼくたちにわかったということは、ほかの人間にもいずれはわかるということだ。妹を愛しているなら距離を置くべきだと諭した」

「いうとおりにすると思う？」

「後悔しているようすだったよ。念のため、関係が続いているという疑いをわずかでも抱かせるようなことがあったら、その――言葉が悪くてすまないが――タマをもぎとってやると脅しておいた」フィッツはグラスをもうひとつ持ってくると、泡の立つシャンパンを双方のグラスに注いだ。「さて、今度は姉上のことだ」

「わたしのこと？」

「ヒラメのせいで胃がむかむかするわけではないんだろう。ずっと見ていたんだ。姉上は魚を切り分け、つつきまわしてはいたが、ひと口も食べていなかった」

「たぶん、ほかのものが原因なのね」

「たぶん、ね」

フィッツが別の料理のことをいっているのではないように感じるのはどうしてかしら？

「もう一度、ベッドで横になってみるわ」

戸口まで歩いたところで、フィッツがきいてきた。「既婚男性ではないんだろう？」

ヴェネチアは振り返らずに答えた。「レキシントン公爵の話なら、自信を持って答えられるわ。独身よ」

「彼のことじゃない」

われながら天才的な受け答え——これで正直に答えられる。「だったら、あなたが誰のことをいっているのか、さっぱりわからないわ」


クリスチャンはまた一枚紙を丸めて、脇に放った。

愛する人に手紙を書くのは楽しい。日々のちょっとしたこと、感じたことを、相手を前に話をしているかのように書くのだ。しかし今夜は、どうしてもペンが進まなかった。

なんと書いたらいい？〝ミセス・イースターブルックを見かけたよ。一瞬にして、また魔法にかかってしまった。心配することはない——すぐに理性を取り戻したし、なにごともなかったのだから。だがそれまでのあいだ、きみのことはまったく頭に浮かばなかった〟そう書くのか？

ミセス・イースターブルックの話は持ちださないという手もある。あのあと〈サボイ・ホテル〉を訪れ、義母と男爵夫人のことを話し合った。平均的な長さの手紙をしたためるにはそれでじゅうぶんだ。とはいえ、事実を黙っているのは嘘と同じではないか。
愛する人に嘘をつくなど、考えられない。

ダーリンへ

今日、例の女性と遭遇するという形で試練が訪れた。簡単に乗り越えられたとはいえない。口でいうほど、彼女の魅力に免疫ができたわけではなかったようだ。きみに許しを請わなくてはいけないようなことは何ひとつしていない。それでもやはり、自分の心の動きを正当化することはぼくにはできない。
そばにいてほしい。離れているせいで、ぼくの弱点がいっそうもろくなってしまうのなら、論理的に考えて、きみがいてくれさえすれば、ぼくは強く――より強くなれるはずだ。すぐに来てくれないか。ぼくを探しだすのは簡単だろう。

きみのしもべ　C

13

ミリーは、朝届いた郵便の束のいちばん上にあった手紙の封を切った。

「ねえ、たしかな筋から聞いたのだけれど」手紙に目を通しながらいう。「あなたのせいで、気の毒なレッティ・スマイスが悲嘆に暮れているって」

ヴェネチアとヘレナは朝食を自分の部屋に運ばせていたので、朝食の間には夫とのふたりだけだった。内々の話をしても大丈夫だ。

「根も葉もない、悪意あるうわさだ」フィッツは微笑みながら答えた。「もっとも、もう彼女とは寝ていないが」

「だからなんでしょう」

「うわさ好きな連中は、いつだってぼくを血も涙もない人でなしに仕立てる。不公平だと思わないか？　終始、楽しい関係だったのに」

「ミセス・スマイスもそう思っているかしら？」

「ミセス・スマイスもじき、同じ感想を抱くことになるさ」

ミリーはかぶりを振った。わたしたち、まるでお行儀の悪い子犬の話でもしているみたい。

「ほらごらんなさい、というわけではないけれど、わたし、彼女には手を出さないほうがいいといったでしょう」

「きみの忠告には耳を貸すべきだった」

「ありがとう。レディ・クインシーならどうかしら？　きれいだし、話し上手だし、何より大事なのは分別があることよ。あなたが情事を終わらせたからといって、愚かな真似はしないと思うの」

「どうだろう」

「レディ・クインシーにどこか気に入らないところでもあるの？」

「別にないよ。ただ、ぼくの情事が、そうだな、三、四か月続くとするだろう。ほかの女性とつき合っているのに、きみとベッドをともにするのは失礼ではないかと思ってね」

例の契約のことね。長い結婚生活の中で、その話題が出たのははじめてだ。ミリーはスプーン山盛り一杯のマーマレードをトーストに塗りながら、彼のような気のない表情が作れていることを祈った。「何をいっているの。わたしたち、もう結婚して長いのよ。好きに楽しみなさいな。待つのはかまわないから」

「そうはいかない」フィッツはきっぱりといった。「義務が優先だ」

ふたりの視線が絡み合った。ミリーは熱い稲妻に打たれたような感じがした。目をそらし、まだ封を切っていない手紙の束からいちばん上の一通を手に取った。「だったら、お好きなように」そういって、レターナイフを使って封筒を開けた。

最初は読むふりをしているだけだった。けれども、言葉がなぜか便箋から飛びだしてきて、彼女の注意を引き戻した。

一度、二度、そして三度、読み直した。手紙がはらりと手から落ちた。

「悪い知らせよ、フィッツ」

ヴェネチアは食べたものをもどしたことなどめったになかった。

ところが、いまはバタートーストの匂いを嗅いだだけで、胃がけいれんを起こしたようになった。歯が生えはじめた頃から毎朝食べているのに。急いでいちばん近い洗面所に走り、数分かけて、身をよじりながら胃の中身をすべて吐きだした。

口をぬぐい、顔を洗った。洗面所から出た瞬間、危うくミリーとぶつかりそうになった。ミリーは——ヴェネチアの知る中でもっとも穏やかな気性の女性なのだが——彼女の腕をつかみ、ぐいぐい引っぱっていった。

「どうしたの？」

「あなたの部屋で話しましょう」ミリーはそういうと、ヴェネチアの部屋の扉を開けた。

ヘレナが必死になって、ヴェネチアの戸棚を引っかきまわしているところだった。

「あなたの上着はメイドに渡したわよ」ヴェネチアはいった。「洗濯している最中じゃないかしら」

「ちょっと見てくるわ」ヘレナは戸口に向かった。「彼女、やり方を心得ていないかもしれないから」

「上着のことは忘れなさいな、ヘレナ」ミリーが扉を閉めながらいった。「ヴェネチア、あなたも座ったほうがいいわ」

ヴェネチアは椅子に腰をおろした。ミリーの口調にある何かが引っかかった。

「どうしたの？」

「レディ・エイブリーがレキシントン公爵の講演会にいたらしいの」

慄然《りつぜん》として、ヴェネチアは椅子の肘掛けをぎゅっとつかんだ。

ヘレナもヴェネチアのベッドの支柱に手をかけた。自分の体重を支えきれないとでもいうように。「ハーバード大学での講演会ということよね」

「アメリカに住む息子の義弟の結婚式に出席するため、わたしたちと同じ時期にボストンにいたんですって」ミリーがいった。「それで一昨日、帰国したの。ゆうべは姪のところで夕食をとって、公爵の話をそこにいた全員にしたそうよ」

夕食の席にいたレディたちはそのあと舞踏会や夜会へ行っただろうし、紳士たちはクラブに繰りだしただろう。うわさは疫病のごとく広まったにちがいない。

ヴェネチアはふたたび吐き気に襲われた。もっとも、もう吐くものは残っていない。おさまるまで歯を食いしばって耐えた。「みんな、わたしの話だと思っているのよね？」

「そういう人が多いと思うわ」

「その話を信じてる？」

「全員ではないでしょうけど」ミリーが慎重に答えた。

つまり、信じている人間もいるということだ。

「公爵はイングランド一、結婚相手として好ましいといわれている男性よ」ミリーは続けた。「そしてあなたはイングランド一、美しい女性。彼があなたをあからさまに非難したとなると――その可能性があるだけでも――社交界にかなり衝撃を与えるでしょうね」

ヴェネチアは流砂にのみ込まれていくような感覚を抱いた。

ヘレナもいつになく苦しげな表情を浮かべていた。「これって全部――」

わたしのせい、といいかけて、ヘレナは言葉をのみ込んだ。それを口にしたら、アメリカ行きはヘレナをイングランドから離れさせるためだったと認めることになる。

ヴェネチアは立ちあがった。「ボストンで、彼はたしかに軽率な発言をしたわ。国から遠く離れているから大丈夫だと思ったんでしょうね。でも、いまでは自分の過ちに気づいているはずよ。彼のような人は、こういうつまらない騒ぎには興味がないと思うわ」

「彼に対して、ずいぶんと好意的な見方をしているんだな」フィッツの声がした。彼は部屋に入ってきて、妻の隣に立った。

「彼に対する評価と状況の判断は別物よ。うわさに関しては、わたしたちと同じように不快に感じて、火に油を注ぐようなことはしないと思うの」

「沈黙を通されるのも問題よ」ヘレナが指摘した。「うわさは事実ではないと宣言してもらわないと」

「嘘をつくことになるわね。公爵がわたしのためにそんなことをするとは思えないわ」

「だったらどうするの？」

「真の友達かどうか見極める、いい機会になりそうね。本当の友達なら、わたしの素行や道徳心を問いただすような真似は誰にもさせないでしょう」

「ぼくの友人たちにも協力させるよ」フィッツが静かにいった。

「急だけど、明日の夜、四〇人ほどの晩餐会を開くのもいいかもしれない。味方を集めておくのよ」ミリーがつけ加える。

「いい考えだわ」ヴェネチアはいった。「トレメイン家が明日の晩、舞踏会を開くわね。晩餐会のあと、みんなで出かけていきましょう」

「それまでにも、なるべくたくさんの人に姿を見られるようにするのよ」ヘレナがいう。「仕立て屋に行くのを忘れないようにね。行く先々で、みんなを骨抜きにしなくちゃいけないんだから――魅力を振りまいてね」

「やってみるわ」

トニーと結婚しているときに気づいたのだ。見た目が完璧であれば、まわりはその人が幸せなのだと思うものだと。明日のヴェネチアは、悩みひとつなく、思いのまま人生を生きているように見えなくてはならない。

沈黙がおりた。ミリーとフィッツはそれぞれ、具体的に何をしなくてはならないか考えているのだろう。ヘレナはといえば、このところ妹がどんなことを考えているのか、ヴェネチアにはよくわからなかった。また自分を責めているのでなければいいけれど。いまでは逆に、ヘレナの無分別に感謝しているくらいなのだ。おかげで、人生で最高にすばらしい一週間を過ごせたのだから。

「わたしは大丈夫よ」

無我夢中で逃げだしたときには、ちゃんとわかっていなかった。けれど、最悪のことはもう起きてしまったのだ。わたしは愛する男性を失った。

ほかのことは、炎から飛んできた灰程度のものでしかない。

ロンドンの社交界にはめったに顔を出さないことから、人々はクリスチャンが年中外国を放浪しているものと決め込んでいる。実際のところは、せいぜい年に四か月だ。それ以外の期間は祖先から受け継いだ地所の管理をしている。

モンフォール家は幸運な一族だった。ほかの名家がいまやほとんど無価値となった土地や屋敷をもてあましているのに対し、モンフォールの地所には採石場、鉱山、水路、いつの時代でも建設業者が喉から手が出るほどほしがる広々とした平地があった。昔から持っている借地や新しく始めた事業を通して、直接的にせよ間接的にせよ、クリスチャンは六〇〇人ほどの男女の生活に責任があった。彼らの子供たちを教育し、老後の生活を支えていかなくてはならない。

収入は莫大だったが、出費もまた半端な額ではなかった。そのため、クリスチャンは代理人や弁護士との会議にはいつも神経を研ぎ澄ませて向かう。しかし今日は、ペルシャ王に石油探査承認を求める嘆願書を出すという企画を承認したところで、集中力が途切れてしまった。

そのあとは、会議室を飛び交うさまざまな話もろくに聞いていなかった。

また夢を見たのだ。愛し合ったあと、ミセス・イースターブルックが悠然と服を身につけている。彼のほうは無限の歓びを噛みしめながら、それを見つめている――。だが今回、振り向くと彼女はドイツ語で話しはじめた。声は男爵夫人のものだった。

最悪なのは、目覚めたとき、自分が幸福感に満たされていたことだ。

ノックの音がした、弁護士のマクアダムスが不愉快そうに扉のほうを見やった。

「失礼いたします」執事のリチャーズがいった。「公爵未亡人がお会いになりたいそうです」

仕事関係の会合をしている最中に呼びだされるなどはじめてだ。ミスター・キングストンに何かあったのだろうか？　昨日の朝に別れたときには、いたって健康そうに見えたが。

公爵未亡人は客間で待っていた。そして彼が中に入るなり、扉を閉めた。

「ロンドン中のうわさになっているわ、クリスチャン。レディ・エイブリーが、あなたがハーバードで行った講演の内容をふれまわっているの。自分の欲を満足させるために夫を死に追いやったと、ミセス・イースターブルックを非難したって」

ハーバードという言葉を聞くと、突然、時間の流れが遅くなった。義母の唇が氷河のようにゆるゆると動いている。ひとつひとつの言葉が耳に届くのに十億年くらいかかりそうだった。

だが、その先を聞く必要はなかった。わかっていたことだ。過ちが、いずれそのつけを払えと戻ってくるのは。

「レディ・エイブリー本人が講演会に来ていたんですか？」自分の声が遠く離れたところから聞こえてくるようだ。

義母が顔をしかめた。「ねえ、クリスチャン、そんなの嘘だといってちょうだい」

「ミセス・イースターブルックを名指しはしていません」

「でも、彼女の話はしたのね？」

認めることはできなかった。相手が自分にとって母親であり、姉ともいえる女性であっても。「ぼくが誰の話をしていたかは問題ではないでしょう。安心してください。ぼくはこの騒ぎをおさめるために、するべきことをしますよ」

「いったいどうしてしまったの、クリスチャン？」公爵未亡人は心配そうに眉をひそめた。

「人目をはばからない情事の次はこれだなんて。あなたらしくないわ」

「始末は自分でつけます」彼は約束した。「万事、うまくいきますよ」

少なくとも表面上は。

必要に迫られれば、人はたとえ空腹を抱えていようとも、なんだってできるのだ。

ヴェネチアはありとあらゆる場所で人の目にふれるようにした。公園、劇場、英国博物館でかかっている展示会。ミリーが主催した晩餐会では、この世に心配ごとなど何ひとつないという顔で微笑み、おしゃべりをした。食事がすむと、鎧兜《よろいかぶと》を身につけ、舞踏会へ向かった。ヴェネチアの鎧兜とは、深紅のヴェルベットの舞踏会用ドレスだった。襟ぐりが深く、体にぴったりしている。二シーズン前、ふとした気まぐれからあつらえたのだが、結局一度も袖を通さなかった。舞踏会での彼女の役割は付き添い役か世話役で、自身が注意を引く必要はなかったからだ。けれども今夜は、その場にいる全員の視線を引きつけたい。アメリカでのできごとなど、ましてやレキシントン公爵の話などまったく聞いていないというふうに踊り、笑っていなくてはいけないのだ。

トレメイン卿の舞踏会――この日三度目の、そして最後の舞踏会だ――に着いたときは、すでに真夜中を過ぎていた。レディ・トレメインは階段のてっぺんでヴェネチアを出迎え、目を細めて彼女を見やった。

「わたしの独身最後の舞踏会を思いだすわ。記憶にまちがいがなければ、あのときのドレスも深紅のヴェルベットだった」

「そう、深紅だったな」いつも妻のそばを離れないトレメイン卿がいった。「いい思い出だ」

ヴェネチアはかぶりを振った。「人前で奥さまとおのろけになるのはおよしになったら。みなさん、びっくりなさっていますよ」

レディ・トレメインが笑った。「どうぞ、お入りなさい、ミセス・イースターブルック。あなたが階段をおりてくるところを見たら、バイロンも墓から這いでて、あの有名な詩『彼女の歩く姿の美しいさま』を書き直すだろうともっぱらの評判よ」

最高の登場のしかたは心得ていた。めったにしない。単なる付き添い役のときはもちろんしない。けれども、ヴェネチアがその気になれば——頭を少し傾け、肩を引き、腕を軽く曲げて、口元にかすかな笑みを浮かべてみせれば、男性も女性も手にしていた飲み物を落としそうになる。

今夜もヴェネチアが姿を現すと、舞踏室にいる人々は息を詰め、やがて先を争って彼女のダンスカードに名前を書こうとした。

もっとも、これは男性の話だ。美しい女性は常に男性の支持を約束されている。だが社交界は基本的に女性によって、女性のために存在しているものだ。そして女性はたいてい、ほかの同性に対してあまり寛大ではない。

争いが起こりそうな予感に、若いレディたちは興奮していた——動揺している娘もいた。既婚女性の一部は、冷淡さと怖いもの見たさ——とは思いたくないが——が混じったような表情をヴェネチアに向けた。いますぐ彼女に飛びかかり、夫殺しと責めるほど非常識ではないものの、面白半分にせよ、そうしたくてうずうずしているらしい女性も数人いた。

だがヴェネチアは、そういう女性たちにもう一度社交界の一員として認めてもらわなくてはいけないのだ。

いまのところ、味方が舞踏室をまわり、さりげなく、けれどもはっきりとヴェネチアの社交界追放は支持しないし、最初に石を投げる人間とはつき合いを断つという意思を示してくれている。

　そのことにヴェネチアは心から感謝していた。しかし現実的に考えて、こういう状態が続けば、日に日に評判が落ちていくのはまちがいない。しまいには、わざわざ誰かが立ちあがって彼女を糾弾する必要すらなくなる。警戒心と、疑わしい人間とはかかわりたくないという雰囲気が蔓延《まんえん》するだけで、彼女は社交界の片隅へと追いやられてしまうだろう。それでも受け入れてくれる家はあるだろうが、おおかたの場所で歓迎されなくなる。

　トレメイン卿とシュトラウスのワルツ『ワインと女と音楽と』を踊って息があがり、少々頭がくらくらしていたヴェネチアは、もう少しでレキシントン公爵の到着を告げる声を聞き逃すところだった。

　踊る人々の足音や笑い声にあふれていた舞踏室が、英国博物館の読書室並みに静まり返った。全員の目が、レキシントン公爵未亡人のあとから――紳士は決まってレディのあとから入場する――大階段をおりてくる公爵に注がれていた。ミスター・キングストンと思われる男性がその隣にいた。

　トレメイン卿はヴェネチアをフィッツ夫妻のところへ送り届けようとしていたが、進路を変え、妻のもとへ連れていった。そして夫婦でヴェネチアを挟む形で立った。ふたりが味方なのはまちがいなかった。

　クリスチャンは常に率直な彼らしく、まっすぐにトレメイン卿のもとへ――ヴェネチアのほうへ向かってきた。

空気が緊迫した。この場でクリスチャンから、むきだしの敵意を示されることはないだろう。公爵未亡人が一緒ということは、ある程度礼儀正しいふるまいが期待できるはず。それでもヴェネチアは、はじめて闘技場に放りだされた駆けだしの剣闘士のような気分だった。相手は熟練の戦士で、観客はみな、彼女の血を求めて騒いでいる。

トレメイン卿は客と愛想よく挨拶を交わして歓迎の意を表したあと、少し向きを変え、たったいまヴェネチアが隣にいることに気づいたかのように公爵未亡人にいった。

「公爵夫人、わたしの友人、ミセス・イースターブルックをご紹介させていただいてよろしいでしょうか？」

レキシントン公爵未亡人ははじめてヴェネチアと会う人によくあるように、わずかに目を見張ったものの、鷹揚《おうよう》にうなずいた。

「ミセス・イースターブルック」トレメイン卿が続ける。「こちらがレキシントン公爵とミスター・キングストン。こちらがミセス・イースターブルックです」

ヴェネチアはわずかに頭を傾けた。クリスチャンはちらりと彼女に目を向け——祖先のノルマン人は厄介者のアングロサクソン人をこんなふうに見やっただろうと思われるような目つきだった——ぞんざいに会釈を返した。

それで終わり。紹介を受け、彼はいまやヴェネチアの知り合いとなった。そうすることで、レディ・エイブリーの話を否定したつもりだろう。あとは丁重にこの場を離れ、義母のため、結婚相手にふさわしい若い娘と踊って、帰っていくにちがいない。

クリスチャンは本当にそうするつもりに思えた。けれども、公爵未亡人が彼の肘を手で軽く押した。何かの合図のようだった。

彼は心を決めたというようにあごをこわばらせて口を開いた。「舞踏会でレディを紹介されたら、ダンスを申し込むのは当然でしょうね？」

〈ローデシア号〉に乗っていなければ、ヴェネチアはこの誘いを、紹介を受けたことなどなんの意味もないと彼に思い知らせるいい機会だと思っただろう。公爵であろうと、うなるほどの富があろうと、彼に腕を取られて踊るのだけはごめんだと。

けれどヴェネチアは〈ローデシア号〉に乗ってしまった。一週間をともに過ごし、クリスチャンと恋に落ちた。あれ以来、彼のことを考えないときはない。彼の屋敷の前に馬車をとめ、かびくさい車内で何時間も身をかがめていた。まともな訓練を受けていない探偵みたいに。ただ、もう一度クリスチャンの顔を見るために。

一緒に踊る機会を逃すことはできなかった。なんとも不作法な誘いだったとはいえ。

「喜んで」ヴェネチアは答えた。

彼女を見た瞬間、クリスチャンの視界から舞踏室が消え去った。火に包まれて梁は崩れ落ち、客は逃げだしたかのようだ。目に入るのは彼女の瞳に映る炎だけだった。

義母に肘を押され、ダンスを申し込むつもりだったことをようやく思いだした。

ミセス・イースターブルックが微笑んだ。朝日のごとく美しい、弾丸よりも危険な笑みだ。

イングランドに戻って以来、いまほど男爵夫人に会いたくなったことはなかった。世間にどう思われようと、自分の中で彼女を愛するのに言い訳はいらない。すべてが実体にもとづいている。男爵夫人への思いに浅ましいところ、恥じるところはまるでない。

ところが、ミセス・イースターブルックに対する彼の反応はどこをとっても浅ましく、恥ずかしい。

楽団が『ウィーンのボンボン』を奏ではじめた。腕を差しだすと、彼女がそっと肘に手を添えてきた。しぐさもその容姿同様、美しかった。この女性はどこまでも男性を惹きつけるように生まれついている。

並んで舞踏室の中央へと歩きだしたとき――まっすぐに彼女を見ていないとき――クリスチャンはふと、妙な感覚にとらわれた。ふれ合ったことなどないはずなのに、自分の袖に彼女の手が置かれている感覚に不思議なほどなじみがあるのだ。

ワルツは静かな出だしのあと、いきなり明るく陽気な曲調になる。踊りが始まった。

ミセス・イースターブルックの手の形、てのひらに感じる甲の肌ざわり。一連のターンをするとき、かすかにふれる体の感触――不思議な懐かしさは増すばかりだった。彼女が想像していたほど豊満ではなく、ほっそりとしなやかな体つきをしていると気づいたときには、もう少し驚いてもいいはずだった。まるで――。

いや、ふたりのあいだに共通点を見つけようとしてはいけない。決してしたくないのは、ミセス・イースターブルックの顔立ちを、男爵夫人のヴェールの奥の顔に張りつけることなのだから。

そうしたら、きっと期待を裏切られることになる。

そんな、残酷なまでに正直な思いが頭をかすめ、クリスチャンはいらだった。愛する人がどんな顔をしているかなど、どうでもいいことのはずだ。ミセス・イースターブルックとは似ても似つかない女性のほうがいい。

「一昨日、自然史博物館でお会いしたかしら？」ミセス・イースターブルックが小声できいた。

覚えていてくれたと思うと、情けないことに天にものぼる気持ちになった。

「そうですね」

クリスチャンの胸にふと疑問がわいた。彼は一昨日の偶然の出会いを、男爵夫人と再会する前に通らなくてはいけない試験であり、試練であると考え、当然のように受けとめていた。だが、そもそもなぜミセス・イースターブルックは自然史博物館にいたのだろう？　五年前に彼女を見たときも博物館の前だったというのは、いささか妙ではないか？

ワルツを踊る際の作法として、相手の肩より下に視線を向けてはいけないことになっている。クリスチャンとしては、ミセス・イースターブルックの顔を見る口実があるのがありがたかった。既視感は強まるばかりで、彼女のそばにいると抑制がきかなくなる彼の脳は、彼女の体の曲線を勝手に思い描き、どこをどう愛撫すればその体が歓びに溶けていくかまで知っているとほのめかすのだ。

ふたりの目が合った。ミセス・イースターブルックの美しい顔は、いまのとんでもない想像の代わりに荒々しい所有欲を目覚めさせただけだった。彼女を屋敷に閉じ込め、自分以外の人間の目にはふれないようにしたい――。

彼女がまた微笑んだ。「あなたは楽しんでいらしたようね」

クリスチャンは視線をそらした。「あの博物館は好きなので。あなたは巨大な爬虫類に対する嫌悪感を克服できましたか？」

「残念ながら、そうはいえませんわ。どうしてわざわざあんな気持ちの悪いものを見に行くのかわかりません」

「一昨日はなぜ行ったんです？」

「女性の気まぐれかしら」

なぜこんな退屈な女性を求めてしまうのだろう？　どうしてこのダンスがいつまでも終わらなければいいと願っているのだ？　愛する女性はほかにいるはずなのに。

再会を約束した日まで、もうまもなくだ。今度こそ、男爵夫人を放したくない。

「久しぶりのロンドンはいかがです？」ミセス・イースターブルックがきいてきた。

「いろいろ面倒ですね」

「あら、意見が合いますわね」

この声の響き――どこかで聞いたことはなかったか？

「明日の午後、訪ねていってよろしいでしょうか、ミセス・イースターブルック？」クリスチャンはいった。「よろしければ、一緒に馬車で公園をひとまわりしましょう。そうすればうわさもおさまるでしょう」

「そのあとはもう訪ねていらっしゃらないのね？」

「もちろん」

「残念だこと」彼女はいった。「思う人がどこか、別の場所にいらっしゃるの？」

〝別の場所〟という前に、彼女はわざと間を置かなかったか？　単なる思いすごしだろうか？　英語だと、その言葉に該当するドイツ語とはまったく響きがちがう。それでもクリスチャンはぞくりとした。

もう一度、ミセス・イースターブルックを見つめた。彼女はクリスチャンの肩の先をまっすぐ見ている。吸い込まれそうなまなざしがないと、いくらか魔力は薄れるものの、やはりふるいつきたくなるほど美しい。

「あなたには関係のないことだ」

「もちろんそうね。でも、うわさを聞いたものだから。レディ・エイブリーの気をそらしたら訪問はやめるというのは賢明ね。会いつづけると、あなたの恋人が機嫌をそこねると思うわ。わたしは男性に対して、ある種の影響力を持っているらしいのよ」

彼女の思いあがりが腹立たしかった。「恋人を心配させるようなことは何もない」

ミセス・イースターブルックがちらりと彼を見た。ギリシア軍随一の英雄アキレスに盾を置かせ、トロイ陥落をあきらめさせることもできそうな一瞥だった。「あなたがそういうのなら」

そのあとはお互い無言で踊った。ヴェネチアはほっとした。ミセス・イースターブルックがセイドリッツ・ハルデンベルク男爵夫人とは正反対の性格であるかのように話を続けなくてはならないのは、骨が折れる。とはいっても、クリスチャンの声が聞けないのは残念だった。いまは愛情のこもったドイツ語ではなく、冷ややかな英語で話しかけられているとはいえ。

愛する人に、いまふたたび抱かれているのだ。悲しい奇跡だが、奇跡は奇跡だ。自分を抑えるのは難しかった。左手でクリスチャンの肩の曲線をなぞらないようにするのは、右の親指で彼の手袋をはめた手を愛撫しないようにするのは、彼の胸に顔をうずめないようにするのは……。

永遠に踊っていたい、ヴェネチアはそう思った。

けれども、あっという間にワルツは終わった。まわりで踊っていた人々は、さっとパートナーと離れた。クリスチャンもうしろにさがろうとした。だが、思い出に浸っていたヴェネチアは反応が遅れた。

ほんの一秒程度のことだ。過ちに気づいてすぐに手を離したが、すでに遅かった。いきなりドレスのボタンをはずしたとしても、これほど彼を驚かせることはなかっただろう。

そう、クリスチャンは愕然としていた。そして公序良俗に反する者に向けるような、厳しい目つきで彼女を一瞥した。ヴェネチアがまるで、招かれもしないのに舞踏会に踏み込んで声をかけてきた卑しい者か何かのように。

黙ったまま、クリスチャンは彼女の手を取ってダンスフロアを出た。彼の沈黙は拷問に等しかった。

「彼は来ていない」ヘイスティングスがいった。「奥さんの母上が病気なんだ。律儀にウスターシャーまで見舞いに行っている」

〝彼〟というのが誰のことか、ヘレナにはきくまでもなかった。はじめはヴェネチアがどういう対応を受けるかが心配でたまらなかった。ところがレキシントン公爵が登場して、意外な、けれどもきわめて効果的な行動に出ると、ヘレナもアンドリューが来ていないかと周囲を見渡す余裕ができたのだった。母親の一族があちこちにつてがあるため、彼も人気のある催しにはたいてい招待されている。

「ミセス・マーティンに言い寄ってみようかと思っているんだが、どうだろう、ミス・フィッツヒュー?」ヘイスティングスが小声でいった。「マーティンに女性ふたりを満足させるだけの精力があるとは思えない。きみひとりを相手にするだけで、カサノバでさえ精根尽き果てそうだしな」

またしても、ヘレナが色情狂であるかのようないい方だ。彼女は扇で口元を隠し、ヘイスティングスの耳元でささやいた。「知らないでしょう、ヘイスティングス卿。男がいないとわたし、夜は体がうずいてしかたがないの。肌はふれてほしくて燃えるように熱くなる。唇にキスしてほしい、全身を情熱的に愛撫してほしいって」

ヘイスティングスが黙り込んだ。面白がっているような、興奮を感じているような何ともいえない目つきでじっと彼女を見ている。

ヘレナはぱしりと扇を閉じ、彼の指を思いきり叩いた。そしてヘイスティングスが痛みに声をあげるのを満足げに見やった。

「ただし、あなた以外の男にね」そういうと、彼女は向きを変えて立ち去った。

公園に行くため、クリスチャンはいちばん大きな四輪客馬車《ランドー》を出した。ミセス・イースターブルックからなるべく離れて座れるように。

それでも、彼女の美貌という目に見える魔力を避けるには距離が足りない。男爵夫人とちがって、彼女は日傘をくるくるまわしてはいなかった。しっかりと手に持っている。彼女自身も、理想の女性を彫りだしたというキプロス王ピグマリオンの彫刻のように冷ややかで、無情で、それでいて男を狂わせるほど美しかった。

薔薇色のドレスのせいで、ミセス・イースターブルックの頬にはほんのりと赤みが差していた。クリーム色のレースの傘の陰になった瞳は、温かな地中海と同じ深い青色――クリスチャンの内に秘めた欲望を激しく刺激する色だ。そして完璧な輪郭を描く、ふっくらとした柔らかそうな唇は、薔薇の花びらのような味わいと喜びを約束している。

話しかけられてはじめて、自分が心の中で彼女の服を脱がせにかかっていたことに気がついた。枝に鈴なりになった実のように並ぶ、絹でくるまれたボタンを引きちぎりながら。

「物思いにふけっているのね。恋人との晩餐のことでも考えているのかしら？」

クリスチャンははっとした。なぜ彼女は晩餐のことを知っているのだろう？　次の瞬間、激しい罪悪感に襲われた。あれほど待ち望んだ男爵夫人との再会を果たす前日に、こんな不実な思いを抱いているとは。

ミセス・イースターブルックのせいだといいたかった。ワルツが終わったとき、彼女は一瞬だけ長く、クリスチャンの腕の中にとどまった。ウインクと投げキスとともに、家の鍵を渡してくれそうにさえ見えた。いったいどういうつもりだったのだろう？　あれ以来、体がうずいてしかたがない。

かといって、彼女がまるで無関心だったら、欲望をかきたてられることもなかったといいきれるだろうか？　いっそう心をそそられ、何がなんでも振り向かせたいと思ったのではないか？

「明日の晩、〈サボイ・ホテル〉で豪勢な晩餐を準備していると聞いたわ」ミセス・イースターブルックが続けた。

ほかの女性だったら、余計な詮索はするなときっぱりいい渡すところだ。しかしこの場では、男爵夫人のことを許されるかぎりのいとしげな口調で語らずにいられなかった。

「ああ」クリスチャンは答えた。「明日は楽しい夜になるといいと思っている」

彼女が来てくれたら。

来るはずだ。あれほど約束したのに待ちぼうけを食らわすはずがない。とはいえ——もし男爵夫人がもうロンドンに来ているなら、ミセス・イースターブルックとのごたごたをどこかで耳にしているかもしれない。突然、そんなことが頭に浮かんだ。人前でミセス・イースターブルックに関心を示していることを誤解されたら……。

ミセス・イースターブルックがかすかに微笑んだ。

「幸運な女性ね、あなたの恋人は」

「幸運なのはぼくのほうだ」

彼女の表情を判断するのは、太陽をまともに見てその強烈な光の変化を見極めようとするに等しい。だが、ミセス・イースターブルックの顔が切なげに変わったようにクリスチャンは思った。

「ふたりで会うのはこれで最後になると思っていいのね」

「きみも肩の荷がおりた気分だろう」

彼女は片方の眉をあげた。「わたしがどんな気分か、わかると思っているの?」

「ならば、いい直そう。ぼくは肩の荷がおりたよ」

ミセス・イースターブルックが日傘をわずかに傾けた。「わたしの鼻の形が気に入って、わたしを好きになったという人もいるの。誰かを好きになるにはおかしな理由よね。でも同じように、おかしな理由で誰かに反感を持つ人もいる——あなたみたいに」

「ぼくが反感を持っているのはきみの人柄だ、ミセス・イースターブルック」

「わたしの人柄なんて知らないくせに」彼女は決めつけるようにいった。「あなたが知っているのは、わたしの顔だけなのよ」

14

クリスチャンが晩餐に人を招くことはめったにない。そのうえ、招いた際には公爵未亡人が準備に采配を振るうのが常だった。けれども今夜の特別な晩餐に関しては、彼自身が細部にいたるまでみずから指示を出した。

〈サボイ・ホテル〉には個室がいくつかあったが、何室かは、狭苦しいとか装飾が華美すぎるなどの理由で却下された。最終的に選んだ部屋で、クリスチャンは壁にかかった落ち着いた静物画を、〈ローデシア号〉から見える海の景色を彷彿とさせる絵にかけ替えさせた。食卓の中央には花を飾る代わりに、跳ねまわるイルカをかたどった氷の彫刻を注文した。さらに電気の明かりはいっさいつけずにろうそくの炎だけ、しかも獣脂はだめで、最高の蜜蠟《みつろう》のろうそくだけを使うよう命じた。

ホテル側から提案された献立も、彼は、澄んだコンソメ、舌平目のブイヨン煮、子ガモの蒸し煮、子羊のあばら肉のハーブ焼き、鹿肉のフィレ、以上、と書き変えて送り返した。料理長は激しく反発した。公式晩餐会のような華やかな食卓をロマンティックと考えるタイプなのだ。

〝愛《ラムール》というのは〟――料理長はクリスチャンに向かって指を振った――〝たっぷりの食事、たっぷりの肉によって、いっそう強くなるのです。そもそも公爵閣下は痩せすぎておられる。それでは恋人との夜も、医学研究室で二体の骸骨がかたかたいっているようなありさまでしょうよ〟

クリスチャンは折れなかった。男爵夫人に動けなくなるほど食べさせるつもりはない。ついに料理長は料理に関してはあきらめたが、デザートのほうはあくまでも譲らなかった。新鮮なフルーツが出ない晩餐などありえない。シャルロット・ルース、クレーム・ランヴェルセ、バニラ・スフレ、チョコレートムース、洋梨のタルト、プラムケーキも欠かせない。

「明け方まで食事をすることになってしまう」あくまで理想を追求する料理長の意欲にさして感銘も受けず、クリスチャンはいった。

フランス人の料理長は自分の指先にキスをした。「食事のあとには《エ・アプレ》、お互いじゅうぶん気持ちが高まっていることでしょう」

クリスチャンは約束の時間より三〇分早く着いた。個室に入ると、すでに食卓の準備は整っていて、クリスタルのフィンガーボウル、銀の塩入れ、ぶどうやいちじく、さくらんぼがのった脚付きの鉢が、青いダマスク織りのクロスの上に考え抜かれた配置で並べられていた。

今日ばかりは、待つことに〈ローデシア号〉でのような楽しい期待感はなかった。普段はマナーのいいクリスチャンも、気がつくと窓枠を指でとんとん叩いていた。紳士はもじもじしてはいけないとわかっているのだが。酒精の強い飲み物と煙草がほしい。カーテンも変えればよかった。壁にかける絵も選び直したい。

彼女さえ来てくれれば、何も気にならないのに。

来てくれなかったらどうする？

ろうそくが灯された。揺れる明かりの中でグラスがきらめいている。氷の彫刻が運び込まれた。氷の波間をイルカがうれしそうに飛び跳ねている。男爵夫人が来たらすぐにも栓を抜くことができるよう、六〇年物のシャンパンがうやうやしくサイドボードに置かれた。

もう来てもいい頃だ。晩餐の場合、約束の時間の少なくとも一五分前に到着するのがしきたりとなっている。何はともあれ、スフレの繊細さを考えて。

大陸の作法はちがうのだろうか？　それなら自分も知っているはずだ。あちらで過ごすことも多いのだから。だが、よくわからなかった。頭の中は真っ白だ。恐慌状態の一歩手前。あと一歩で……。

八時になった。給仕係がおずおずと、お食事を始められますかときいてきた。

「あと一五分待ってくれ」クリスチャンは答えた。

さらに一五分が過ぎ、彼は同じ指示を与えた。あたりをうろうろしていたホテルの従業員も、いつの間にかいなくなった。ウィスキーの瓶がどこからともなく現れた。煙草、マッチ、そして彫刻が施された灰皿も。

約束してくれたはずだ。男爵夫人にとっては、約束など意味のないものなのか？　はじめから来ないつもりなら、なぜ手紙を書いてひとこと知らせてくれない？

不測の事態が起きたのだろうか？　どこかで病に倒れ、手当ても受けることができずにいるとか？　だとしても手紙は書けるはずだ。ぼくは即座に飛んでいくのに。

もっとも、それも男爵夫人に手紙を書ける自由があると仮定しての話だ。ひょっとすると、帰宅した彼女は厳重に監視されているのかもしれない。

数分ほど、そんな可能性を思いめぐらして身もだえしたあと、ふと気づいた。ばかばかしい。小説ではあるまいし。そんな厳しい束縛を受けている女性がひとりで大西洋を渡り、船上で白昼堂々、情事にふけるなどということができるはずない。

男爵夫人が来ない理由はずっと、すぐ目の前にあった。認めたくなかっただけだ。クリスチャンとの関係は彼女にとって、なんの意味もなかったということ。身も心も魅了されたのは彼だけだった。あちらにしてみれば、ちょっとした火遊びだ。海の上の退屈な時間をやり過ごすための暇つぶしにすぎなかった。

船をおりても関係を続けようと迫ったのはクリスチャンのほうだ。心を捧げ、手を差しだし、あますことなく秘密をさらけだした。一方、彼女は本名すら明かさなかった。

それにもちろん、顔も見せなかった。

いや、男爵夫人を疑ってはいけない。疑ったら、自分の判断力そのものに自信が持てなくなる。危惧したとおり、ミセス・イースターブルックのことが耳に入ったのかもしれない。昨日、一緒に馬車に乗っているところを見られたとも考えられる。ミセス・イースタープルックを見る自分の目つきを見たら、過去の執着は断ち切ったという言葉が信じられなくなって当然だ。

男爵夫人が何も見ておらず、聞いてもいないとしても、実際のところ自分は彼女にふさわしいのだろうか？　ここへ来る途中にも、ミセス・イースターブルックの言葉が耳の中でこだましていた――〝わたしの人柄なんて知らないくせに。あなたが知っているのは、わたしの顔だけなのよ〟

昨晩はまたミセス・イースターブルックの夢を見た。

いつにもまして家庭的な一場面だった。火の入った暖炉の前でそれぞれ椅子に腰かけ、クリスチャンは手紙を書き、彼女は書斎から持ってきたとおぼしき分厚い本を読んでいる。夢の中の自分はときおり仕事の手を止め、顔をあげて彼女を見る。ただ現実とちがって、隣にいる彼女を見て悩ましく不快な衝動がこみあげることはなく、ひたすら心地よい満足感に満たされるのだ。

男爵夫人の夢は見たことがない。

クリスチャンはなおも、ホテルに横づけされる馬車に目を凝らしつづけた。ロンドンの道路は時間帯によっては非常に混雑する。渋滞が起こると簡単には解消されない。彼女は渋滞にはまっているのではないだろうか。こちらがゆっくりと絶望に沈むあいだ、男爵夫人はあせりでじりじりしているのかもしれない。

ふと、部屋に自分ひとりでないことに気づいた。勢いよくうしろを振り返る。胸に期待と不安が錯綜していた。

だが、そこにいたのは男爵夫人ではなかった。制服を着たホテルのポーターだった。

「公爵閣下、お届け物です」

三秒ほど、クリスチャンは希望をつないだ。彼女が派手な登場をするのかもしれない。クレオパトラのように絨毯にくるまれて――。

ポーターが三人がかりで、うめきながら荷車を引いてきた。

目の前で大きな裂け目が口を開け、クリスチャンの心臓をのみ込んだ。覆いを取るまでもなかった。その大きさと重さから、あの石板だとわかった。

彼女は贈り物を返してよこした。いっさいの関係を断つつもりなのだ。


それからさらに一時間経ってから、クリスチャンはホテルを出た。今夜、ヴェネチアは匂いのこもった二輪馬車の中ではなかった。清潔で優雅な四輪馬車の中で待っていた。房飾りのついたヴェルベット張りの座席、火鉢、窓のあいだの棚には一輪挿しの花瓶がしつらえられ、チューリップが活けてある。

ヴェネチアは馬車を借りた。ヴェールのついた帽子も隣の座席に置いてある。

まだ間に合うわ。彼女の中の大胆な部分がささやく。この三時間、ずっと声がしていた。行きなさい。彼をつかまえるのよ。今夜だけ。

けれど、今度は彼も簡単には帰してくれないだろう。ヴェールをしたままではいられなくなる。今夜だけだなど、ありえないのだ。

というより、明日というものがありえない。顔を見た瞬間に、彼はわたしの手を振り払い、口もきかなくなるだろうから。

だからヴェネチアとしては見守ることしかできなかった。愛する人が硬い表情で馬車に乗り込み、走り去っていくのを。

ひと晩中、クリスチャンの胸中は怒りから絶望へ、また怒りへと大きく揺れていた。それでも朝になると馬車を呼び、ホテルへ戻った。

自分がばかだったのかもしれない。何もわかっていなかったのかもしれない。だが気持ちは真剣で、まっすぐだった。こんな仕打ちを受けるいわれはない。

ホテル側にきくと、石板は三日前に届いたということがわかった。タイプされた手紙が前日の朝に郵便で届き、先に送った荷物は八時一五分前に届けるようにと指示があったとのこと。支配人は平謝りした。日中に従業員の交代があり、九時一五分前まで石板のことは忘れられていたそうだ。

クリスチャンは手紙が入っていた封筒を見せてほしいと頼んだ。なんと、すでに捨てられていた。しかし、封筒を開けた従業員は手紙のことを鮮明に覚えていた。消印はロンドン市内で、当日に投函されたものだったそうだ。

恋人をふるためだけにロンドンへ来るものだろうか？　それは考えにくい。クリスチャンは私立探偵を雇い、ロンドンの主要ホテルにドイツ生まれの年齢二七歳から三五歳くらいの女性客が宿泊していないか、調べさせることにした。

彼自身は列車でサウサンプトンまで行き、運送会社〈ドナルドソン・アンド・ソンズ・スペシャル・クーリエ〉の経営者と話をした。たいしたことはわからなかった。彼らがロンドンの〈サボイ・ホテル〉に運んだ荷物は、船会社によって港から持ち込まれたものだった。船会社の記録はもう少し役に立ちそうだった。石板は〈ローデシア号〉のあとにサウサンプトンに入港した〈キュナード社〉の〈カンパニア号〉からおろされていた。

クリスチャンは〈キュナード社〉のサウサンプトン支店に赴き、〈カンパニア号〉のある便の乗船名簿を見せてほしいと頼んだ。見知った名前はなかったが、〈カンパニア号〉が〈ローデシア号〉の二日前にニューヨークを出発していることがわかった。航海中、技術上の問題が生じて大西洋を横断するのに九日かかったらしい。

ちょうどサウサンプトンにいるのだからと、今度は〈グレート・ノーザン汽船会社〉の事務所を訪ねて、〈ローデシア号〉の乗船名簿を見せてもらった。男爵夫人にはメイドがついていたはずだ。そのメイドの身元を探りだすのは不可能ではないだろう。

クイーンズタウンで下船した男性は多かったが、女性はあまりいなかった。その女性たちのほとんどが同乗の男性客と同じ姓を名乗っていた——妻、姉妹、娘ということだ。男性客とは関係のない姓名の女性は四人だけだった。男爵夫人、カトリックの修道女がふたり、そして修道女に預けられて故国の家族のもとへ帰る若い娘。

クリスチャンはとまどい、名簿にまちがいはないかときいた。すると、ひと晩待ってはどうかといわれた。〈ローデシア号〉はハンブルクから戻って明朝、港に入る予定だという。

夜はまんじりともしなかった。しかし努力は報われた。翌朝、〈ローデシア号〉の事務長と直接話ができたのだ。セイドリッツ・ハルデンベルク男爵夫人はメイドのための乗船券は買っていなかった。代わりに、船の客室係のひとりを臨時のメイドとして個人的に雇ったらしい。その娘はフランス人で、名前はイヴェット・アルノ。クリスチャンが彼女にいくつか質問するのはまったく問題ないという。

三〇分後、彼が案内された事務室にその客室係がやってきた。こざっぱりとした身なりの有能そうな娘だった。椅子を勧め、一ギニーを机の上に滑らせると、イヴェット・アルノはおずおずと硬貨をポケットにしまい、小声で礼をいった。

「きみはなぜ男爵夫人に選ばれたんだろう？　どんな仕事をしたんだ？」クリスチャンはフランス語でたずねた。

「〈ローデシア号〉がニューヨークを出航する前、女性のお客さまが身のまわりの世話をする人を探していると聞いたんです。何人かが名乗りでました。運がよければチップをたっぷりもらえますから。候補者は職歴なんかを書いて、男爵夫人のもとに連れていかれました。あたしは仕立て屋で見習いをしていたことがあるので、高価な衣類の扱いに慣れているといったんです。選ばれるとは思っていませんでした。メイドとして働いたことはありませんでしたから。候補者の中には、ロンドンやマンチェスターの以前の雇い主からの推薦状を持っているような人もいたんです」

男爵夫人からすれば、うってつけの人材だったのだろう。誰にも顔を見せたくないレディとしては、メイドは髪を結うことさえ上手であればじゅうぶんだったのだ。

それでも、きいてみないわけにはいかなかった。別の人間から自分と同じ意見を聞くのは悪いことではない。「では、なぜきみが選ばれたのかな？」

娘はしばしためらった。「あたしがイングランド人じゃないからだと思います」

予想外の答えだった。クリスチャンの心臓が止まった。「どうしてそう思う？」

「あのかた、お名前はドイツ人で、あたしにはフランス語で話していましたけれど、持ち物はイングランド製でした」

「たとえばどんな物？」

「旅行鞄はロンドンの店のものでした。ふたの内側の文字を見たんです。ブーツもロンドンの靴店の品だし、帽子は――ヴェールのないのは――ロンドンのリージェント・ストリートの〈マダム・ルイーズ〉のものでした。あたし、リージェント・ストリートは知ってるんです。前に働いていた仕立て屋が、いつかそこに自分の店を持ちたいといってましたから」

イングランド製の品は仕立てと質のよさで知られている。外国人が買い求めることも珍しくはない。だが、衣装戸棚の中のほとんどがイングランド製というのはどうだろう。ヨーロッパの洗練された女性はパリやウィーン、ベルリンあたりでも買い物をするのではないか？

「きみが彼女をイングランド人だと思う理由はほかにあるかい？」

「公爵閣下のように英語のなまりがあるフランス語を話していらっしゃいました」

これは説得力のある証拠だ。なまりをごまかすのはかなり難しい。生粋のフランス人が英語なまりがあるというなら、かなり信憑性《しんぴょうせい》が高いと考えてよさそうだ。

だが男爵夫人がイングランド人なのだとしたら、なぜ姿をくらませたのか、いっそうわからなくなる。クリスチャンは結婚を申し込んだ。外国人にはその意味がわかりかねるかもしれないが、イングランド女性なら、彼との結婚がどれほどの富と名声をもたらすか即座に理解できるはずだ。相手の男が自分と出会う前はほかの女性に恋していたからといって、レキシントン公爵夫人になれると思えば、そばにとどまろうと思うのではないか？

「彼女に関して、ほかになにか覚えていることはないかな？」

「チップははずんでくれました。船をおりる前には、オパールと小真珠のヘアピンをくださいましたし。すばらしいドレスをたくさん持っていらっしゃいましたよ。あんなにきれいなドレスは見たことがないくらいでした。もちろん、ご本人ほどはきれいじゃなかったですけど——」

「彼女のことをきれいな女性だと思ったということか？」

「それはもう、あんなにおきれいなかたは、あたし、生まれてはじめて見ました。ヴェールで顔を覆っているのも当然だって、ほかの客室係に話したくらいです。あのかたがヴェールを取ったら、船の上で暴動が起きるって」

暴動を引き起こすほど美しい女性が、この世に何人いるだろう？　多くはないはずだ。少なくともクリスチャンはひとりしか知らない。

「みんなは信じたのかい？」

「いいえ。大げさにいってると思われたみたいです。だってほかには誰も、お顔を見ていないんですもの。でも、本当にまばゆいばかりに美しいかただったんですよ。ご存じでしょう？　大げさじゃないって、わかっていただけますよね」

そうだろうか？　クリスチャンは事実に目を向けることができなかった。評判の悪い館の前を眉をひそめて足早に通り過ぎる未婚女性のようなものだ。彼の頭はイヴェット・アルノの話を理解することを——科学者らしく、ばらばらの断片をつなぎ合わせ、筋の通った説明にまとめあげることを拒んでいた。

クリスチャンはもう一枚ギニー硬貨を置くと、何もいわずに立ち去った。


運命の日を前にした緊張感と、クリスチャンがすぐそこにいる喜び——苦悩と抱き合わせではあったが——で、ヴェネチアの体を悩ませていた諸症状はいっとき勢いを失っていた。吐き気もさほど感じなくなり、疲労感は動悸を伴う不安と興奮に取って代わっていた。けれどもいま、その日が過ぎてみると、ヴェネチアの体は決して快復したわけではないことを当人に思いださせることにしたようだった。

快復どころではない。

朝は二度、洗面所に駆け込まなくてはならなかった。一度目は朝食が運び込まれたとき、二度目はヘレナが姉に気を遣って、クリームと砂糖を入れた紅茶を持ってきてくれたときだ。

一度目はメイド以外には知られずにすんだ。一〇年間仕えてくれている、口の堅い信頼できるメイドだ。だが、二度目はそう幸運ではなかった。ヴェネチアが止める前に、ヘレナは医師を連れてくるよう従僕に命じていた。

それでも、本当に医師が必要かどうか一日ようすを見ることには、しぶしぶ同意してくれた。もっとも、結局、次の日まで待つことはなかったのだが。

午後の半ば、ひととおり招待状を書き終えて、ヴェネチアは椅子から立ちあがった。次に気がついたときにはトルコ製の絨毯の上に倒れており、メイドが懸命に目の前で気つけ薬の瓶を振っていた。

すでに医師はこちらへ向かっているところだった。

ロンドンに着いたクリスチャンは、ウォータールー駅で待っていた馬車を返した。タウンハウスには戻りたくなかった。そもそも、列車の専用車両を出なければよかったのだ。いっそエジンバラにでも向かえばよかった。イングランドにあるすべてを、牙をむきはじめた真実もろとも、あとにして。

テムズ川を渡って歩いた。どこへ向かっているかは考えもせずに。

〝イングランド〟〝まばゆいばかりに美しい〟

こうした言葉を聞かなかったことにするのは可能だろうか？　石があったらひっくり返さずにはいられない、科学者の性《さが》が腹立たしい。答えを得ないことには気がすまないとは、なんとひとりよがりだったことか。

そんなはずはないと思おうとした。論理の飛躍もはなはだしい。イングランド人で美人だからといって、ミセス・イースターブルックとはかぎらない。だいいち、ミセス・イースターブルックは美貌を磨くこと以外に人生の目的を持たないような女性だ。女王が王冠を捨てることがないように、彼女が顔をヴェールで隠すはずがないではないか。

ふと空腹を覚え、足を止めて紅茶の飲める店に入った。店内の壁の一面が、社交界の美女の額入り写真で埋まっていた。

ミセス・イースターブルックもその中にいた。

写真では、生き生きとした美貌や人を惹きつけずにはおかない魅力はあらかた失われてしまう。彼女は単に居並ぶ美女のひとりにすぎなかった。日傘を差していなかったら、彼女とは気づかなかったかもしれない。

白いレースに、青い八角形の模様が入った日傘だった。

パリで医学を学んだというミス・レッドメインが、ヴェネチアのベッドのかたわらに座った。ミリーとヘレナは反対側をうろうろしている。

「ミス・フィッツヒューからうかがったんですが、約一時間前、意識を失ったそうですね。それにここ数日、胃がむかむかしていたとか」

「そのとおりです」

ミス・レッドメインはヴェネチアの額と手首にふれた。「熱はないし、脈拍も正常です。少し弱いですが。失神した理由について、何か思いあたることはありますか？」

「ありません。ヒラメを食べて気分が悪くなったのが、治っていなかったのかしら」

「あなたもヒラメは召しあがりましたか、ミス・フィッツヒュー？」

「はい」

「それで不調を感じましたか？」

「いいえ、そんなことはなかったと思います」

ミス・レッドメインはミリーとヘレナに向かっていった。「おふたりはちょっと席をはずしていただけませんか？　もう少しちゃんと診てみたいので」

「もちろんです」ミリーがいくらかとまどったようすで答えた。

ミリーとヘレナが部屋を出ると、ミス・レッドメインはベッドの上掛けを指し示した。

「よろしいですか？」

答えを待たずに彼女は上掛けをめくり、ヴェネチアの腹部をやさしく押した。

「なるほど」ミス・レッドメインはいった。「ミセス・イースターブルック、最後に生理が来たのはいつです？」

恐れていた質問だった。ヴェネチアは下唇を嚙み、ほぼ五週間前の日付を告げた。

医師の顔にいたわりの表情が浮かんだ。

「でも、そんなはずないんです」ヴェネチアは訴えた。「わたしは妊娠できない体なんですから」

「原因はあなたでなく、亡くなったご主人にあったのかもしれませんよ、ミセス・イースターブルック。単刀直入にうかがいますが、ここひと月のあいだで、男性と性交渉はありましたか？」

ヴェネチアは唾をのみ込んだ。「ありました」

「でしたら、お聞きになりたくないかもしれませんが、あなたは妊娠していらっしゃいます」

わかっていたことだ。はじめて朝方に吐き気を感じたときから。知り合いに既婚女性が何人もいるので、妊娠の兆候については聞いていた。けれども正式な診断を避けているうちは、体が告げようとしていることも無視できていたのだ。

でも、これ以上は無理だ。

「たしかですか、ミス・レッドメイン？　腫瘍か何かではないのかしら？」

「たしかですね」医師はいった。同情は感じられたが、口調はきっぱりとして自信にあふれていた。

ヴェネチアはシーツをつかんだ。「おなかが目立つようになるまで、どれくらいあるでしょう？」

「特別なコルセットなどを使って妊娠後期まで隠している女性もいますが、お勧めはできませんね。母子双方によくありません」

妊娠が隠しきれなくなると、レディは社交界から身を引かなくてはならない。出産の数週間前までふくらんだおなかを隠しつづけたという女性の話も、実際に聞いたことがあるくらいだ。

「でも、あなたがきいてらっしゃるのはそういうことではないのでしょうね」ミス・レッドメインは続けた。「最後の生理日から計算すると、現在は妊娠二か月と思われます。五か月か六か月目になると、おなかが目立ってくるかたが多いようです」

少なくとも、まだいくらか時間はある。「ありがとうございました、ミス・レッドメイン。このことは内密にお願いできますか？」

医師はうなずいた。「安心なさってください、ミセス・イースターブルック」

英国自然史博物館の扉が閉まるのは午後四時だったと、クリスチャンは記憶していた。いまもそうならよかったのだが。テラコッタ製の正面玄関に着いたのは五時を過ぎていた。博物館がすでに閉まっていたら、彼はわれに返り、ライオンに狙われたアンテロープのように一目散に逃げだしていただろう。しかし博物館はまだ開いていて、彼は知らぬ間に、東棟にあるクジラの骨格標本の前を通り過ぎていた。

幾度も振り返りそうになった。一度などは完全に足を止め、行く手をふさがれた教授風の男性にひどくいやな顔をされた。それでも、前に進もうとする恐ろしい衝動を抑えることはできなかった。哺乳類のコーナーを過ぎ、爬虫類の展示室に入る。

なぜなのか自分でもわからないまま、まっすぐケティオサウルスに向かった。以前、ミセス・イースターブルックと言葉を交わしたところだ。彼女は生意気なせりふを吐き、クリスチャンは敵意むきだしで応じた。

ミセス・イースターブルックの顔を見つめていないとき、クリスチャンは彼女が展示ケースの端に置いたレティキュールを見ていた。彼女の指が、なんとなしに手提げ部分をいじっていたからだ。レティキュールそのものは淡いグレーの布製で、オリーブの枝をくわえたハトの刺繍がされていた。

レティキュールが置かれていた場所には銘板があった。

〝ケティオサウルス。この化石は、オックスフォードシャーはハンプトン・ハウスのミス・フィッツヒューから寄贈された。デボン州ライムレジスにて発掘される〟

15

「よかった」手紙に目を通しながら、フィッツがいった。「姉上が街に戻ってくる」
ミリーはトーストにバターを塗っているところだった。「だったら、あなたが行かなくてすむわけね」

一週間のほとんどを、ヴェネチアは田舎で過ごしていた。航海中にかかった病気が治りきらないから、静養のためといって。フィッツはオックスフォードシャーまで送っていったものの、姉が外界を遮断して自分の殻に閉じこもってしまうのではと心配していた。そして今朝、朝食の席につくなり、一時間後に駅へ向かうとミリーに告げたのだった。

ミリーは夫の肘の脇にある、小さな手紙の山をちらりと見やった。彼は差出人に目を通し、ヴェネチアの名を見つけて手を止めると、その手紙を最初に読んだ。今度は別の手紙の封を切っている。

「それは誰から?」バターを重ね塗りしながら、ミリーはきいた。

「レオ・マースデンだ」

ミスター・マースデンはフィッツとイートン校で寄宿舎が一緒だった友人だ。婚姻無効宣告をしたあと、イングランドを離れていたはずだった。

「いまもベルリンなの?」

「いや。去年の秋からアメリカにいる。だが、今度はインドへ向かうそうだ」

インドと聞くだけで、ミリーの胸は締めつけられた。

「それはバター付きトーストなのか、それともトースト付きバターなのか?」フィッツが微笑んだ。「なんなら、バターを塊ごと持ってきてもらうかい?」

彼は気づいていたのだ。ミリーはトーストをかじった。なんの味もしなかった。

フィッツはミスター・マースデンの手紙を読み終え、返事を書く必要があるものとして脇に置いた。それから残りの封筒をぱらぱらとめくった。そこで、ふと凍りついた。

一通をゆっくりと裏返す。差出人の名前が目に入ったはずだ。あの力強い字でこう書かれている。〝ミセス・ジョン・アングルウッド、〈ノースブルックホテル〉、デリー〟ミリーは顔を伏せたままでいた。そして自分あての手紙の束に手を伸ばした。

フィッツが一枚きりの便箋を手にしているのが視界の隅に見えた。裏面がこちらを向いている。半分は空白だった。長い手紙ではない。けれどもフィッツの結婚式の日以来、連絡を絶っていたミセス・アングルウッドが手紙を書いてきたということだけでも、天地を揺るがすできごとだった。

「フェザーストーン家が晩餐に招いてくれたわ」ミリーはいった。何かいわなくては、いつもと変わらないふりをしなくては、と必死だった。「ミセス・ブライトリーがジェフリー・

ニールズ卿との結婚式の日取りを決めたそうよ。わたしたちにも出席してほしいって。ああ、それから、レディ・ランバートのガーデンパーティは中止になったわ。お父さまが亡くなられて、喪中になったから」

なんて退屈な話をしているのかしら。いやになるくらい、つまらない話。でも、しかたがない。わたしとフィッツの会話なんてこんなものだ。

もっとも、彼は聞いてもいないようだった。便箋の裏に目をやると、すぐにまたひっくり返し、最初から読みはじめた。

ミリーはもう関心のないふりはしなかった。フィッツはすさまじい集中力で手紙を読んでいる。最初はさっと目を通しただけだったから、今度はじっくり一語一語を追っていかなくてはいけないというように。

そして二度目も読み終わると、ミスター・マースデンの手紙がある〝返事を書く〟の山には置かず、慎重に、封筒も含めて上着のポケットにしまった。

ミリーは顔をそむけ、どうでもいい招待状や通知状に視線を戻した。

「ミセス・アングルウッドがイングランドに戻ってくる」フィッツがいった。やけに平板な口調だった。

ミリーは夫を見た。その知らせにまるで反応しないのも不自然だろう。

「ということは、アングルウッド大佐は退役なさったの?」

フィッツはコーヒーに手を伸ばした。「アングルウッド大佐は亡くなった」

「まあ」ミセス・アングルウッドは未亡人になったのだ。そう思うと、重たいもので頭を殴られたような感じがした。「どうして亡くなったの？　あなたくらいのお年だったはずよね？」

「熱病にやられたらしい。ちなみにぼくより五歳年上だった」

「そうなの。いつ、お亡くなりに？」

「去年の三月だそうだ」

ミリーは目をしばたたいた。ミセス・アングルウッドは未亡人というだけではない。すでに一年と一日の喪に服し、社交界にも復帰できる未亡人なのだ。

「つまり、一年以上前ということね。どうしてもっと早く知らせてくれなかったのかしら？」

「彼女によると、アングルウッド大佐の母上が体調を崩されていたらしい。長くは持たないと思われていたことから、彼が急死したとき、しばらく伏せておくことにしたそうだ。長男の死を知ったら、最期の日々があまりにつらいものになってしまうということでね。だが、結局はまわりが思った以上に長く持ちこたえた」

アングルウッド大佐の母親のことを思うと、ミリーは胸が痛んだ。お気の毒に。最後にもう一度、息子に会いたかったことだろう。「真実を話すべきだったのではないかしら。お母さまは、息子はどうして会いに来てくれないんだろうと思いながら亡くなったにちがいないわ」

「最後には話したそうだよ」フィッツが静かにいった。「その一〇日後に息を引きとられた」

ミリーの目に涙があふれた。自分の母が亡くなったときを思いだしたのだ。あのときフィッツは、母の死に目に会えるようにと、彼女のために力を尽くしてイングランドへ戻ってくれた。そのことではいまも彼に感謝している。

深く息を吸った。「ミセス・アングルウッドはいつ帰っていらっしゃるの？」

「六月だ」

八年間の契約が切れる七月の一か月前。「まだロンドンがにぎやかな時期ね。きっと楽しみになさっているんでしょうね」

フィッツは答えなかった。

ミリーはもうひと口トーストをかじり、カップ一杯の紅茶で流し込むと立ちあがった。「あら、もう時間だわ。ヘレナに用意させなくては。今朝、仮縫いがあるの。ヴェネチアに忘れないようにといわれているのよ」

「ほとんど食べていないじゃないか」フィッツが指摘した。

どうしてそんなことまで気がつくの？　なんでわたしにささやかな期待を抱かせるようなことをするの？

「あなたが食卓についた頃には、もうおなかがいっぱいだったの」彼女は答えた。「お先に失礼するわ」

クリスチャンは仕事に没頭した。

みずから所有財産の半分について入念に調べ、山のような報告書や収支計算書を読み込んだ。上院議員としての務めすら果たした。まわりの議員たちは彼を見て仰天した。レキシントン公爵は常に上院に議席を持っている。しかしながら現公爵だけは政治に無関心なことで知られ、ほとんど議会に顔を出さなかったのだ。

起きているあいだの残りの時間は、本と手紙に費やした。

もっとも、そこまでする必要はなかった。長いこと真実と合理性を追求してきたクリスチャンの脳も、いまやかつては軽蔑していた自己欺瞞《ぎまん》がすっかり得意になっていた。それゆえ、ほぼ一週間は、まるで忍び足で歩く夜盗のように、警報が鳴りそうな記憶や思いをうまく避けることができていた。

そのあと、すべてが崩壊した。結論はひとつしかない。事実を否定することはできない。明白な事実は時機を待ち、彼の心がまやかしの安心に浸りきったところを狙って、総攻撃をしかけてきた。

セイドリッツ・ハルデンベルク男爵夫人は存在しない。彼女はミセス・イースターブルックだった。自分は彼女にすべてを告白したのだ。

そう、すべてを。

ミセス・イースターブルックが〈ローデシア号〉をおりたがったのも不思議はない。クリスチャンから心の内を、葛藤する思いを残らず聞きだしたのだ。もう知りたいこともなかったのだろう。彼女が会うたびに取り澄ました顔をしていた理由がわかった。この先ずっと、ミセス・イースターブルックは顔を合わせるたびにあざ笑うのだ。彼を完全に意のままになる男と見なして。

卑劣なたくらみだが、圧倒的な成功をおさめた。クリスチャンはまんまと引っかかり、本気で彼女を愛した。自分の中のよいもの、価値あるものすべてをもって愛したのだ。〈サボイ・ホテル〉での晩餐用に作った、金箔で浮き彫りに文字や模様を印刷した献立表を暖炉に放り、続いて彼女にあてた手紙もすべて火にくべた。晩餐の日まで一日も欠かさず書いた手紙だ。しかも最後の一通は、ハンブルクから戻る〈ローデシア号〉を待ちながら書いた。信じられない。約束を反故にされ、贈り物を突き返されても、まだ手紙を書いていたなんて。書くのをやめたのは、博物館で彼女の旧姓が記された銘板を見たあとだ。

燃えている手紙を火かき棒でつついた。火かき棒はどっしりと重かった。これで何かを叩き壊したい。どれもこれも。大理石のマントルピース。金縁の鏡、セーブル焼きの花瓶。この部屋ががれきの山になるまで壊しつづけたい。

だが、自分はクリスチャン・ド・モンフォール、レキシントン公爵だ。そんなみっともない真似はできない。子供じみた怒りに身を任せるわけにはいかないのだ。心はナイフの森を引きずられてきたようにずたずたでも、威厳と落ち着きを保っていなくてはいけない。

扉をノックする音がして、クリスチャンは眉をひそめた。使用人たちには邪魔が入らないようにしてほしいといっておいた。彼らはじゅうぶん訓練されているし、有能だ。よほどのことがあったのだろう。

「ミセス・イースターブルックがお会いしたいそうです、公爵閣下」従僕頭のオーウェンズがいった。

心臓が激しく打ちはじめた。ぼくをあざ笑いに来たのか？

「客が来ても、今日の午後いっぱい、ぼくは不在だと伝えるようにいわなかったか？」

「わかっております」オーウェンズは申し訳なさそうにいった。「ですが、ミセス・イースターブルックが、公爵閣下もお会いになりたいはずだとおっしゃいまして」

たしかに、あの魅惑的な輝くばかりの美女を見たら、彼が会いたがらないとは誰も思わないだろう。

オーウェンズを責めたところで意味はない。それに彼女が訪ねてきたこと——だましていたと認めることは、本人が気づいているかどうかはわからないが、クリスチャンにとっては幸いなのだ。たぶん今日で、ふたりの関係を完全に終わらせることができるだろう。すべてを明らかにし、幻や偽りの希望をずらりと並べて撃ち落としていけばいい。

「ここで会おう」彼はいった。「五分後に」

気持ちの整理をつけるのに、少なくともそれくらいの時間は必要だった。

クリスチャンが会ってくれるとは思わなかった。ヴェネチアは少しばかり驚いた——少しばかりというのは、恐怖以外の感情はほとんど感じることができなかったからだ。恐怖は鉤《かぎ》爪《づめ》を振りかざして胃の中でふくらみ、喉まで触手を伸ばしてきていた。

ロンドンを離れたことで体調は快復した。質素な食事で、胃のむかつきやつわりはだいぶおさまった。けれどもこの先のことを考えると、心は乱れる一方だった。

幸い、旅行に出られるだけのお金と自由はある。秋から冬にかけてどこか外国で過ごし、誰にも知られずに出産して、ここイングランドで里親を探すことも可能だ。

フィッツとミリーに助けを求めようかとも真剣に考えた。ミリーも一緒に外国へ行き、彼女が子供を産んだということにしてイングランドへ戻る。いまの状況下では最善の解決策だろう。弟と義妹なら、いい親になると確信できる。そしてヴェネチアは愛情深い伯母として好きなときに子供に会い、成長を見守ることができる。

だが生まれるのが男児だったら、その子がフィッツの跡取りと見なされる。フィッツとミリーのあいだにできる最初の男の子が――いずれは生まれるだろう――正当な相続権を奪われることになるのだ。子供ができないと思われていた夫婦が、結婚後かなり経ってから授かることはままある。フィッツとミリーには子供ができないと決めつけるのは自分勝手というものだ。

あとひとつ、自分が結婚するという手もあった。適当な相手を見つけるのはさほど難しいことではないだろう。ミスター・イースターブルックのような男性はほかにもいる。あるいはすでに息子のいる男やもめであれば、ヴェネチアと結婚するためなら、血のつながった子でなくとも自分の姓を与えてかまわないと思う人がいるかもしれない。

だが、彼女の思いは公爵のところに戻ってしまうのだった。おなかにいるのはクリスチャンの子だ。自分の血肉を分けた子がほかの人間の手で育てられることを、彼はどう思うだろう。もしかすると、父親になると彼に告げるべきなのかもしれない。

けれども子供のことを話すなら、すべてを告白しなくてはいけない。そのことを考えると、まるでベスビオ山の噴火をまのあたりにしたポンペイの住人のように、一目散に逃げだしたくなる。

それでもヴェネチアはここに、クリスチャンの屋敷の控えの間にとどまっていた。てのひらは汗ばみ、胃は収縮して、心臓は苦しくなるほど激しく打っていたが。

従僕が戻ってきた。「こちらへどうぞ、ミセス・イースターブルック」

歩いていても足の感覚はなかった。いまなら踵を返して逃げだすことはできる――自衛本能がそうささやいた。クリスチャンは外まで追ってきて、彼女がどういう理由で訪ねてきたかを聞きだそうとはしないはずだ。

逃げなさい。結果までちゃんと考えていないから、できる気になっているだけよ。この告白は三〇分だけつらさを我慢すればいいという種類のものじゃない。彼がどういう反応をするか、まったくわからないでしょう。場合によっては、あなたはこの先一生、苦しみつづけることになるのよ。

従僕が書斎の扉を開けた。「ミセス・イースターブルックをお連れいたしました」

喉が締めつけられた。唾をのみ込むことすらできない。ヴェネチアは戸口で一瞬ためらい――二秒ほど？　それとも一〇〇年間かしら？――思いきって中に入った。従僕は立ち去り、背後で扉が閉まった。

すぐにマントルピースの上の写真に視線が吸い寄せられた。極度に緊張し、ほかのものは何ひとつ目に入らなかったが、その写真だけは鮮明に見えた。若い公爵と義母が木の横に並んで立っている。それぞれダーツの矢を手にして。

〝代わりに三人で木に向けて矢を投げたよ〟

クリスチャンはいつも率直に本当のことを話してくれた。わたしは正反対。だからいま、その報いを受けている。

彼は立ちあがってヴェネチアを迎えようとはしなかった。すでに窓際に立っていた。「ミセス・イースターブルック」振り返りもせず、下の通りを眺めながらいう。「おいでくださったのはどういうわけかな？」

どう話を切りだそうかさんざん頭を絞ったのだが、結局からからに乾いた喉から出てきたのは、単刀直入なひとことだった。「公爵閣下、わたしは妊娠しています」

クリスチャンがぱっと顔をあげた。異様な沈黙が部屋を覆った。ややあって、彼はいった。

「それで、ぼくにどうしろと？」

「あなたの子です」

「たしかか？」

彼は妙に冷静だった。ヴェネチアの中で驚きが恐怖を追いやった。激怒していいはずなのに、クリスチャンはまるで、思いがけない事実は彼女の妊娠だけという顔をしている。

「〈ローデシア号〉に乗っていたのがわたしだと知っているのね？　どうして？」

「そんなことはどうでもいい」突き放すような口調だ。

ヴェネチアは絨毯を見おろした。だましたことも悪いが、彼がみずからそれを突きとめたとなると、さらに状況は悪くなる。「先ほどの質問に戻って答えると、ええ、あなたの子であることはたしかよ」

「きみは裕福な女性だ。金銭を要求しに来たわけではないだろう」

「そうよ」

「ならば、どうしてほしいのだ？」

「わたし――どうすればいいか、教えてほしかったの」

「なぜぼくが教える立場なんだ？　しじゅう女性を妊娠させているとでも思っているのか？」

「そんなことないわ」

「たしか、妊娠できない体だといわなかったかな？

わざと嘘をついたと思っているのかしら？　わざわざ自分をこんな状況に追い込んだとでも？」「いったわ」

「きみが本当のことをいっていると、なぜわかる？」

「以前は不妊症だったということについて？　わたしを診察した医師の名前を教えましょうか」

「いや。いまの体の状態についてだ」

妊娠のことをいっているのだ。ヴェネチアは頭がくらくらした。「わたしが嘘をついているというの？」

口にしてすぐに後悔した。それこそ、いってはいけないことだった。

クリスチャンは機を逃さなかった。「ミセス・イースターブルック、きみはあきれるほど多くの嘘をついてきた。それは認めざるをえないだろう」

ヴェネチアは深く息を吸った。「あなたに信頼できる人間と思ってもらえるはずがないことは認めるわ。でもこの場合、妊娠してもいないのに妊娠しているふりをして、わたしになんの得があるの？　面倒なことになるだけじゃない」

「たしかに、ぼくの子をおなかに宿しても、なんの得にもならないだろうな」

会話がこういう方向に向かってしまうとは、ヴェネチアは想像していなかった。結婚していない女性がレキシントン公爵の子供を身ごもることは、それほど得になるのだろうか？　それともクリスチャンはわたしを拒絶しているの？　わたしが彼を拒絶したように。妊娠を事実と認めれば、ふたりの関係は終わりにできなくなる。この先ずっと、彼の人生についてまわることになる。

「単純な説明がもっとも真実に近いというのは、科学の原則じゃなかったかしら？」

「それで、きみの単純な説明は？」

「わたしは愚かで、妊娠する可能性を考えていなかったということ」

ようやく彼が振り返った。ヴェネチアは胸が痛んだ。クリスチャンはいっそう痩せて、頬骨がくっきり浮きでている。

「では、何を考えていたんだ？」

「なんですって？」

「きみのような女性は理由もなしに顔を隠したりしないだろう。何が目的だった？」

これまでの人生すべてについて話したかった。ハーバード大学での講演を聞いたこと、まちがって届けられた花束に怒りが爆発し、いささか常軌を逸した計画を思いついたこと。けれど、彼と会ってその計画は崩壊した──本気で好きになってしまった──こと。そうしたすべてを知ってほしかった。いままでは、彼を愛していると気づいたときに正体を明かさなかったことこそ、人生最大の過ちだったと思っている
だが、信じてはもらえないだろう。いまは無理。いいえ、たぶん永久に信じてもらえない。クリスチャンは事実のみを検証することに慣れている人間だ。そして、これは議論の余地がない事実だ──ヴェネチアが身分を偽って彼を誘惑したこと、結婚の申し込みまでさせたこと、急に姿を消して再会の約束も破ったこと、そのくせ彼と話し、踊り、苦悩するようすを眺めていたこと。

気持ちが変化していったという話は聞きたくもないだろう。別れがどれほどつらかったかも。別人として、嫌悪の目で見られながら彼の前に立つのがどれほど苦しかったことか。感情は科学的に証明できない。だから考慮するわけにはいかない。無意味だし、無関係だ。

わかっていたことだ。こういう結果になることは最初からわかっていた。けれども妊娠し

たことで、良識が吹き飛んでしまったらしい。不安に怯えながらも、一片の希望は持っていた。すべてを合理的に、クリスチャンにも納得してもらえるよう説明できれば、自分の気持ちをわかってもらえるのではないかと。

ヴェネチアの愛こそ、この物語の中で唯一、ほかとは相容れない不合理な要素だというのに。

「ほかに何かいうことはないのか？」

氷のように冷ややかな声を聞いて、ヴェネチアの全身を痛みが走った。猛烈な非難を浴びることは覚悟していた。怖かったが、それでも無反応よりは非難されたほうがましだと、いま気づいた。怒りは感情の表れ、激しい心の動きだ。けれど無反応は――何もない。相手が無反応では、何をいっても無駄だ。愛していようと、どうしようもなく恋い焦がれていようと。クリスチャンをひと目見たいがために、タウンハウスの前で何時間も待っていようと。未来を夢見ようと、いつかこの袋小路を抜けて前に進みたいと願おうと。

これほどまでに軽蔑もあらわな態度を見せられては、ヴェネチアとしては美貌を武器にするしかなかった。好むと好まざるとにかかわらず、美しき社交界の花を拒絶できる男性はいない。

「わかるでしょう、わたしはあなたの心がほしかったのよ」彼女はいった。

暖炉では勢いよく火が燃えているにもかかわらず、クリスチャンの体は冷たかった。庭で雨にふるえる木々のように冷たい。

「なぜぼくの心がほしかったんだ？」

ミセス・イースターブルックは微笑んだ。「引き裂いてやりたいからよ。わたしはハーバードでの講演会に出席していたの」

どうしてこれほど残酷な女性が美しいのだろう？　彼女はまばゆいばかりに美しい。

「ぼくの話のせいか？」

「そのとおりよ」

「あれは本心ではない」

「そうかもしれないわね。かなわぬ思いがいわせたんでしょう？」

クリスチャンは目の端が引きつるのを感じた。ようやくわかった――自分が誰を相手にしているか。「見事な計画だ」彼はゆっくりといった。「卑劣だが、見事だ」

彼女が肩をすくめた。「でも結局、子供ができてしまった。わたしとしては、もうあなたのことはきれいさっぱり忘れたかったのに」

なんの脈絡もなく、クリスチャンは愛する人の膝に頭をのせ、髪を指で梳いてもらいながら、とりとめのないことを語り合っている場面を思い浮かべた。そっとしておくべきだった。そうすれば、少なくとも思い出に浸ることはできただろう。いまは何もない。いや、何もないより悪い。

「当然そうだろう」抑揚のない声で答えた。

「というわけで、長らくお邪魔をいたしました」ミセス・イースターブルックが明るい声でいった。「もうおいとまするわ。ひとりで帰れますから」

彼女が扉に手をかけたところで、クリスチャンはわれに返った。「まだ話は終わっていない。子供のことをどうするか、話し合っていないじゃないか」

ミセス・イースターブルックはまた肩をすくめた。「わたしのような女は、子供ができてもさして面倒なことにはならないの。誰か結婚してくれる人を探すわ。いってみれば、新しい帽子を選ぶくらい簡単なこと。最近は帽子作りにも手間と時間がかかるのよ。このあいだなんて縁飾りを全部決めるのに、なんと一時間もかかったわ」

クリスチャンは疑わしげに目を細めた。「気の毒なまぬけ男が、そうとは知らずに他人の子を育てることになるのか?」

レキシントン公爵が眉をひそめると、まわりがしんとなるといわれている。だが、ミセス・イースターブルックにはなんの効果もなかった。

「あなたがそうしてほしければ、相手に本当のことを話すわ。父親が誰かも話してほしいの?」

彼女は笑った。自分の皮肉がよほどおかしかったらしい。風鈴のような、澄んだ音楽的な声だ。これほど傲慢で薄情な女性なのに、なぜか完璧と思えないところはひとつもない。

「きみと結婚するような愚かで単純な男のもとで、ぼくの子供を育てさせるわけにはいかない」

「その〝愚かで単純な男〟の中に、あなたは含まれていないのかしら？　記憶が正しければ、あなただってわたしに結婚を申し込んだはずよ」

わざと思いださせているのだ。クリスチャンの中で怒りと恥辱が激しくせめぎ合った。胸が煮えたぎるようだ。「ぼくが結婚したかったのはセイドリッツ・ハルデンベルク男爵夫人だ。自分は愚かな男かもしれないが、きみと結婚したがるほど愚かではなかった」

彼女が微笑んだ。傲慢で不遜《ふそん》な笑みだ。「一日中ここに突っ立って侮辱し合ってもかまわないけれど、公爵閣下、わたしには約束があるの。それに新しい帽子を選ばなくては。普通の家庭で子供を育てさせるわけにいかないというなら、ほかにもっといい解決策を考えてくださらないかしら。ただし醜聞はごめんんよ。わたしには未婚の妹がいますからね」

「妹さんの命にかけて、きみのおなかにいるのはぼくの子だと誓うか？」

「誓うわ」

「ならば結婚しよう。子供のために。いっておくが、もしきみが嘘をついているとわかったら、理由をおおやけにして離婚する」

ミセス・イースターブルックは一分ほどクリスチャンを見つめた。瞳は澄みきって、感情を読みとることができない。「結婚に同意さえすれば、ウエディングドレスも結婚朝食会も必要ない、ということでいいかしら」

「それでいい。特別結婚許可証を取得しておく。法律では複数の証人の前で結婚することになっているから、きみはよければ家族を連れてくるといい。ぼくのほうは、喜ばしい話ではないのでやめておく」

「それでそのあとは？　別々の道を行くわけ？」皮肉たっぷりのふざけた口調だ。

「きみに任せる。自分の家に帰ってもいいし、ここに住んでもいい。どちらでもかまわない」

「胸が高鳴るわ。こんなすてきな結婚の申し込みは受けたことがないの」

クリスチャンの右目の端がまたぴくりとした。

彼女は扉の取っ手に手をかけた。「二週間で許可証が取れるでしょう、公爵閣下。そうしたら、わたし、夫が必要な状態にあることを周囲の人たちに伝えるわ」

16

マダムへ

特別結婚許可証が入手できた。明日の朝一〇時にセントポール教会で式をあげる。

レキシントン

公爵閣下

やはりあなたの屋敷に住むことにしました。すぐに暮らせる状態だといいのですが。

ミセス・イースターブルック

マダムへ

明日の午後、アルジャーノン・ハウスに移る予定でいる。

レキシントン

公爵閣下へ

もちろん、それが新婚旅行ね。了解しました。

ミセス・イースターブルック

追伸　わたしのために、俊足かつ疲れ知らずで気性の穏やかな牝馬一頭と、ラベンダーの香りがするシーツをご用意いただきたいわ。

ヴェネチアはミスター・イースターブルックと結婚したときに着た、ブルーの紋織りのドレスをまだ持っていた。だが、明らかに散歩用ドレスとはちがうそんな装いで家を出るわけにはいかなかった。

　クリスチャンが結婚を申し込んできたということが、いまだに信じられない。彼に対してさんざん嘘をついてきたことを思えば、いまヴェネチアは、彼が嘘をついたからといって文句はいえない。これが残酷な悪ふざけだったとしても、自分を責めるしかないのだ。

　一五分前に教会に着いた。クリスチャンはすでに来ていた。信者席に座り、頭を垂れている。

　足音が聞こえたのだろう、ゆっくりと立ちあがり、振り向いた。そして眉をひそめた。彼はモーニング姿だった。紳士が昼間に着るものとしてはもっとも正式な――自身の結婚式にふさわしい装いだ。一方、ヴェネチアは公園を散歩してきて、ふと教会の内装が気になってのぞいてみたといった風情だった。

「来たわ」彼女はいった。「お待たせしなかったでしょう?」

　クリスチャンの表情が曇った。いまさらながら、〈ローデシア号〉では待つのが楽しいと彼がいっていたことを思いだした。どうやらわたしは、ことごとくまちがったことを口にする才能に目覚めはじめたらしい。

「では、始めよう」彼は冷ややかにいった。

「証人はどこに?」

「聖具室で花を活けている」

牧師は祭壇の前で待機していた。近づいてくるヴェネチアを食い入るように見つめている。危険な兆候だ。わたしは男性にある種の影響力を持っているとクリスチャンにいったが、あれは誇張ではない。誰も彼もというわけではないし、年がら年中というわけでもないが、その影響力が発揮されると紙吹雪のごとく申し込みが殺到し、しまいには全員が傷ついて終わることになる。

牧師の額には汗がにじんでいた。「あなたは――」

「ええ、わたしは公爵閣下と結婚します」ヴェネチアは早口にいった。「証人を呼んでいただけますか?」

それでもじゅうぶんではなかったようだ。「お会いしたことはないはずですが」牧師が続けた。「あなたは、あの――」

「急なお願いでしたのに、結婚式を執り行ってくださって本当に感謝しております、牧師さま。こちらの教区のためにできることがございましたら、なんなりとおっしゃってくださ い」

牧師は咳払いした。「あ――あの、え、ええ。そうさせていただきます」

ヴェネチアはほっと安堵の息をついた。ちらりと公爵のほうをうかがうと、冷めた顔つきをしている。彼女は牧師がばかなことを口走るのを止めたのだが、クリスチャンは彼が何をいわんとしたか想像がついているのだろう。

そしてそのことで、ヴェネチアを責めているのだ。

証人が呼ばれた。われに返った牧師は、いまはヴェネチア以外のところに視線を向けていた。早口で祈りを唱え、誓いの言葉を繰り返すよう求めた。

彼女は歯切れの悪い牧師のせりふを復唱した。悲しくて、体がふるえてくるのをどうしようもできなかった。わたしは何をしているのだろう？　クリスチャンがいつかまた〈ローデシア号〉でそうしてくれたようにわたしを愛してくれるのではという幻想に、まだしがみついているの？　そしてその願いに一生を捧げようと？　希望と愛情から始まった結婚だって、悲惨な結果を迎えることがある。なのに、この夫婦に――敵意と不信感でつなぎ合わせたようなこの夫婦にどんな未来があるというの？

クリスチャンは淡々と誓いの言葉を述べた。フィッツがラテン語の語形変化を暗記しているときだって、もう少し気持ちがこもっていたと思うくらいだ。起きているあいだは片時も離れたくないといった人はどこへいったの？　一緒にいるためなら、どんな障害もはねのけようとした人は？

最悪なのは、〈ローデシア号〉でのふたりこそ真の姿だということだ。けれども今日結ばれたのは、互いの表の顔だ。社交界の花と高慢で冷淡な公爵という表の姿。

わたしがもう一度、彼の真の姿を見ることはあるかしら？　そして、わたしが彼に真の姿を見せることはあるの？

ヘレナは気が変になりそうだった。

紙がまた値上がりした。待っている原稿が二件、まだあがってこない。新しい看守――メイドのスージーは事務室の外で、一〇〇歳のカメ並みの忍耐強さでハンカチに刺繍を施している。いずれも、アンドリューが約束どおりに、今朝〈フィッツヒュー出版〉を訪れ、刷りあがったばかりの『東アングリアの歴史　第二巻』を受けとっていたら、大きな問題とも思えなかったのだろうが。

ヘレナがイングランドに戻って三週間が経っていた。長く、いらだたしい三週間だった。ことにトレメイン卿の舞踏会の翌日、アンドリューから最後の手紙をもらって以降は。それは、卑屈なくらい弁解がましい手紙だった。道を誤ってしまった、これ以上ヘレナの評判を危険にさらす真似はできない、というようなことが書いてあった。

評判がなんだというの。誰もわたしの幸せを考えてはくれないの？

アンドリューの母親は、みなが心配した熱病からすっかり快復したようで、催しの折には姿を見かけるようにすらなった。けれどもアンドリューのほうは、社交の場から遠ざかったままだ。ミリーと一緒に馬車に乗っているとき、一度ばったり顔を合わせたが、その際は微笑んで会釈するのがせいぜいだった。

そして、今日は約束の時間に現れなかった。

ヘレナは事務室の中を行ったり来たりした。いらだちは募る一方だ。そこで腰をおろし、手紙の束に目を通した。原稿の入った包みを開ける。子供向けの本の原稿だ。〈フィッツヒュー出版〉は児童書は出していない。だが一ページ目の二羽の小さなアヒルの挿し絵があまりにかわいらしかったので、ついページを繰った。

そのまま、魔法のようなひとときにわれを忘れた。

原稿は、同じ愛らしい動物たちが登場する一二の小編からなっていた。そのどれもが面白かった。ただし順番がいただけない。少々入れ替えて、季節ごと、時系列に並べたほうがいいだろう。第一作は九月に刊行する。それから続く一一月、一月に一冊ずつ出していく。人気が出れば、次のクリスマスには全一二巻の箱入りセットを発売できるだろう。

ヘレナは個室を出て、その先の待合室に飛び込んだ。

「ミス・ボイル、すぐに手紙を書いてちょうだい、あて先は——」手元の原稿を見おろす。「ミス・エヴァンジェリン・サウス。短編集の版権に、一二〇ポンド払うと伝えて。権利を手放したくなければ、販売数に応じた歩合制でもいいけれど。すぐに返事を——」

ヘイスティングス卿が窓際に座って、紅茶を飲んでいた。

「ここで何をしているの？」

「ボランティアさ。きみを迎えに来てあげたんだよ。ミセス・イースターブルックが家族だけの昼食会を開くそうだ」彼は答えた。「ところで、きみのところも電話を設置すべきだな。そうすればぼくも、わざわざ足を運ばなくてすむ」

「わざわざ来てくれなくてけっこうよ。でも、それがボランティアの定義ではないの？」ヘレナはいい返した。「だいいち、どうしてあなたが家族だけの食事会に加わるの？」

「ぼくも出席するとはいっていない。きみをフィッツの屋敷に送っていくだけだ」

「でも、ミス・ボイルに――」

「〈ハロッズ〉で食べるものを注文してきた。きみのところの従業員は豪華な昼食をとることができる。さあ、行こう。馬車が待っているぞ」

メイドや秘書の前で口にできるような反論の言葉も思いつかず、ヘレナはミス・ボイルへの指示を終えると上着のボタンをとめ、ヘイスティングスの前を歩いて戸口を抜けて馬車に乗り込んだ。

「期限が最低四二年間の版権で一二〇ポンドとは――いささか安すぎないか？」御者に馬車を出すよう合図しながら、ヘイスティングスがいった。

「ミス・オースティンは『自負と偏見』の版権で、たったの一一〇ポンドしか受けとっていないのよ。しかも当時はナポレオン戦争のための歳出がかさんで、ポンドが相当弱かったのに」

「買い叩かれたんだ。きみも同じようにミス・サウスの原稿を買い叩くわけか？」

「ミス・サウスには交渉の権利があるわ。それに、いますぐまとまったお金がいるわけではないなら、歩合制にするという選択肢もあるのよ」

ヘイスティングスがにやりとした。「きみは抜け目のない女性だな、ミス・フィッツヒュー」

「ありがとう、ヘイスティングス卿」

「だからこそ、いっそう不思議なんだ。きみがミスター・マーティンに何を見ているのか」

「だったら、わたしが見ているものを教えてあげるわ。率直さ。豊かな想像力。皮肉がいえないところ」

「ぼくが彼をどう見ているか知っているかい、ミス・フィッツヒュー？」

「さあ」

「ずばり臆病者だ。きみと出会ったとき、彼は婚約すらしていなかったんだろう」

何かにつけて痛いところにふれてくるのが、このヘイスティングスという男だ。

「いろいろ支障があったの」

「男なら、そんなものは乗り越えて当然だ」

「誰もが自分のためだけに生きているわけではないのよ」

「だが、きみとぼくはそうだ」

一年前なら、無条件に反論しただろう。けれどもいまは、自分はちがうといえば偽善者になってしまう。ヘレナは窓に顔を向け、いま一度思った。あのとき、母親に刃向かうようアンドリューに迫っていれば。

そうしなかったことで、ヘレナは変わった。おおむね、いいほうに変わったのだが。遺産を相続することになったとき、一瞬もためらうことなく出版事業の資金にした。もうひとつの夢は手放すまいと思ったからだ。会社が軌道に乗ると、アンドリューに書きかけの原稿を完成させた。その第一巻は出版されるなり好評を博し、何か月ものあいだ彼は大喜びで、ヘレナに会うたびに言葉を尽くして感謝の念を示した。

一方、アンドリューを失ったことで、ヘレナの心は見えない扉を閉ざしたようだった。ふたりが分かち合った幸せは、このうえなく神聖なものとなった。ほかの男性は決して彼の代わりになれない。なろうとすることすら許されない。

結局、ヘレナは手に入れられなかったものを――理想を追っているのだった。

手にした報告書に目を通しながら、フィッツがひゅうっと口笛を吹いた。ミリーは荒れ果てた地所を相続する前の彼を知らない。人生の希望を無残に押しつぶされたあとも、彼はほんの短期間をのぞいて、常に完璧な威厳を持って行動し、失望を押し隠して仕事に没頭してきた。

家で私室にいるときに口笛を吹くことが威厳に欠けるというわけではない――もっと前から、そんな陽気さが垣間見られたらよかったのに、とミリーは思う。ミセス・アングルウッドの手紙に刺激を受ける前に。

彼と一緒になってから、いいときもたくさんあった。クリスマスの集いはヘンリー・パークの楽しい恒例行事になったし、友人たちは八月の狩猟パーティを楽しみにしてくれている。何より、破産寸前だった〈クレスウェル・アンド・グレイヴス〉を立て直し、いまのような健全な企業に成長させた。

しかし、そうした成功の数々も、フィッツに口笛を吹かせることはなかった。口笛だけではない。彼の目は遠くを見つめ、唇は知らず知らずほころんでいる。全人格が変わってしまったようだ。収支報告書を読み、借地人や銀行相手に仕事をする真面目な既婚男性から、夢と冒険を胸に抱いた悩みのない少年へと。

運命が過酷な手を伸ばしてくる前の、かつての少年に。

それはミリーが夫とは分かち合うことのできないものだ。彼女がフィッツの人生に現れるまで——現れると同時に終わった——彼が送っていた気ままで華やかな青春時代の。

「いきなり昼食会に招待したりして、みんなに迷惑をかけていないといいけれど」

ミリーははっとして物思いから覚めた。ヴェネチアがぶらぶらと客間に入ってきた。今日の彼女はまた、言葉も出ないほど美しい。「そんなことないわよ」ミリーは答えた。「わたしはうちにいたし、お客さまは大歓迎ですもの」

フィッツは報告書を脇に放り、姉に微笑みかけた。「朝食のときはいなかったが、どういうわけで——」

彼が言葉を切った。同時にミリーも気づいた。ヴェネチアの左手に指輪がはまっている。

「そうなの」彼女は結婚指輪を見おろした。「わたし、ひそかに結婚したの」

仰天して、ミリーは夫を見やった。だがいつもながら彼は、さほど動揺を顔に出してはいなかった。

「その幸運な男は誰なんだ？」

ヴェネチアが微笑んだ。幸せそうといっていいのかどうかはわからなかったが、まばゆいばかりの笑みで、ミリーは目がちかちかしてくるほどだった。「レキシントン公爵よ」

今度ばかりはフィッツも、ミリーと同じくらい驚いた顔をした。「興味深い選択だな」

ヘレナが部屋に入ってきた。「どうしてまたレキシントンの話になっているの？」

ヴェネチアは左手を妹のほうへ差しだした。金の指輪が柔らかく輝いた。

「結婚したの、レキシントン公爵とわたし」

ヘレナは噴きだした。だが誰も笑わないので、ぽかんと口を開けた。「本気じゃないんでしょう、お姉さま。まさかよね」

ヴェネチアは上機嫌のままでいった。「さっき調べたかぎりでは、今日はエイプリル・フールではなかったはずだけど」

「でも、どうして？」ヘレナが叫ぶ。

「いつ？」フィッツも同時にきいた。

「今朝よ。明日の新聞に告知が載るわ」ヴェネチアはまた微笑んだ。「彼の博物館を見るのが待ちきれない」

ミリーは一瞬ぽかんとしたが、すぐにレキシントン公爵が私設の博物館を持っていること、ヴェネチアがそれに強い関心を示していたことを思いだした。でも、あれは海の向こうでの話だ。しかもお芝居だったはず。このうれしそうな顔も、すべてお芝居なのかしら？

「だけど、なぜこんなに急に？」ミリーはたずねた。

「どうして何も話してくれなかったの？」ヘレナは憤った。「わたしたちが止めたのに。めちゃくちゃよ、そんな決断」

フィッツが眉をひそめた。「ヘレナ、結婚式当日にそんなことをいわなくてもいいだろう」

「あなたはあの場にいなかったじゃない」ヘレナがいらだたしげにいい返す。「あの男がお姉さまにどんなひどいことをいったか、聞いていなかったくせに」

フィッツが考え深げにヴェネチアを見やった。視線をおなかのあたりに落とす。ほんのつかのま、さりげなく目をやっただけだ。注意して見ていなかったら、ミリーも気づかなかっただろう。

「本当のことを話してくれ、姉上」彼はいった。「航海は楽しかったのか？」まったく無関係な質問と思われたが、ミリーが驚いたことにヴェネチアは頰を赤らめた。

「ええ」

「レキシントンという男は信用できるのか？」

「できるわ」

「ならば、おめでとう」

「お祝いの言葉なんていってはだめよ」ヘレナはいい張った。「この結婚は恐ろしいまちがいなんだから」

「ヘレナ、ぼくの前で義理の兄をけなすのはやめてくれないか。姉上の中でレキシントン公爵の評価があがったのなら、きみも偏見は捨てて、本人の判断を受け入れるべきだと思う」

フィッツはめったに家長の権限を振るうことはないが、彼の穏やかな叱責は反論を許さなかった。ヘレナは下唇を嚙み、そっぽを向いた。ヴェネチアが驚きと感謝の入り混じった表情で弟を見た。

「すぐに新婚旅行に発つのかい、姉上？」フィッツがきいた。

「ええ、今日の午後に」

「では、ぼんやりしてはいられない」彼はいった。「これから出発までに山ほどやることがあるだろう。さあ、食事を始めないか？」


紳士は結婚指輪をしないものなので、クリスチャンがすぐさま公爵未亡人から質問を浴びせられることはなかった。しかし彼女は、よほど大事な話でなければ、義理の息子がふたりきりで会いたいといってくることはないとわかっていた。

ふたりは互いに話のきっかけを待っていた。クリスチャンは義母とミスター・キングストンがシーズン中に借りたタウンハウスの住み心地をたずね、彼女のほうは家についている小さいながら美しい庭の話をした。食事も終わる頃になって、ようやく彼の私生活に話題が及んだ。

「〈ローデシア号〉で出会ったレディから、何か知らせはあったの？」

クリスチャンは目の前に置かれたコーヒーをかきまわした。「義母上は約束を守らない人間をぼくがどう思っているか、ご存じでしょう」

公爵未亡人は例の晩餐の翌朝、手紙を書いてきた。クリスチャンはありのままに答えた――失望したと。同じ手紙の中で、彼女が現れなかった理由を突きとめるつもりだ、何かわかったら義母にもただちに伝えると書いた。だが、その後は何も話していなかった。

「だから気持ちが冷めたということ？　なぜ彼女が約束を破ったかを、突きとめるのではなかったの？」

「ええ、実をいうと、もう突きとめたんです」

コーヒーは熱くて美味だった。〈ローデシア号〉での最初の晩、ミセス・イースターブルックがテーブルに近づいてきたときに飲んでいたコーヒーと同じ味だ。あの晩の彼女はなんともいえず官能的だった。以来、ブラックコーヒーを飲むたびに、あのとき感じた胸の高鳴りを思いだす。

クリスチャンはたっぷり砂糖とクリームを入れた。「残念なことに、ぼくが人生を変えるできごとと思っていたものも、彼女にとっては遊びにすぎなかったようです」

公爵未亡人はネッセルローデ・プディング（栗など刻んだ木の実とマラスキーノチェリーなどの砂糖漬けの果物を入れ、リキュールまたはラム酒で風味づけた冷凍プティング）の残りを脇に押しやった。「まあ、クリスチャン、気の毒に」

義母上には、ぼくの気持ちはわからない、とクリスチャンは思った。「その話はよしましょう。もう過ぎたことです」

「そうなの？」

時間が経っても苦痛と屈辱感はやわらがなかった。逆に衝撃が薄れたいま、彼女がすべてを巧妙に仕組んだことがはっきりしてきて、記憶のひとつひとつが、開いた傷口がうずくように痛んだ。

「彼女はぼくを利用し、捨てたんです。彼女について、それ以上いうことはありません」とはいえ、彼女の話を続けなくてはならないのだが。「ぼくの話というのはそれとは別です。実は結婚したんです」

「ごめんなさい、聞きまちがえたようだわ。なんといったの？」

「今朝、ミセス・イースターブルックはぼくの妻となりました」

公爵未亡人は呆然とクリスチャンを見つめた。彼が本気でいっているのだとわかると、まさかという顔が驚きの表情に変わった。「どうしてわたしは何も聞かされていなかったの？なぜ挙式の場にいなかったの？」

「極秘であげることにしたので」

「どうしてそこまで急ぐ必要があったのかわからないわ。それになぜそうまでして、まわりに隠さなくてはならなかったのかも。特別結婚許可証を取るあいだにだって、わたしに打ち明けるくらいの時間はあったでしょうに」

彼女はクリスチャンにとって母親にいちばん近い存在だ。それなのにさんざん心配させ、今度は傷つけてしまった。それもこれも、自分がだまされていたことにも気づかない大ばか者だったからだ。「申し訳ありません。どうか許してください」

公爵未亡人はかぶりを振った。「怒ったわけではないのよ。ただ、あまりに驚いたものだから。どうして極秘結婚なの？　なぜミセス・イースターブルックなの？　彼女には好意を持っていないという印象を受けていたのだけれど」

「好意は持っていません」少なくともそれは事実だ。

「だったら、どうして結婚したの？　妻をまるで献立表から料理を選ぶみたいに選ぶのね。もうステーキは残っていないから魚にする、みたいに。わたし――すっかりあなたのことがわからなくなったわ、クリスチャン」

そのうえ義母を失望させたのだ。いわれるまでもない。人生最大の行事から彼女を締めだし、なんでもないことのように――少なくともそういう印象を与えて――結婚に踏みきる彼は、義母からすれば赤の他人のように感じられることだろう。

クリスチャンはこわばった声でいった。「ぼくは義務を果たしたんです、義母上。もう式はあげました。理由については深く追及しないでください」

公爵未亡人は悲しげな顔で彼を見た。「大丈夫なのね、クリスチャン？」

「大丈夫でしょう」そう答えて、いい直した。「大丈夫です」

「奥さまのほうは？〈ローデシア号〉のレディのことは知っているの？」

苦々しい口調になるのはどうしようもなかった。「知らない人間がいるんですか？」

「気にしていないの？」

「気にしているとは思えませんね」

「クリスチャン――」

「失礼は承知ですが、義母上。公爵夫人と――」その言葉を口にすると、砂をのみ込んだような感じがした。「ぼくはこれから新婚旅行へ出発することになっているんです。ぐずぐずしていられない」

「クリスチャン――」

彼は公爵未亡人の手に自分の手を重ねた。「ぼくはイングランド中の男からうらやましがられることになるでしょう。喜んでください、義母上」

クリスチャンが義母を見送ると同時に執事がたずねた。「フィッツヒュー伯爵がいらしています。お会いになりますか？」

花嫁の弟は、美しいミセス・イースターブルック――いや、元ミセス・イースターブルックを正式な手続き抜きで妻にしたクリスチャンに、ひとこと文句をいいにやってきたのだろう。「会おう」

そしてフィッツヒューが招き入れられた。驚くほど姉に似ている。彼女はなんといっていた？〝弟と妹がいるわ。どちらも二歳年下。双子なの〟そこで気づいてもよかったのだ。ミセス・イースターブルックの家族構成についてはよく知っていたのだから。だが〈ローデシア号〉で彼女が自分の下に、隣に、上に横たわっているとき、ミセス・イースターブルックのことはまったく頭に浮かばなかった。

「ぼくの結婚を祝って、コニャックで乾杯でもしていただけるのかな」クリスチャンは伯爵と握手をしながらいった。義理の弟となった男性に無礼な態度を取る理由はない。

「アルコールは消化の妨げになりますから。コーヒーならごちそうになりますが」

クリスチャンはベルを鳴らし、飲み物を持ってくるように命じた。

「みな、驚いているんです」フィッツヒューは背の高い椅子にゆったりと座って口火を切った。「あなたが姉に求愛しているとは誰も知らなかった」

実をいえば求愛したことはない。「秘密にしていたんです」

「あなたが姉について好意的とはいえない話をいろいろしたというのは興味深いですね。しかもふたりのうちで、腹を立てているのは姉ではない。あなたのほうだ」

こちらは完璧に近い復讐をする機会に恵まれなかっただけだ。「申し訳ないが、個人的な感情のことを、実質的には他人同然のかたと話し合うつもりはない」

「もちろんぼくも、打ち明け話をしてほしいといっているわけではありません」

伯爵のきわめて理性的な態度に、クリスチャンは驚きを禁じえなかった。

「姉も個人的な感情は胸の内にとどめておきたいと考えている。ですが、きょうだいとしてはいろいろ目に入るし、それなりの結論を引きだしたりもするわけです。むろん、ぼくには姉の承諾なしに彼女の個人的なことがらについて論じる権利はありません。ただミスター・イーストーブルックの死に関しては、誰にもはばかることなく、いくつかいえることがあります」

ミスター・イーストーブルック。ひとりで死んでいったという、裕福な二人目の夫か。

「どんなことです？」

「ぼくの妻が書いてきた手紙によると、あなたは姉が死の床にある夫を見捨てたと誤解をなさっているようだ。ぼくはあの日、その場にいました。あなたの思い込みを、真実とはかけ離れていると断言することができます」

「彼女がベッドのかたわらにいて、ご主人が息を引きとるまで手を握っていたというのですか？」

「そうではありません。姉はぼくの妻と一緒に階下にいました。そして、ミスター・イースターブルックの家族を足止めしていたんです。女主人として面会を拒否し、みなが客間から一歩も出ないように気を配っていました」

「なぜそんなことを？」

「ミスター・イースターブルックの隣には、彼が臨終のときにそばにいてほしいと願う人物がいて、手を握っていたからです。家族がいたら、彼の願いは拒絶され、その人物は追いだされていたでしょう。姉は夫に忠実でした。ぼくたち全員がそうでした。ヘイスティングス卿と妹が階段の前に、ぼくは寝室の扉の前に立っていました。姉の目をかいくぐって、誰かが入り込むことのないように」

ミスター・イースターブルックの家族はそれを快く思わず、のちに姉の評判を落とすようなうわさを流しました。亡き夫を守るために、姉は沈黙を通したんです」

クリスチャンは書き物机に置かれた万年筆の真ん中に指を置いた。「ミスター・タウンゼント――彼に関しては、何かいうことはないのですか？」

「彼の話は、姉がぼくに話してほしくない私的なことがらに入ると思います」

「自殺だったのですか？」

「いま申しあげたとおり、ぼくがお話しすることではありません」

コーヒーが運ばれてきたが、フィッツヒューはすでに椅子から立ちあがっていた。

「帰ります。結婚式の日に、花婿にこれ以上時間を取らせてはいけませんので」

写真の中では、みなまだ若い。恐竜の骨は別にして。ヘレナは一四歳、それでもきょうだいの中でいちばん背が高い。双子のかたわれがいきなり成長して、彼女の身長を抜く前に撮られた一枚だ。フィッツは必死に笑いをこらえているような顔をしている。この頃の彼の写真は、どれも人生のあらゆることを楽しんでいる少年のはじけるような快活さに満ちている。ヴェネチアはといえば、決戦に勝利した将軍さながらの得意げな顔で、ケティオサウルスの腰骨を素手でつかんでいた。

別の場所へ向かうのであれば、写真を持っていくことはためらわなかっただろう。何はさておき、荷物に詰めたにちがいない。けれどもこの写真をクリスチャンの屋敷に置いておきたいのかどうか、自分でもよくわからなかった。彼女を——男爵夫人を発掘旅行に誘ったこと、夢を追いつづけるよう熱心に勧めたことなど、クリスチャンは思いだしたくもないにちがいない。

写真を伏せて置き、振り返った。フィッツの執事のコブルが寝室の開いた戸口に立って、声をかけられるのを待っていた。

「どうかしたの、コブル？」

「レキシントン公爵未亡人がいらしています」

ということは、クリスチャンは義母に結婚のことを話したのだ。どう思われたのだろう？

「すぐ緑の客間へおりていくわ」

また社交界の花を演じなくてはいけない。

緑の客間に入ると、ヴェネチアは微笑んだ。「これは公爵未亡人、いらしていただけて光栄に存じます」

効果はてきめんだった。公爵未亡人はためらい——まるで明るすぎる光をまともに浴びたというように目を細めた。

ヴェネチアは大仰なしぐさでたっぷりとしたスカートを払い、椅子に座った。

「お祝いにいらしてくださったのでしょうか？　レキシントン公爵と結婚できるなんて、わたしは天にものぼる気持ちです」

この発言に、年上の女性は白けた顔をした。「本当にそうお思いなの、公爵夫人？」

〝公爵夫人〟ヴェネチアはいまやレキシントン公爵夫人なのだ。

「わたし、化石が好きなんです。とくに白亜紀の。公爵は立派なコレクションをお持ちでしょう？　私設博物館を訪ねるのが、いまから楽しみなんですのよ。いずれそこでお仕事をさせていただけたらと思っているくらい」

公爵未亡人も、こんな答えは予想していなかったようだ。「あなた、化石のためにあの子と結婚したの？」

「英国自然史博物館にある、わたしが発見した恐竜の骨、ご覧になりました？　見事な骨格標本なんですよ。もう一度発掘したいと、もう一〇年も機会を待っていたんです。レキシントン公爵の妻になれば、発掘旅行にもついていけますでしょう？　大人になってから、ずっと夢見ていたことなんです」

公爵未亡人がスカートを指でぎゅっとつかんだ。「花婿のことはどうなの？　彼にも愛情を感じているんでしょう？」

ヴェネチアはできるかぎり女っぽく、軽薄な口調で答えた。「発掘旅行に連れていってくれる男性ですもの、愛さずにはいられませんわ」

公爵未亡人は立ちあがると、客間の隅の日本製の衝立まで歩いた。衝立には、満開の桜の木の下に座る着物姿の女性が描かれている。手を顔にあて、花の重みで地面すれすれまでしだれている桜の枝のように、沈んだ陰鬱な表情をしていた。

飲み物が運ばれてきた。ヴェネチアはカップに紅茶を注いだ。「次はアフリカへ行くことになると思います。カルー高原の地層は爬虫類の化石の宝庫と聞いていますから。お砂糖とミルクはどうなさいますか？」

公爵未亡人が振り返った。

「ついこのあいだ、彼があなたに対してずいぶんと否定的な意見を口にしたことは気にしていらっしゃらないの？」

「誤解はすぐに解けましたもの」

「彼が別の人を愛していることも？」

ヴェネチアはティーポットを置いて、クリーム入れに手を伸ばした。何年も化石を掘ってきたわりには、ほっそりとしてきれいな手だ。彼女はその手が最大限に美しく見えるようにした。「〈ローデシア号〉の女性の話でしたら、彼は失望させられたのではなかったかしら」

「残念賞であなたは満足なの？」

彼にとって自分が〝賞〟でさえあるなら、なんの賞でもかまわない。「それを決めるのはわたしです。わたしはもう決めたんです」

公爵未亡人はようやくまた椅子に座った。しかし、その顔にもはやとまどいはなかった。

「ヴェネチアの向かいにいるのは、子を守ろうとする雌ライオンだった。「クリスチャンは単なる化石収集家ではないわ。わたしが知る中でも最高の男性のひとりよ。彼の幸せはわたしにとって、とても大事なことなの。カルー高原へ連れていってくれるからというだけの理由で結婚するというなら、いっておくけれど、彼は一年のほとんどを、異国でも刺激的でもない土地で過ごしているのよ。よい地主らしく、自分の土地やそこに住む人々の面倒を見ているの。あなたにもそういうことが求められるはずよ。彼のよい妻になる覚悟があなたにはあるの？」

ヴェネチアは緊張が解けていくのを感じていた。ここにいるのは、自分と同じようにクリスチャンを心から愛している人間だ。この人の前で社交界の花を演じる必要はない。

「浮ついたことばかりいって、申し訳ありませんでした」彼女は静かにいった。「本当はわたし、苦しいんです」

マントルピースの上の大きな鏡に自分の顔が映っていた。衝立の着物姿の女性に似た、絶望のにじむ暗い顔つきをしている。

公爵未亡人が膝の上で手を組んだ。「あなたが？」

「わたしに対する彼の気持ちは変わっていません。でも、わたしは彼を愛してしまったんです」

「そうなの」公爵未亡人の口調には、礼を失しない程度に不信感がこめられていた。

「ええ。愚かですよね。彼が船で出会った女性を愛していることも知っています」ヴェネチアはまっすぐに相手の目を見た。「彼を幸せにするとお約束はできません。でも、これだけは無条件にお約束できます。わたしは彼が満たされた生活を送ることができるよう、力を尽くすつもりです」

公爵未亡人の目つきがやわらいだ。「彼がハーバードでいったことは……」

「わたしの前の夫のことですか？　まちがった話を聞かされたんでしょうね。でも、彼はそう思い込んでいるようです」

年上の女性は答えなかった。お互い無言で紅茶を飲んだ。屋敷内のどこかで、ヴェネチアの旅行鞄が階段を引きずりおろされていく音がしていた。四輪箱馬車《ブルーム》はすでに屋敷の前に着いている。開いた窓から、〝奥さまの荷物に気をつけて〟と使用人に注意するメイドの声が聞こえてきた。

「これ以上、お引きとめするべきではないんでしょうね」公爵未亡人がカップを置いた。

「公爵に会ったら、よろしくと伝えておきましょうか？　それとも、お会いしたことは内緒にしておいたほうがいいですか？」

「よろしく伝えてちょうだい。あんな知らせを聞いて、わたしが手をこまねいているはずはないと彼にはわかっているはずだもの」

「ええ。愛する人のためなら、誰だってそうですね」

「あなたにひとつだけ助言しておくわ」公爵未亡人はいった。「クリスチャンに誤解されていると思うなら、その誤解を正すべきよ。彼は厳しいところもあるけれど、過ちを指摘されて怒るような心の狭い人間ではないわ」

男爵夫人だったら、迷わなかっただろう。自分にその勇気があるかどうか、ヴェネチアはわからなかった。それでもうなずいた。「覚えておきますわ、公爵未亡人」

若い頃の夢がおおむねみずみずしいままなのにはわけがある。非現実的で、ときに危なっかしいものだからだ。

彼女は――というより、彼女が生まれながらに持っているものは――若い頃のクリスチャンの夢だった。相手が既婚だとしても問題はなかった。空想の中では夫は障害にもならなかった。だが、その夢もアンソニー・タウンゼントと運命的な会話を交わしたあと、ついに色あせはじめた。それでも、その場で完全に消えたわけではなかった。

あの日、ハーバード大学であんな話をしたのは、夢の魔力から解放されるための一段階だった。タウンゼントの話に驚き、彼の早すぎた死に怒りを覚え、都合のよすぎる彼女の再婚に失望した、そのあとの。

しかし一万人の中のひとりに批判されたところで、彼女は痛くもかゆくもなかったのだ。それどころか、クリスチャンはおのれの過ちをみずからの心であがなうことになった。

そしていまになって、彼女はクリスチャンのものになった。法のもと、神のもとに。

多大な犠牲を払って手に入れた女性はいま、列車の専用車両の中で向かいに座っている。冷ややかに。かぎりなく美しく。いっときは彼女を抱き、体を重ねたなど想像もできない。その圧倒的な美しさは本物の人間とは思えないほどだ。芸術家が生んだ奇跡、恍惚とした忘我の境地で形作った作品のようだ。

それ自体が重力を持つ美は光をも屈折させる。太陽の光は一方の窓からしか差し込まないのに、彼女はまちがいなく四方から光を受けていた。画家が、輝く雲をまとった天使を——でなければ聖人を描こうと、工房内を柔らかく均一な光で照らしているかのごとく。

彼女はしばらく人型模型のようにじっとしていた。白と金の縞模様のドレスがわずかに揺れることもなかった。だがやがて、ふたりのあいだにあるテーブルに両手を置き、一方の手袋のボタンをはずしはじめた。なんとはしたない行為。そうだろうか？　公衆の面前ではない。個室にいるただひとりの人間は彼女の夫なのだ。

夫。その言葉は彼女の美貌と同じく、現実味を欠いていた。

彼女はゆっくりとじらすように手首のところで手袋をはずし、素肌をのぞかせた。〈ローデシア号〉で思うがままに愛撫した肌だ。そのあと彼女は永遠と思えるほど時間をかけ、手袋から指を一本ずつ引き抜いた。手を包んでいたキッド革がゆるんでいく。続いて、もう一方の手袋を脱いだ。

彼女にも、ひとつくらいは欠点があってよさそうなものだ。たとえば指が太いとか。節くれ立っているとか。しかしその手は手入れが行き届き、指は長く、すっと先が細くなっていた。関節さえ、美しかった。

そのきれいな手を持ちあげ、頬の下のリボンをほどくと、彼女は軽く首を振って帽子を取った。効果は絶大だった。クリスチャンは言葉が出なかった。息をすることも、考えることもできなかった。ただ求める以外、何もできない。彼女の存在に、クリスチャンはばらばらに引き裂かれた。もとに戻る唯一の方法は、彼女を心も体もむさぼり尽くすことだけ。

〝彼女の美貌は一〇年ものあいだ、ぼくのまぶたの裏に焼きついたままだった。人間の進化における美の意義についての記事も、そんな自分を罰するために書いたようなものだ。概念は理解していても、結局ぼくはある女性の美貌という引力から逃れることができなかった〟

彼女は知っていた。そして外科医のような正確さで、ぼくの防御壁を一枚ずつはいでいった。心がむきだしになるまで。恥も、欲望もあらわになるまで。

秘密を守り、心の奥に埋めたままでいたのなら、なんとかやっていけただろう。だが、彼女は知っている。知っているのだ。

「あまり安心しないほうがいい」クリスチャンはいった。「子供が生まれたら離婚することもできるのだから」

17

アルジャーノン・ハウスは荘厳だった。大理石の回廊、イタリアの巨匠が彩色した高い天井、五万冊の蔵書を抱える図書室——中には世界初の印刷聖書であるグーテンベルク聖書や、レオナルド・ダ・ヴィンチの写本もおさめられている。

けれどもヴェネチアの心を奪ったのは、広々とした美しい庭だった。幾何学模様を描く庭園には、アポロと九人の女神をかたどった巨大な噴水が据えられている。蔦《つた》の絡まる壁に囲まれた彫刻の庭があり、かぐわしい香りを漂わせる薔薇の庭ではつぼみが開きはじめていた。風雨にさらされた砂岩の外壁が歴史を感じさせる館は、起伏のある広い草地の奥、ちょうど土地が木の茂る丘へと勾配が生じる手前に立っている。草地を蛇行していく小川はきらきら光るリボンのようで、川岸には柳やポプラの木立が点在していた。川にはアカシカの群れがしばしば見られた。野生のカモが行ったり来たりし、ときおりホルスタイン牛も迷い込んで、満足げに草を食《は》む。

ヴェネチアは屋敷を切り盛りすることには慣れていた。それでも、これほどの規模の使用人を束ねたことはない。最初の一週間は、どれだけ周囲を散策したくても差し迫った仕事が山積みで、屋敷のしきたりや生活リズムを覚え、上級使用人と会い、新しい女主人としてやさしく、けれどもしっかりと家政の舵《かじ》を取っていくことに専念せざるをえなかった。

家族には毎日手紙を書いた。起きている時間にあったことは、こと細かに記した。心配をかけないように――いや、ヴェネチアの新生活がどんなようすかと心配できるように。

手紙の中で、夫についてはほとんどふれなかった。書くことがないのだ。クリスチャンはほとんど一日中、書斎にこもっている。ヴェネチアは自分の居間で過ごしていた。ふたりは屋敷の中でも別々の場所にいて、夕食のとき以外はめったに顔を合わせることもない。食卓は九メートルの長さがある。ふたりは両端に座るから、テーブルの中央に高々とそびえる食卓飾りがなかったとしても、ちゃんと顔を見るにはオペラグラスが必要だっただろう。

とはいえ、夜、彼が寝室に入る音が聞こえるときがある。

新婚初夜、メイドがさがってから、ヴェネチアはベッドを出て、隣の部屋に続く扉をほんの少し、それでいて見逃しようがない程度に開けてみた。もう一度、クリスチャンとベッドをともにしたかった。列車の中ではふたりきりだったのに、ふれることができるほどそばにいたのに、ふたりのあいだには果てしない距離があった。それでも〈ローデシア号〉での日々の記憶で、ヴェネチアの体は恥ずかしいくらいに熱くなっていた。ああ、もう一度、彼に愛してもらいたい。形だけでもいい、夫婦として初夜を迎えたい。

ヴェネチアは待った。クリスチャンが寝室に入り、普段どおりに寝仕度をしているらしい物音が聞こえた。水が跳ねる音。さまざまな衣類をあちこちに放り投げる音。懐中時計がベッド脇のテーブルに置かれる、かちりという金属音。

それからふいに静かになった。クリスチャンが、誘うように少しだけ開いた扉に目をとめたのだ。ヴェネチアは下唇を舐めた。彼が誘惑に負けてくれたら、わたしへの欲求に屈してくれたらと願いながら。

ゆっくりと足音が近づいてきた。一歩一歩。彼の息遣いまで聞こえそうだ。静寂が——期待に満ちた静寂が続いた。ヴェネチアは喜びの予感に胸をときめかせていた。もしかしたら、そのあと、話しかけてさえくれるかもしれない。

もしかしたら——。

扉がそっと、けれども、わざとらしく音を立てて閉まった。

ヴェネチアはいまさらながら、心ならずも彼を怒らせてしまったのだと気づいた。クリスチャンはこの誘いを、自分の影響力を強くするための彼女の策略と見なしたのだろう。だから距離を置こうという決意をいっそう強くしたのだ。

それでもヴェネチアはひと晩中耳をそばだて、期待はしないながらも、何かが起きるのを待っていた。

だが、彼はかたくなに扉を閉ざしたままだった。

離婚をほのめかしてヴェネチアに脅しをかけたにもかかわらず、クリスチャンはこの結婚に生活を支配されていくのをどうにもできなかった。

彼女は自信たっぷりに屋敷を切り盛りしはじめた。義母でさえ、使用人たちの心をつかむのに何年もかかったのに、妻は最初から彼らを手なずけてしまった。圧倒的な美貌がものをいったという一面はあるだろう。使用人たちは彼女の美しさを誇りに思っているようだった。公爵夫人とはまさにこうあるべきだ、と。

しかし、ヴェネチアが巧みに彼らを喜ばせたのも事実だ。召使頭と庭師は以前から食堂にぶどうの蔓を持ち込みたいといっていた。テーブルの中央に置き、料理の合間に客に新鮮なぶどうをもぎとってもらおうという趣向だ。クリスチャンはふざけているといって却下していたが、彼女は喜んで好きなようにさせた。

そして自分の自由になる金の一部をあてて、家政婦のミセス・コリンズに使用人用の広間の模様替えをさせた。執事のリチャーズがワインの目ききだと知ると、故ミスター・イースターブルックが集めた大量の年代物の赤ワインやシャンパンを持ってこさせ、管理を任せた。料理長のムッシュー・デュフレーヌのためには、訓練された豚を輸入すると約束した。そうすれば念願かなって、地所内に無数にある樫の木の根元に生えているはずのトリュフを収穫することができる。

それだけではない、下級使用人のためには制服を用意した。男性には金ボタン、女性には真珠のヘアピン付きで。それらは身につけてもいいし、そうしたければ売ってもいい。クリスチャンにいわせればまぎれもない賄賂《わいろ》だが、ヴェネチアの人気が高まったのはまちがいない。ボタンが光る、またはヘアピンが輝くこぎれいな格好の使用人たちはみな、日々の仕事を軽やかな足取りでこなしていった。

屋敷内の劇的な変化を避け、クリスチャンは東棟に避難した。公的な部屋は中央棟に、私的な部屋は西棟にある。使われることの少ない、いまひとつ人気のない東棟を、彼は、書斎兼文書庫、化石や標本の私設博物館に変えて、仕事場としていた。

ここでクリスチャンは弁護士や代理人とやりとりしたり、アメリカ旅行での覚え書きを整理したりした。義母には一日おきに手紙を書き、結婚生活にすんなりなじんだと請け合った。いずれトリュフ入りオムレツが食べられるし、スープと肉料理のあいだに自家栽培のぶどうをつまめそうだ、と。

日中は妻を避けるのも難しくなかった。だが、夕食を別にとるわけにはいかない。食事の前には、話しかけられたら、行儀よく雑談のひとつも交わさなくてはいけない。そして毎晩、あらためてヴェネチアの美しさに胸を打たれることになるのだった。以前に比べて、夕食が供されるのに一五分ほど余計に時間がかかっているのではないだろうか。その分長く、彼女の美しさを耐え忍べといわんばかりに。

もちろん最悪なのは夜だ。彼女は夫婦の部屋を隔てる扉をときおり、こちらが予期しないときに開けておく。クリスチャンはどうかなりそうだった。ふた晩続けて開いていたかと思うと、四日続けて閉まっていることもあった。立てつづけに誘いがあると、彼女の厚かましさにはらわたが煮えくり返る。だが扉が閉まっていることから、夫に関心を失ったかと思うと、その冷淡さにまた歯嚙みすることになるのだ。

どちらにしても、クリスチャンは眠れない夜を過ごすしかなかった。

公爵未亡人の助言はヴェネチアの耳から離れなかった。けれど、聞きたがらない人にどうやって聞いてもらえばいいのだろう？　しかも、ふたりきりになれるのは一日にほんの数分だというのに。

三回目にクリスチャンが真夜中に部屋を出たとき、ヴェネチアはあとを追おうと決め、距離を置いてついていった。屋敷の中は静まり返り、彼が手にしたろうそくの銅色の炎が巨大な影を投げかけていた。広間や廊下の天井に描かれた聖人や哲学者がにらみおろしてくる。まるで、ヴェネチアがこの家の一員となったやり口は感心しないといっているかのように。

クリスチャンは東棟に入っていった。彼女はまだそこへ足を踏み入れたことがない。彼が不快に思うとわかっているからだ。だが、踏み込まずにはいられないときもある。愛する人を追わずにはいられないときだ。

けれども臆病風か、長いこと抑えつけていた好奇心からか、ヴェネチアは彼のあとについて書斎に入ることはせず、代わりに私設博物館の扉を押し開けた。そして明かりをつけた。思わずため息が漏れた。この屋敷でいちばん美しいのは庭ではなかったんだわ。この博物館だ。

中は奥行一五メートル、幅九メートルの広さがあり、四方の壁には展示ケースが据えられていた。天井からは、かつてニュージーランドに生息していたという巨大な鷲、ハルパゴルニス鷲の骨格標本が飛行中であるかのように吊るされており、中央には牙の化石が展示されている。巨大な二本の牙はマストドンのもの、小さい二本はおそらく小型のステトドンのものだろう。ヴェネチアの背丈の倍はありそうなまっすぐな牙は、かつては雄のイッカクの誇りだったにちがいない。

「ここで何をしている?」

肩越しに振り返ると、クリスチャンが戸口に立っていた。ヴェネチアはネグリジェの上に化粧着をはおっただけの姿だが、彼のほうはきちんとシャツとズボンを身につけている。しかし、シャツの襟元は開いていた。あの喉元に唇を押しつけたいという激しい欲求に、ヴェネチアは身もだえしそうになった。

彼が眉をひそめた。「何をしているときいたんだ」

「見ればわかるでしょう。眺めていたの——あなたの化石を。あなたこそ、何をしているの?」

「明かりが見えたのでようすを見に来た。そうしたら、きみがいた」

クリスチャンが立ち去るかのような動きをした。

ヴェネチアは戸口へ向き直り、ひとつ深呼吸した。「待って。ミスター・タウンゼントがあなたに会いに来たとき、正確にはなんといったか教えてほしいの」

彼がヴェネチアに視線を向けた。欲望のまなざしではない。感情の読みとれない険しい目だ。「ミスター・タウンゼントはこういった。〝望みはかなうかもしれませんよ、公爵閣下。

でも、よく考えたほうがいい。でないと、ぼくみたいな羽目になる〟」

〝望みはかなうかもしれませんよ〟「彼はあなたが誰かわかっていたの？　前に、ハロー校の選手がじっとわたしを見ていたようなことをいっていたのだけれど」

　クリスチャンのあごがこわばった。「ああ。そのときの男だとわかったようだ。彼は自殺したのか？」

　これだけの年月が経っても、そうきかれると胃がねじれるような感じがする。

「ええ。クロラール（睡眠薬）の過剰摂取で。スコットランドの友達のところへ狩猟に行くといって出かけたのだけれど、ロンドンへ向かったのね。三日後、わたしたちがシーズン中に借りるタウンハウスの仲介人が中を調べ、主寝室でミスター・タウンゼントを見つけたの。服は着たまま、でも完全にこと切れていたそうよ」

「クロラールをのんだというのはなぜわかった？」

「手元に薬瓶が落ちているのを仲介人が見つけたの。だけど、警察には隠しておいた。あの屋敷で自殺があったことは、誰にも知られたくなかったんでしょう。後日、わたしに薬瓶を渡してくれたわ」

「検死は行われなかったのか？」

「フィッツがさせなかったの。ミスター・タウンゼントは脳内出血で死亡したということで警察を納得させたわ。亡くなる間際、混乱して、よく知っている屋敷に戻り、横になったのだろうって」

クリスチャンは無表情だった。トニーとの不幸な結婚について語った〈ローデシア号〉での会話を思いだしているのだろうか、とヴェネチアは思った。

「きみはどうやって知った？」

「ロンドン警察が、ケント州にあるわたしたちの屋敷を訪ねてきたの。警察官がわたしと話をしているあいだに、その屋敷の新しい所有者という人が乗り込んできたわ。このときはじめて、屋敷が売却されていたことを知ったの」

そのときは呆然としたものだ。いきなり立ち退きを命じられ、検死が必要といわれた。だが何よりつらかったのは、トニーの行為が妻への復讐としか思えないことだった。ヘレナなど、彼はわざと警察の関心を引くような死に方を選んだにちがいないとまでいった。そうやって、ヴェネチアにできるかぎり厳しい試練を与えようとしたのだと。

「なぜ彼はそこまできみを憎んでいたんだ？」

クリスチャンの声音には、同情はまるで感じられなかった。かといって軽蔑もない。

「彼はわたしのせいで自分が無価値な人間になったと考えていたの。わたしを、自分がさらに注目を集めるためのきれいなお飾りと思って結婚したから。それなのに、お飾りばかりが脚光を浴びることになってしまった。

理不尽よね、わかっているわ。わたし自身、信じられないもの。大の大人がそんな理由で妻を恨むなんて。でも、彼はすべての視線が自分だけに集まっていないと気がすまない人だった。わたしが注目を浴びることに我慢がならなかったの。それで結局、投資家として成功し、まわりをあっといわせようと決意したのよ。そうすれば、妻にばかり目を向けていた友人知人も、自分を感嘆と羨望のまなざしで見るようになると思ったのね。そしてそうなるまでのあいだ、ほかの女性たちに慰めを求めることにしたの」

「たとえば妊娠したメイドとか？」

「気の毒なメグ・ムン。でも、彼はメイドでは飽き足らなかった。ちゃんとしたレディに賞賛されたかったの。だけどレディに自分を印象づけるには、宝石のたぐいが必要になるでしょう？」

つかのま、クリスチャンの顔を激しい感情がよぎった。だが、すぐにまた無表情に戻った。

「投資が次々に失敗に終わっても、彼はそれを隠し通した。借金まみれだなんて、わたしは少しも知らなかったわ。ただ、屋敷を切り盛りするためにもらっていたお金が、どんどん減っていくのだけはわかっていた。でもそれは、彼が意地悪をしているのだと思ったの」

気持ちのいい告白ではない。しかし事実だった。「彼は、いずれどれかの投資が成功すると信じていたんでしょうね。でも、全部だめだった。誰にとっても恐ろしいことだろうけれど、彼にとっては……神に見捨てられたも同然だったはずよ。優雅な紳士から破産者へ、貧しく名もない人間へと堕ちていくのをどうしようもないなんて、それだけで地獄にいるようなものだったと思うわ」

これまで一部始終を詳しく語ったことはなかった。何年も前にこうするべきだったのだ。そうしていればもっと早く気づいただろう。そもそもトニーを追いつめた人間は、彼自身だった。

ほかの誰でもない、トニーだったのだと。

ヴェネチアが息をついた。悲しみからか、安堵からか、クリスチャンにはわからなかった。ひとついえるのは、タウンゼントがまだ生きていたらよかったのに、ということだ。そうしたら顔を思いきり殴り、ついでに肋骨を二、三本、折ってやれるのだが。

彼女は化粧着のベルトの端を指でねじり、クリスチャンが何かいうのを待っていた——いや、彼が部屋を出るのを待っているのかもしれない。もう一度ゆっくりと化石を観賞できるように。じっと見つめていると、彼女は気まずそうにベルトを締め直した。

体の線は変わっていなかった。ベルトをきつく結ぶと、ウエストが〈ローデシア号〉にいたときと同じように細いことがわかる。新しい命を宿しているとはとても思えない。

クリスチャンは育児室には長いこと足を踏み入れていなかった。彼のおもちゃや本が、まだ置いてあるにちがいない。それに当然ながら、この地所全体が子供にとって果てしなく広い遊び場となる。「子供はいつ生まれる予定だ？」

ヴェネチアの目が用心深げになった。「来年のはじめよ」

彼はうなずいた。

「わたしがあなたなら、弁護士に相談するのは少し待つわね」

弁護士に相談するなど考えたこともなかった。「待つというのは？」

「出産後すぐに離婚の手続きを始めたら、さすがに世間もあなたを冷酷非情な人間と思うでしょう」

「ならば、きみはいつまで待ったらいいと思う？」

「いつまででも。離婚が認められたらどうなるかはわかっているわ。女性は身ひとつで放りだされるの。いずれにしても、子供を手放す気はありませんから」

「離婚には応じないと？」

「裁判にしてもいいわ。最後の一ペニーまでかけて闘う。足りなければ、フィッツとミリーに借りてでもね」

「つまり、ぼくたちは死ぬまで夫婦ということか？」

「あきらめて、わたしを妻として受け入れることね。そのほうが、みんな幸せになれるのよ」この傲慢さに、代々の公爵なら目を細めることだろう。モンフォール家の妻にふさわしい、と。「そろそろ失礼するわ。たっぷり眠らないと」

クリスチャンは去っていくヴェネチアのうしろ姿を見つめた。ばかな女性《ひと》だ。気づいていないのだろうか。祭壇の前で誓いの言葉を口にしたときから、ぼくがすでに彼女を妻として受け入れていることを。

18

クリスチャンはベッドに入ったものの、眠りは途切れがちだった。いずれにせよ〈ローデシア号〉をおりて以来、熟睡できたためしはないが。私設博物館でヴェネチアと話したあとは、おのれがいかにまちがっていたかを悟り、恥ずかしさと恐ろしさで身がすくむ思いだった。彼女はどんな気持ちだったろう。事実を確かめることもなく自分の人格がねじ曲げられ、おとしめられるのをまのあたりにしてきて。

翌朝、朝食の間に立ち寄った。普段の彼は書斎で朝食をとることにしている。妻はいつも朝食の間で食べているはずだ。ときには週刊科学雑誌の『ネイチャー』を脇に置いて。けれども今朝は、彼女の姿はなかった。

「奥さまは散歩に出られました」リチャーズがいった。

「どこへ？」アルジャーノン・ハウスの敷地は広大だ。遠くに行っているかもしれない。

「行き先はおっしゃいませんでした。昼食までは戻らないと思う、とだけ」

「何時頃に出かけた？」

「二時間ほど前になるでしょうか」

まだ九時にもなっていない。昼食まで戻らないということは、たっぷり六時間戻らないことになる。「彼女はいま——」

クリスチャンは言葉を切った。妊娠のことはまだ誰にも話していない。

「ジェラルドをよこしてくれ。急ぐよう伝えろ」

土地管理人のジェラルドが息を切らしてやってきた。「なんでしょう、公爵閣下？」

「公爵夫人に採石場のことをきかれたことはあるか？」

「ええ、あります」

「いつだ？」

「昨日です」

「方角もきかれたか？」

「はい。地図をお渡ししました。採掘用具についてもたずねられましたので、道具がしまってある小屋のことをお教えしました」

「小屋には鍵がかかっていなかったか？」

「鍵がほしいといわれ、お渡ししました」

一〇分後、クリスチャンは馬を駆り、採石場へと急いだ。

採石場跡はほぼ円形で、すり鉢状になっている。その縁までたどり着くには、手前の低い丘をのぼらなくてはならない。頂上にあがって目に入った光景に、彼は息をのんだ。

何年も前、一段高い崖にあがりやすくするため作った斜面の途中に立っているのは、男爵夫人だった。顔を隠すヴェール付きの帽子をかぶっている。こちらに背を向け、見たところ三畳紀後期のものと思われる堆積物を熱心に削りとっている。やがて、かなづちとのみを置き、ブラシを手にすると、黄土色の突起物のまわりのちりを払いはじめた。ヴェルディ作のオペラ『リゴレット』の美しいアリアを口ずさみながら。明るい歌声で、音程もぴたりと合っていたが、高音が続く箇所で息が切れてつかえてしまい、彼女はくすくす笑った。

その笑い声を聞いて、強烈な欲望がクリスチャンの体を駆け抜けた。

それで実際に、何か動きが伴ったのだろう。手綱をぎゅっと握るとか、馬の脇腹にあてた腿に力を込めたとか。そのため馬が身じろぎし、蹄《ひづめ》で地面を蹴って、低くいなないた。

彼女が肩越しに振り返った。ヴェールの前は帽子の上にめくりあげられていた。顔は汚れ、あのすばらしい瞳は帽子の縁に隠れている。それでもクリスチャンは、激しく心を揺さぶられずにはいられなかった。

彼は馬を進めた。底につなぎ柱がある。馬をつなぐと斜面をのぼった。

「どうしてここがわかったの？」

「きみがこの地所のどこに興味を持つか、推測するのは難しいことではない。何が見つかった？」

その友好的な態度に驚いたように、彼女がちらりとクリスチャンを見た。「ごく小さな頭蓋骨よ。恐竜の子供のものだったらと思うけれど、たぶんちがうわね。完全に第三紀に入っている地層だもの」

「見た感じでは両生類だな」彼はいった。

彼女は顔をあげなかった。「でも、わくわくするわ」

沈黙が広がった。クリスチャンはなんといっていいかわからなかった。科学者として、厳然たる事実を愛する者として、自分はとんでもない過ちを犯した。まちがった憶測に憶測を重ね、それに基づいて行動してしまったのだ。「きみはハーバードでぼくが行った講演会の場にいたといったね」気がつくと、そう口にしていた。「なぜそのあとぼくのところに来て、誤解を解こうとしなかった？」

彼女はブラシの毛で、頭骨にくっついている小さな鋭い歯をひと撫でした。

「わたしの人生でいちばんつらかったできごとを、赤の他人にぺらぺら話すことなどできないわ。ましてや、わたしを冷たく非難した人には」

それはそうだろう。当然だ。

「だから、代わりにぼくを罰することにした」

彼女は深く息を吸った。「そう、代わりにあなたを罰することにしたの」

クリスチャンは乗馬用の鞭《むち》の柄をきつく握った。一瞬何かいいかけたが、首を傾けただけで立ち去った。つなぎ綱を解き、馬に乗ると、斜面をのぼって見えなくなった。

ヴェネチアは下唇を嚙んだ。昨晩の会話がいまだに心に引っかかっている。わたしはこれまでの人生でいちばんつらかったできごとの一部始終を話した。彼は何ひとつ反応を示さなかった。

とはいえクリスチャンはかつて、ずっと胸に秘めてきた秘密を打ち明けたのだ。自分はそれを、彼から見れば、あざ笑った——それも得意げに。

固い土の塊に腰をおろした。しばらくして、またかなづちとのみを手に取り、もう少し化石を削りだそうとした。けれども腕が痛み、かなづちを振りあげるたびに関節ががくがくした。最後に発掘作業を行ってから、ずいぶん経っている。あの頃は疲れを知らない子供だった。体が痛むなどということはなかった。いまは妊娠しているし、夜もちゃんと眠れていない。

そろそろ屋敷に戻ったほうがよさそうだ。ポットに入れた紅茶とサンドイッチは用意してきた。だが、サンドイッチはもうない。思った以上に採石場を見つけるのに時間がかかり、途中で食べてしまったのだ。ポットのほうも、ほとんど空だ。気温はぐんぐんあがってきている。

屋敷まで歩いて帰るのはしんどそうだ。暑いし、喉も渇くだろう。

馬の蹄と車輪の音が聞こえ、ヴェネチアはクリスチャンが戻ってきてくれたのかと期待して振り返った。そこにいたのは猟場管理人のウェルズだった。頑健な荷馬車用の馬に引かれた二輪馬車に乗っている。

「お屋敷までお送りしましょう、奥さま」ウェルズがいった。

ヴェネチアは驚くと同時にほっとした。「ありがとう。お願いするわ」

彼女が斜面をのぼっていくあいだに、ウェルズは発掘用具を小屋に戻した。

「ここを偶然通りかかったの？」猟場管理人の手を借りて高い位置にある座席に座ってから、ヴェネチアはたずねた。ジェラルドの話からすると、彼の家はこの近くのはずだ。

「いいえ。公爵閣下がうちに寄っていらして、奥さまをお送りするよういわれましたんで。紅茶とビスケットを用意するよう、いいつけていかれました」

ウェルズは大きなナプキンで覆ったバスケットを渡した。ヴェネチアはビスケットを食べた。レモンの味がした。「ありがとう。親切ね、あなたもミセス・ウェルズも」

そしてクリスチャンも。彼女が必要だと気づく前に、乗り物と軽食を用意してくれた。

突然、ヴェネチアは彼に会いたくてたまらなくなった。社交界の花の役はもういい。自尊心にこだわるのも、もうやめにしよう。くよくよ悩んでばかりいてもしかたがない。わたしはクリスチャンを愛している。そろそろ態度で示してもいい頃だ。

「少し急いでもらえるかしら？」彼女はウェルズに頼んだ。猟場管理人は、女王の即位五〇周年を祝う祝典の儀装馬車さながらに、ゆったりと二輪馬車を走らせている。

「揺れないよう、ゆっくり走れと公爵閣下にいわれておりますんで。奥さまの体に響かないようにと」

「閣下のお心遣いには感謝するけれど、多少揺れても大丈夫よ。お願いだから急いで」

馬はいくらか力強い速歩《はやあし》になったものの、ウェルズはそれ以上速度をあげることを拒んだ。ヴェネチアはもどかしい思いで、アルジャーノン・ハウスが見えてくるのを待った。そして二輪馬車が屋敷正面の階段前で止まるなり、ウェルズに礼をいって中に入った。

「公爵はどちらに？」見かけた最初の人間にきいてみた。たまたま執事のリチャーズだった。

その問いにリチャーズは驚いたようだった。「公爵閣下はロンドンへ発たれました」

アルジャーノン・ハウスを離れるなんて、クリスチャンはひとこともいっていなかった。

「そうだったわね」動揺を悟られないようにつぶやく。「わたしがききたかったのは、いつ発ったかということよ」

「三〇分ほど前でございます、奥さま」

「ありがとう、リチャーズ」ヴェネチアはぼんやりといった。

自分を蹴りつけたい気分だった。〝そう、代わりにあなたを罰することにしたの〟それですべてといわんばかり。どうしてあんな答え方ができたのかしら。

そう、代わりにあなたを罰することにしたの。でも、その計画は崩れ去ったわ。あなたはわたしの思っていたような、いやな人間ではないとわかったから。わたしの人生最大の過ちはトニーと結婚したことではなくて、あなたに恋したのに告白しなかったことよ。

告白すべきだった。けれど、もう手遅れだ。彼は行ってしまった。新婚旅行中なのを装いつづける気すら、なくしたらしい。

「ほかに何かご用はございますでしょうか、奥さま？」リチャーズがきいてきた。

ヴェネチアは迷った。

「奥さま？」

「あなたは仕事に戻っていいわ、リチャーズ」

執事は一礼して歩き去った。彼女はしばし、そのうしろ姿を見つめていた。

「待って！」気がつくと叫んでいた。「馬車を用意して。駅まで行きたいの。わたしもロンドンへ向かうわ」

最初の障害にぶつかって立ちどまり、めそめそしているなんて情けない。クリスチャンはロンドンに行っただけ。世界の果てから転落したわけではない。お茶の時間の前には向こうへ着ける。

「かしこまりました、奥さま。すぐにご用意いたします」リチャーズが答えた。顔に笑みのようなものが浮かんでいた。

胸の内を洗いざらい吐きだすまで、アルジャーノン・ハウスには戻らない――ヴェネチアはそう心に決めていた。


アンソニー・タウンゼントの子供を妊娠したと主張したメイド――メグ・ムンを見つけるのは意外なほど簡単だった。クリスチャンは朝、ダービーシャーを発つ前に電報を送っておいた。ロンドンに着くと、弁護士のマクアダムスはすでに調査結果を用意して待っていた。

「ミスター・タウンゼントに社交シーズン中たびたび家を貸していた、仲介業者のミスター・ブランドと話をしてみました。ミスター・タウンゼントの使用人について、何か知らないかと思ったものですから。そうしたら、たまたまメイドのメグ・ムンが、彼のところで働いていたミスター・ハーニーと結婚していたことがわかったんです。いまはチープサイドで青物商を営んでいるということでした。

そこでチープサイドへ行き、店を見つけました。ミセス・ハーニーはときどきミスター・タウンゼントをベッドに迎えてはいましたが、当時交際していたハーニーのほうがはるかに好きだったそうです。子供ができたとき、ハーニーの子供だと確信していたものの、持参金をもらうため、奥さまに少々揺さぶりをかけてもいいんじゃないかと思ったといっていました」

「ありがとう、ミスター・マクアダムス」いまも妻を疑っているわけではない。それでもロンドンまで出てきたのは、彼女の誠実さを証明するためというよりは、自分を——なんといえばいいのだろう——罰するためだった。彼女のことを徹底的に誤解していたと思い知るためだ。「それで、公爵夫人の化石はどうした？」

「ユーストン駅に移してあります。公爵閣下がお着きになりましたら、列車に乗せます」

「ありがとう」クリスチャンはいった。

採石場で彼女に謝るべきだったのだろう。けれど喉が詰まって、言葉が出なかった。きちんと謝罪するなら、長年彼女を求めつづけていたということから、いま一度すべてを話さなくてはならない。なのに、彼女の前ではできなかった。あの美しい瞳と澄んだまなざしの前では。

だが、化石が自分の代わりに語ってくれるだろう。あれを屋敷に持ち帰れば、自分からは口にできない言葉もはっきりと伝わるはずだ。

書斎の扉をノックする音がした。「レディ・エイブリーとレディ・サマースビーがお会いしたいとのことです」従僕がいった。

レディ・エイブリーといえば、ハーバード大学での講演を聞き、クリスチャンの話をロンドン中に広めた張本人だ。なぜぼくが、彼女や、同様に品のないその妹に会わなくてはならない？

「今日は不在だといってくれ」

従僕は消え入りそうな声でいった。「そう申しあげたんですが、聞いてくださらなくて。おふたりとも、こうおっしゃるんです――」ごくりと唾をのみ込んでから続ける。「公爵夫人に関する自分たちの話を聞かなければ、公爵閣下はきっと後悔なさると」

クリスチャンは眉をひそめた。自分のことならどんな脅しをかけられても気にしないが、ヴェネチアのこととなるとそうはいかない。ヴェネチア。彼は心の中で名前を繰り返した。その響きはあまりになじみ深かった。彼の人生の主旋律ともいえる響き――。

「客間に通してくれ」

「かしこまりました」

五分後、客間に入った。「あなたがたはこの屋敷では歓迎されていません」

「おや、まあ」レディ・エイブリーは卑しい笑みを浮かべた。「では、さっさと用件を話して帰らなくてはね？」

「そのほうがよさそうね」レディ・サマースビーが相づちを打つ。

「いえね、妹とわたしは自分たちの評判というものをとても大切にしておりますの。うわさ好きといわれているかもしれませんが、でたらめを申したことはありません。話を作ったり、不確実な情報を広めたりもしません。できごとの意味や重要性について多少自分なりの解釈をつけ加えることはありますけど、その場合も細心の注意を払っており、根本的な事実をねじ曲げるようなことはしていません。

わたしはハーバード大学で行われたあなたの講演会に出席していました。五列目に座っていたんです。世の美女の名誉を守ろうとしたあの若い男性は、わたしの義理の息子の従兄弟です。お話は注意深く聞いていましたから、すぐにあなたのいっているのがミセス・イースターブルックのことだとわかりました。

なんと軽率なと思いましたが、そのことに関してわたしはなんの責任もありませんから、帰国すると、あなたの話をそのまま忠実に引き合いに出しました。ところが、あなたとミセス・イースターブルックは見事な反撃に出られた。ダンスをし、一緒に馬車に乗り、駆け落ち同然に結婚なさった。おかげで何十年ものあいだ妹とわたしを信頼してくれていたかたがたが、急にわたしたちの話を疑いはじめたんです。〝本当なの、信じて大丈夫なの〟と。今度はこちらの評判が危うくなってしまったんです」

「それはぼくには関係のないことですね」クリスチャンは冷ややかにいった。

「それはそうでしょうけれど、わたしたちにとっては大問題なんですよ。ですから、なんとしても自分たちが正しいことを証明しなくてはいけなくなりました。それで、どんなことがわかったと思います？　お聞きになりたいでしょう？」

「いいえ、まったく」

答えが聞こえなかったかのように、レディ・エイブリーは続けた。「一八八一年八月の一か月間にクラブ〈ブルックス〉を訪れた人々のリストが手に入ったんです。二六日、ミスター・タウンゼントが遺体で見つかった日の二日前の晩には、客は四人しかありませんでした。あなたとミスター・タウンゼントは、その四人のうちのふたりでした」

クリスチャンの舌に苦い刺激が走った。恐怖のせいだ。自分ではなく妻のことを思うと慄然とした。

「ミスター・タウンゼントが亡くなる数週間前に購入した、宝石のついたネックレス三本の請求書の写しも手元にあります。ミスター・イースターブルックの家族も、聖書を手に証言するといってくださいました。夫が死の床にあるとき、妻は客間で陽気に笑い、おしゃべりをしていたとね。最後にもうひとつ、講演に出席していた義理の息子の従兄弟が、わたしたちの招きに応じてイングランドに向かっています。目撃者のひとりとして、わたしたちの主張を裏づけてくれることになっています」

「何が望みです？」声はふるえていなかったが、あせりがにじむ口調だった。少なくとも、クリスチャン自身にはそう聞こえた。

「あなたは誤解していらっしゃるわ。わたしたちの目的はゆすりではありません。真実を求めているだけです。もちろんあなたからすれば、わたしたちの求める真実など取るに足りないものでしょう。でも、わたしたちにとっては大切なんです。あなたもご自分が関心のあることがらについてはとことん追求なさるはず。それと同じです」

「つまり、今日はいわば儀礼訪問です」レディ・サマースビーがつけ加えた。「この件をこのままにしておくつもりはないと、報告しにまいっただけですの。わたしたち、自分の評判を守るために全力で闘いますから」

クリスチャンは思わず噴きだしそうになった。彼女たちの評判だって？　レディ・サマースビーが皮肉な冗談をいっているわけでないとしたら笑える話だ。だが、本気なのだろう。ふたりとも、本気でいっているのだ。わざわざ訪ねてきて宣言するなど、こちらから見れば滑稽でも、彼女たちは大真面目らしい。

「ぼくのことは何をいわれてもかまわないが、妻はまったく無関係です。彼女を傷つけるような真似はぼくが許さない」

「でしたら、彼女が非情で貪欲な女性であるようなことをいわなければよかったんですわ」レディ・エイブリーは平然といい返した。

「そのとおり。嘘をついたら、その償いはしなくてはいけません。ミスター・タウンゼントが嘘をついていたなら、そうですね、公爵夫人が真実を伝えるべきです」レディ・サマースビーが口を挟む。

「彼女がミスター・タウンゼントとの私生活をおおやけにしたくないと思っている場合はど

うなんです?」

「それは彼女の勝手でしょう」

「ぼくはレディ・サマースビーの甥ごさんのグラントと学校が一緒でした。ここにいる三人はみな、彼の嗜好を知っている。だが、あなたがたがそれについてひとことでも語ったところは聞いたことがない。つまりあなたがたも、知っていることを何もかも話しているわけではないということです」

「それとこれとは話が別ですわ。わたしたちは色恋だの人の過ちだのに白黒をつけるため、話を広めるんです。人を破滅させるためではありません」レディ・エイブリーは立ちあがった。「ミスター・タウンゼントは亡くなり、ミセス・イースターブルックは——ええ、いまやレキシントン公爵夫人です。それだけの地位と財産があれば、わたしたちが少しばかり面白い話を広めたところで、どうということはないでしょうよ。行きましょう、グレース、わたしたち、公爵をずいぶんとお引きとめしてしまったわ。ごきげんよう、公爵閣下。お見送りはけっこうでしてよ」

「お待ちなさい」クリスチャンはいった。呼吸が浅くなり、脈が激しく打った。レキシントンの爵位があれば、ヴェネチアが社交界から追放されるようなことはないだろう。だが、レディ・エイブリーとレディ・サマースビーがまき散らす悪意に満ちたうわさから、完全に彼女を守ることはできない。社交界が余興としてうわさ話を楽しむあいだ、彼女は人生でもっともつらい経験を繰り返し思いださせられることになるのだ。

「もしあなたが真実を求めているというのが本当なら、そしてあなたがたなりの名誉を守り抜くというのが本当なら、誰も知らない真実を話しましょう。代わりに、妻をこれ以上苦しめるようなことはしないでいただきたい」

ふたりは目を見合わせた。「あなたのお話を聞くまでは、なんの約束もできませんわ。何しろ四半世紀かけてつちかってきた評判ですからね。台なしにされるのを黙って見ているわけにはいきません。ちょっとした打ち明け話を聞いたくらいでは」

ちょっとした打ち明け話。ぼくの告白はその程度にしか見なされないのだろうか？　そう思われる可能性はある。ありとあらゆる人の弱みを見聞きしてきた彼女たちのことだ。クリスチャンにとっては人にいえない秘密でも、ふたりの物差しからすれば、単に好色とか猥雑などという言葉で片づけられてしまうものかもしれない。

だが、選択の余地はない。自分の思慮に欠けたこれまでの発言は悔やんでも悔やみきれない。これ以上、後悔はしたくない。

女性ふたりが鼻をふくらませた。クリスチャンをじっと見つめる目つきはハゲタカそのものだ。辛抱強く待ち、いざ獲物に襲いかかろうとしているかのようだ。彼は気分が悪くなった。こんな女性たちに胸の奥の秘密を明かすかと思うと、吐き気を覚えた。

手前の椅子の背をぎゅっと握りしめる。「ぼくは一〇年前、妻に恋をしました。彼女がまだミセス・タウンゼントだったときのことです」

ふたりがまた顔を見合わせた。レディ・エイブリーは椅子に座り直した。

クリスチャンの手の関節は白くなっていた。なんとか力をゆるめる。

「苦しかったですよ。彼女は幸せな結婚をしているように見えたのに、ぼくは自分でもどうしようもないほど彼女に惹かれていたのですから。そんなとき、ばったりミスター・タウンゼントに会ったんです。そのとき、彼から例の話を聞きました。こののち起きたできごとをぼくがどう解釈したかは、繰り返す必要はないでしょう。

講演会でいわなかったのは、どれだけ嫌悪しようと、どれだけ怒りを覚えようと、ぼくが彼女への思いから自由になることはなかったということです。望んでそうなったわけではありませんが、彼女の美貌のとりこのままだった。ですから何年ものあいだ、顔を合わせることがないよう、細心の注意を払っていました。

しかしぼくも、いよいよ公爵としての務めを果たさなくてはならなくなった。要は結婚です。今度のシーズンはロンドンに滞在しなくてはなりませんでした。帰国の日が近づくにつれ、不安が募りました。ミセス・イースターブルックへの思いは少しも衰えていなかったからです。彼女と会って、惹かれる気持ちを抑えられるか、そうできる強さが自分にあるか心配でした。何年も抗おうとしたあげく、たった一度の出会いで、努力が無に帰するかもしれないと思いました。

サンダース劇場でのぼくは情緒不安定でした。講演自体はなんとかやりおおせたものの、質疑応答の段になって本音が出てしまった。あのとき頭にあったのは、自分の決意を揺るぎないものにしようという気持ちだけでした。もっともすぐに、自分が重大な過ちを犯したことに気づきましたが。故国から五〇〇〇キロ以上離れているという事実と、アメリカの聴衆には自分が誰のことを話しているかわかるはずがないという思い込みで、気がゆるんだのでしょう。ご存じのとおり、この思い込みはまちがいでした。

そのあとで、ぼくは彼女に対する考えをあらためることになりました。完全な誤解だったと気づいたのです。どんな容姿か知らなくても、ぼくは彼女を美しいと思う――」

客間の扉が開き、世界一美しい女性が現れた。砂色の旅行服姿で。「クリスチャン、ごめんなさい、わたし――」

レディ・エイブリーとレディ・サマースビーの姿を認め、ヴェネチアはいぶかしげに目を細めた。「お客さまをお招きしていたとは知らなかったわ」

まさに高慢な公爵夫人そのものだ。

「ミスター・グラントには会ったことがおありでしょう、公爵夫人？　公爵閣下の学生時代のお友達ですのよ」レディ・サマースビーがきいた。

「お会いしたことはないと思いますけど」

「ミスター・グラントはわたしの亡くなった夫の甥ですの。とても立派な若者でしてね。いまも親しくしておりますのよ」

ヴェネチアは美しい眉を片方ひょいとあげた。「そうなんですの」

「ミスター・グラントから近頃どんな話を聞いたか、ご存じかしら？」レディ・サマースビーの目が意地悪そうにきらりと光った。「公爵閣下はあなたに病的なほど恋い焦がれていらしたんですって。もう一〇年間も。ここ最近のことのなりゆきを見て、わたしは思ったんです。公爵閣下はあなたを自分のものにするために、すべてを仕組んだのではないかって」

レディ・エイブリーの持つ紅茶のカップがかちりと鳴った。クリスチャンの中に暴力的な衝動と、しびれるような恐怖が同時にこみあげてきた。そうなのか？　ぼくは無意識のうちに、そういう目的で行動していたのか？　ヴェネチアの注意を引くために？　膝をついて求愛することなく、彼女を近くへ引き寄せるために？

反論したかった。だが舌がふくれあがり、話すことはおろか、空気すら遮断してしまったかのようだった。呼吸ができない。

ヴェネチアはまさかという目つきでちらりとクリスチャンを見ると、レディ・サマースビーのほうに向き直った。「どういうことでしょう？」

「あなたは公爵閣下が以前から狙っていた女性だったんですよ。今回のようなおかしな騒ぎを起こすことで、公爵閣下はあなたを世の非難にさらされる弱い立場へ追い込んだ。それもこれも、あなたをこの窮地から救いだすため。ちがいますかしら？」

「さすがね、見事なものだわ」レディ・エイブリーがつぶやく。「それで合点がいったわ」

「自己満足で悦に入っているところを申し訳ないけれど」ヴェネチアはいった。「くだらないお話ですこと。公爵はミスター・タウンゼントと話をするまで、わたしのことなどまったく知らなかったのです。その後もほとんど思いだすことはなかったでしょう」

「なんですって？」ふたりが同時に声をあげた。

「ミスター・タウンゼントはひどい夫でした。けれどもちろん、公爵はそんなことはご存じなかった。ですからミスター・タウンゼントの話を真に受けたとしても、しかたのないことだったのです。質問があったとき、聞いた話を具体例としてあげたからといって、彼を責めることはできません。結局のところ、何ごとも見かけだけではわからないものですので」ヴェネチアは深く息を吸った。「さて、あなたがご自身で気づいてもいいはずですが、おわかりにならないようなので、こちらからお話しするしかないようですね。実はわたしもあの日、講演会の場にいたのです」

レディ・エイブリーが息をのんだ。「ご冗談でしょう」

「冗談ではありません。どなたかにきいてみられるといいわ。妹のヘレナはラドクリフ校の卒業生たちに関する記事を書くために取材をしていて、レディ・フィッツヒューとわたしが付き添いとして同行していたんです。公爵の話を聞いて、わたしたちがどう感じたかは想像できますでしょう。ヘレナは屋敷に火をつけてやるといいだすほどでした。でも、わたしにはもっといい考えがありましたの。彼に心で償わせてやろうと思ったのです。計画を実行するため、わたしは〈ローデシア号〉の乗船を予約しました」

レディ・サマースビーが椅子から飛びあがった。「公爵の、ヴェールをかぶった謎の愛人というのはあなただったの！」

「ようやくお気づきになったのね」ヴェネチアは冷ややかな皮肉を込めて答えた。「でも、計画はうまくいきませんでしたわ。公爵は楽しんでいらしたでしょう。けれど、わたしのほうは恋をしてしまったのです。このかたはわたしが男性に求めるすべて――いえ、それ以上でした。申しあげている意味がおわかりかしら？」

レディ・サマースビーの目が卵くらいの大きさになった。クリスチャンも呆然としていた。妻は彼には目も向けなかったが。

「死ぬほど愛していましたけれど、公爵に近づくわけにはいきませんでした。ロンドンで会ったら、ヴェールを取るよう求められたでしょう。ヴェールを取ったらどうなるかはわかりきっていました。でも、しばしば彼のあとをつけたものです。たとえば英国自然史博物館へ、彼の誕生日を祝って一緒に夕食をとるはずだった〈サボイ・ホテル〉へ。

講演会での話がうわさになったとき、公爵はわたしを助けてくれました。わたしの人柄に関しては大いに疑問を持っていたにもかかわらず。一度ダンスをして、馬車で公園に連れていってくれた。ですが、ふたりのかかわりはそこまででした。結婚することになったのはまた別の話で、理由はただひとつ、わたしの体に変化があったからです」

レディ・エイブリーが手で大きな胸を押さえた。「まあ、とんでもないこと」

「まさしくそうです。わたしはミスター・タウンゼントに、妊娠できない体なのだと思わされてきました。公爵がそうではないと証明してくれたのです。疑うなら、どうぞ〈女性のための病院《ニュー・ホスピタル・フォー・ウイメン》〉のミス・レッドメインに話を聞いてみてください。ともかくそういうことになったので、わたしとしては公爵に会って、結婚してくださいとお願いするしかありませんでした。当然ながら公爵は憤りましたが、名誉を重んじ、わたしを妻としてくださったのです。彼が結婚を決意したのはそういう理由からであって、何年ものあいだわたしに執着心を抱いていたからではありません。個人的な感情で義務を放棄するような人ではないからなのです」

クリスチャンは信じられない思いで聞いていた。レディ・エイブリーとレディ・サマースビーも同じらしい。やがてレディ・サマースビーがいった。「ちょっと失礼してよろしいかしら。姉とふたりだけで少し話がしたいので」

彼女たちは部屋の隅にある衝立のうしろに引っ込んだ。クリスチャンは妻を反対側の隅に引っぱっていった。

「妊娠のことをあのふたりに教えるなんて、気でもふれたのか？」声を低く抑えるのは簡単ではなかった。

「そうかもしれないわね。でも、あなたがずっと前からわたしに恋していたなんて、みんなにいいふらされるのはたまらなかったの」

「なぜ？」

「あなたがいやな思いをするでしょう。それにしても、お友達はもっと選ぶべきね。ミスター・グラントにはひどくがっかりしたわ」

「グラントは何も知らない。彼には何ひとついっていない」

「だったら、あのハゲタカたちに情報を流したのは誰なの？　公爵未亡人がそんなことをするとは思えないし」

「義母ではない。そもそも彼女も知らないことだ。きみ以外の人には話したことがない」

「それなら――」

「ぼくが話したんだ。あのふたりはタウンゼントとぼくが彼の死の直前、同じ時間に同じ場所にいたことを示す証拠を見つけてきた。そうなれば、レディ・エイブリーの主張が裏づけられることになる。彼女たちは、自分が広めたうわさが事実であることを証明しようと躍起なんだよ。だから昔のことはそっとしておいてくれたら、面白い話を聞かせてやるといった」

ヴェネチアがゆっくりとまばたきした。黒くて長いまつげが上下する。「どうして？」

クリスチャンはごくりと唾をのみ込んだ。「きみをこれ以上、傷つけたくなかったからだ。そんなことはしたくなかった。それなのにきみが飛び込んできて、すべてを台なしにしてしまった」

彼は手で首を絞めるしぐさをした。

ヴェネチアは手を口にあて、それから笑いだした。ああ、なんと美しい笑い声だろう。

「あなたはわたしを愛しているのね」信じられないという口調で、彼女がいった。

「もちろん愛している。ばかだな、きみは。なぜ愛していないなどと思うんだ？　顔が見えようと見えまいと、きみの前では、ぼくはひざまずくしかないんだ」

「わたしだって、ひざまずいてもいいのよ、あなたがそうしてほしければ」ヴェネチアはくすくす笑った。

クリスチャンの中で欲望が燃えあがった。「ふざけている場合じゃない」それを抑えて彼女をいさめる。「雌狼が二匹、この部屋にいるんだぞ」

「かまわないわ。彼女たちにわたしを傷つけることなんてできない。ミスター・タウンゼントにも、もうできないのよ」驚いたことに、ヴェネチアは彼の腰に腕をまわしてきた。「愛しているわ。気が変になりそうなほど愛してる。わたしはそれをいうために、あなたを追ってここまで来たの。あなたという人を知ったとたん、恋に落ちずにはいられなかった。社交界の花を演じてあなたを傷つけたことは、本当に申し訳なく思っているわ」

ヴェネチアの口から発せられる愛にあふれた言葉を聞き、クリスチャンは一瞬、自分の頭がどうかなったのかと思った。夢中で彼女を抱きしめる。「謝らなくてはいけないのはぼくのほうだ。一連のもめごとの原因はすべてぼくにある。ぼくは世界一の大ばか者だ」

咳払いの音がした。「公爵閣下」レディ・エイブリーがいった。「妹とわたしの意見が一致しました」

クリスチャンは帰れといいたかったが、妻のほうは話を聞くことにしたようだ。彼の抱擁から逃れ、一歩うしろにさがる。その際に親指でさっと彼の下唇を撫でていった。明らかな愛情表現に、クリスチャンは体が熱くなるのを感じた。

ヴェネチアはふたりに向き直った。顔からは笑みが消え、ふたたび高慢な公爵夫人に戻っていた。「でしたら、いますぐお話しいただいたほうがいいようですわ。夫とわたしは午後、ほかに予定がありますの」

クリスチャンは顔を赤らめそうになった。レディ・エイブリーは実際に顔を真っ赤にした。

そして、もう一度咳払いをしてからいった。「妹とわたしはもう二五年も、人々にたしかなうわさ話を伝えてきました。あまりに多くの人の弱さや過ちを見てきて、ときに誰も彼もが自分勝手なわけではないということを忘れてしまうほどでした。でも、あなたがたはお互いに自分ではなく、相手を守ろうとなさってる。そういうことのためなら、わたしたちも、非の打ちどころのない記録に一点の染みができるくらいは我慢してもいいという気持ちになりました。もう二度とミスター・タウンゼントの名前は持ちださないとお約束します。義理の息子の従兄弟が到着したら、ロンドンを案内する代わりにヨーロッパへ連れていきましょう。ただし交換条件として、公爵夫人のお体のことを最初に社交界に報告する役目はわたしたちにさせていただきたいわ。そうですね、四週間後くらいに」

クリスチャンは信じられなかった。レディ・エイブリーとレディ・サマースビーにもいくらか人間性が残っていたなどと、誰が信じるだろう？

妻はわかったというようにうなずいた。「いいでしょう」

三人の女性は同意の印に握手をした。おしゃべり姉妹は見送りなしで帰っていった。だがクリスチャンが何かいう前に、公爵未亡人が部屋に入ってきた。

「義母上、なぜぼくたちが街にいることがわかったんです？」

「あなたが戻ったらすぐにわたしに連絡するよう、使用人に特別な指示を出してあるんですよ。もっとも――」義母は考え深げにヴェネチアを見やった。「公爵夫人もご一緒とは知らなかったわ」

「新婚旅行中なのに夫と離ればなれになるなんて耐えられませんもの」クリスチャンの妻が微笑みながらいった。まばゆいばかりの笑みだ。「彼を追ってロンドンに来たんです」

「ぼくは倉庫から足跡化石を取りだしに来たんだ。きみのところへ運ばせるつもりだった」

彼女の笑みが顔いっぱいに広がった。「そうだったの？」

「ああ、そうだ」

「何を取りだすですって？」義母がたずねた。

「爬虫類の足跡の化石ですよ。妻は先史時代の巨大生物に大いに関心があるんです」

ヴェネチアは頭を傾け、見事なまつげの下から彼を見あげた。「公爵の影響もありますわ。今度、発掘旅行に連れていってくださるんですって」

公爵未亡人はクリスチャンからヴェネチアへ、またクリスチャンへと視線を移した。唇の端がゆっくりと持ちあがり、やがて笑みを作った。「わたしが心配するようなことは何もないというわけね。だったら、そういってくれればよかったのに」

彼は妻からほとんど目を離すことができなかった。「謝ります、義母上。まったく、われながら何を考えていたんだろうと思いますよ」

客間の扉がまた開き、今度はフィッツヒュー卿、レディ・フィッツヒュー、ミス・フィッツヒュー、ヘイスティングス卿の四人が入ってきた。ヴェネチアは歓声をあげてひとりひとりを抱きしめ――ヘイスティングス卿まで――それから紹介を始めた。

「どうしてこんなにすぐ、ふたりがここにいることがわかったんです、フィッツヒュー卿?」公爵未亡人がきいた。「あなたも公爵の使用人の誰かに賄賂を渡しているの?」

ヴェネチアは笑った。「そうではありません、お義母さま。ダービーシャーを発つ前に、わたしが電報を送ったんです。弟のタウンハウスにわたしがほしいものがあったので。もっとも、郵便で送ってほしいと頼んだだけなのですけど」

「お姉さまが街にいるとわかって、会いに来ないでいられるわけがないでしょう」ミス・フィッツヒューがいった。

「会えてよかったよ、姉上」フィッツヒュー卿は姉の腕に手を置いた。「あなたにも、レキシントン公爵閣下。やはり、おふたりは結婚してよかったようですね」

「このうえなく幸せですよ」クリスチャンはふたたび妻に視線を戻した。

そのまなざしがすべてを物語っていた。

「いまも新婚旅行中なら、ふたりだけにしてさしあげるべきだろうな。そう思わないか、ヘレナ?」

ミス・フィッツヒューはしぶしぶ答えた。「そうね、あなたがそういうなら」

「チェスの途中でミスター・キングストンを置き去りにしてきたのよ。怒られてしまうわ。家に戻らないと」公爵未亡人もいった。

またひとしきり抱擁が交わされたあと、ミス・フィッツヒューがヴェネチアに包みを渡した。クリスチャンは妻とともに全員が馬車に乗り込むのを見届けてから、並んでゆっくりと階段をのぼった。けれども彼の部屋に入るなり、ヴェネチアが抱きついて激しくキスをしてきた。

「体のほうは問題ないのか？」ひと息ついたところでたずねた。

「まだ平気よ」

クリスチャンは彼女をベッドに横たえた。「姿が見えるところできみを抱くのははじめてだ。最後までできるか心配だよ」

「大丈夫」ヴェネチアは両手で彼の顔を包んだ。「それに明るい場所でなら、わたしがどれだけあなたを愛しているか、ちゃんとわかるはずだわ」

彼女の喉元にキスをする。「それならできそうだ」

終わると、ふたりはしっかり抱き合った。

「わたし、あなたと妹を結びつけようとしていたのよ」ヴェネチアが小声でいった。

クリスチャンは彼女の鼻先にキスをした。「既婚男性に恋をしている妹のことかい？」

「覚えていたのね？」

「きみが〈ローデシア号〉でいったことは何もかも覚えているよ」

「そう、その妹。義理の妹とわたしは悩んだ末に考えたの。あなたに会いさえすれば、すべてが丸くおさまるんじゃないかって。それであなたの講演会のちらしを見て、妹を引きずっていったのよ」

今度はまつげにキスをする。「ぼくの印象はどうだったのかな？　きみのことを中傷する前の話だが」

「さあ、聞いていないわ。でも、わたしは強い印象を受けた。あなたがわたしを『新約聖書』に出てくる大淫婦バビロンにたとえたあとも――」

「そんなことはしていない」

彼女はくすくす笑った。「たとえたあとも、あなたに惹かれる気持ちはどうしようもなかったわ」

「それでまだ言葉も交わしていないうちから、ぼくがきみに誘いをかけると踏んでいた」

「あなたにはわからない――いえ、ちがうわね。あなたにもわかるはずよ。ある人を嫌悪すると同時に愛してしまうというのが、どういうことか。自分が自分でないみたいだったわ」

「そのせいで、ベッドではあんなに情熱的だったのかな？」

ヴェネチアはさらに体を押しつけてきた。「そうかもしれないわ。わたし、そんなに情熱的だった？」

「ああ。それに傷ついていて、葛藤していて、だが何物にも屈しない強さがあった。離れているとき、よくきみのことを考えたよ。きみはあらゆる問題を自分ひとりの手で解決してきたのだと。ぼくも見習おうと思った」

「レキシントン公爵のお手本になるなんて――光栄だこと」彼女は笑いながら、肘をついて体を起こした。「ところで、わたしの写真はどこかしら?」

「どの写真だ? 持ってきてもらった写真のことか?」

ヴェネチアはうなずいた。「わたしのケティオサウルスの写真。結婚したとき、アルジャーノン・ハウスには持っていかなかったの。あそこでの生活がどんなものになるか、わからなかったから。でも今回は、何があろうと持っていくと決めているわ。さっき、何があろうとあなたをベッドに引っぱりこむと決めたみたいに」

クリスチャンは彼女の髪に頬をすり寄せた。「その写真、見せてくれるかい?」

「扉のそばに落としたような気がするわ」

ヴェネチアはベッドからおりた。全裸で、髪もほどけている。

「おいおい、何か着てくれ」

彼女はなまめかしく肩越しに振り返った。「ふしだらに見えないように?」

「写真のことが考えられるようにさ、ああ、もう手遅れだ」

クリスチャンはヴェネチアをベッドに引きずり戻した。結局、ふたりが写真のことを思いだしたのはしばらく経ってからだった。そのときはクリスチャンが写真を取りに行った。

ヴェネチアは包みを開け、額入りの写真を取りだした。彼はしげしげと眺めた。「幸せそうだな。それに自信に満ちている。いまのきみのように」

「いまもあのときと同じような気持ちだもの。目の前に人生のすべてがあって、無限の可能性が開けていると感じるわ」

写真を見ているうちに、クリスチャンは英国自然史博物館がまだ開いていることを思いだした。「急げば、きみのケティオサウルスを生で――いや、正確には骨で――じっくり見られるかもしれない。そのあと一緒に〈サボイ・ホテル〉で夕食をとろう。あのときの埋め合わせに。家に帰ったら――そうだな、きみにひざまずいてもらうのも悪くない」

「すてき」ヴェネチアは歓声をあげた。「その三つとも、イエスよ」

クリスチャンは彼女がドレスを着るのを手伝い、自分も服を身につけた。戸口に向かいながら――一歩部屋の外に出たら、ふたりは品よく公爵夫妻然としていなくてはならない――彼女を引き寄せ、もう一度キスをした。「愛しているよ、ぼくの大切なひと《マイネ・リーブリング》」

ヴェネチアは片目をつぶった。「夜が明ける頃にはもっと愛しているわよ、きっと」

ふたりは声をあげて笑い、腕を組んで屋敷を出ていった。ふたりの前には人生のすべてがあった。そして無限の可能性が開けていた。

著者ノート

クリスチャンの義母は再婚したにもかかわらず、本文中を通して〝公爵未亡人〟または〝公爵夫人〟と呼ばれている。『ディブレット貴族名鑑』の一九世紀後半版には、〝再婚した未亡人は前の結婚で得た爵位や特権を失う。この規則に例外はない。しかしながら社交界は純粋な好意から、再婚したレディが以前の地位を保つことを許し……爵位のある前夫が存命中であるかのように呼ばれることを黙認している〟とある。

一九世紀前半に生きたメアリー・アニングは有名な化石収集家で古生物学者だった。二〇一〇年には〝科学の歴史にもっとも影響を与えた英国女性一〇人〟に選ばれている。同じく化石収集家で科学者だった女性に、貴族のバーバラ・ヘイスティングス——ヘイスティングス侯爵夫人（侯爵との結婚前はグレイ・ド・ルチン男爵夫人）がいる。

訳者あとがき

シェリー・トマスの『甘いヴェールの微笑みに（原題：Beguiling The Beauty）』をお届けします。

これまでにも王道のヒストリカル・ロマンスとは一線を画す、異色のヒーロー、ヒロインを生みだしてきたシェリー・トマス。今回も一九世紀後半——イングランド貴族がすでにかつての栄華を失い、アメリカでは自動車が街を走りはじめている、そんな時代を舞台に、一見華やかながら、内に暗い葛藤を抱える男女の恋のもつれを描きます。

近代化の波が押し寄せるイングランドにあって、いまだ優雅な生活を送る、若きレキシントン公爵。好きな学問に打ち込み、社交界にも顔を出さない彼にはひとつ、誰にもいえない秘密がありました。一九歳のとき、ある人妻にひと目惚れして以来、その女性への執着から逃れられずにいたのです。うわさによれば欲深で自分勝手な女であるらしいのに、忘れたくても忘れられない。一方、その人妻——ヴェネチアも表向きは高慢な社交界の花を演じながら、自分はその美貌ゆえに男性を不幸にするという考えを夫に植えつけられ、苦しんでいました。そんなふたりが皮肉な出会いをして——。

互いに大人の男女なだけに、心の闇も深く、幸せをつかむまでの道のりは平坦ではありません。その過程における細やかでリアルな心理描写はこの著者ならでは。清く正しいヒーロー、ヒロインを求める読者には違和感があるかもしれませんが、脇役も含めた登場人物たちの人間くささこそ、本書の魅力のひとつといえるでしょう。

そして、もうひとつ本書を特徴づけているのは、ふたりを結びつけるのが古生物学だということです。ヴェネチアはかつて、なんと恐竜の骨を発見したことがあるという設定になっています。突飛なようですが、一八世紀から一九世紀にかけては化石の収集が一種のブームだったそうです。著者ノートにも登場する古生物学者、メアリー・アニング（一七九九―一八四七年）は当初は生活のため、化石を発掘しては観光客相手に売っていたとか。そんな中、わずか一二歳のときにイクチオサウルスの全身化石を発見。以後も重要な化石をいくつも発掘し、科学界に名を遺したのです。ですから、一九世紀にヴェネチアのような女性がいたとしても、不思議はなかったのでしょう。かなり進歩的な女性だったことは、まちがいありませんが。

進歩的といえば、自ら出版社を経営する妹のヘレナも同様です。キャリアウーマンゆえに、恋愛から結婚というありきたりな生き方におさまりきれず、道ならぬ恋に突っ走るあたりもいかにも現代風。彼女の恋の行方も気になるところですね。フィッツとミリーの夫婦も、いかにもわけありで興味をそそります。